Dem Himmel verbunden

Fantasy - Roman

Angela Zimmermann

Dem Himmel verbunden
Angela Zimmermann

Kontakt zur Autorin:
angela.zimmermann2805@web.de
http://autorin-angela-zimmermann.jimdofree.com/

ISBN: 9783755702177

Herstellung und Verlag: BoD – Books on Demand, Norderstedt

Bibliografische Information der Deutschen Nationalbibliothek:
Die Deutsche Nationalbibliothek verzeichnet diese Publikation in der Deutschen Nationalbibliografie; detaillierte bibliografische Daten sind im Internet über http://dnb.dnb.de abrufbar.

Angela Zimmermann

Dem Himmel verbunden

Fantasy - Roman

*Jeder von uns hat einen
Schutzengel.
Er ist stets an deiner Seite,
er begleitet und beschützt dich.*

Kapitel 1

Das letzte Kind wurde vor 10 Minuten aus unserer Einrichtung abgeholt und bevor ich in den Feierabend starten kann, habe ich noch einiges zu erledigen. Ich laufe durch alle Räume des Kindergartens und schaue, ob die Fenster geschlossen sind. Ich bin heute allein hier im Haus und darf nichts übersehen.

Dann sammele ich in meinem Gruppenzimmer die verteilten Spielsachen ein und räume sie in die dafür vorgesehenen Körbe. Diese stelle ich in das große Regal und hebe die kleinen Stühle auf die Tische. Das mache ich, damit die Reinigungskraft, die morgens noch vor uns da ist, etwas Zeit einspart. Es ist eine ganz liebe Person und wenn es uns möglich ist, greifen wir ihr gern unter die Arme.

Ich schaue mich noch einmal um und nehme meine Tasche. So wie ich mit Freude zum Schichtbeginn den Kindergarten betrete, so froh bin ich, einen verdienten Feierabend zu genießen.

Zurzeit ist es sehr heiß und wir haben seit 2 Wochen fast täglich mehr als 30 Grad. So habe ich die letzten Tage jeden Abend auf meiner Terrasse verbracht, bei einem kalten Getränk und guter Musik.

Ich bin Single, aber momentan kann ich mir nichts anderes vorstellen. Die Kinder, die ich täglich betreue, füllen meine Leben vollkommen aus. Für diesen Beruf habe ich mich entschieden, weil ich Kinder über alles mag. Mit ihnen zu spielen und vieles beizubringen habe ich mir zur Aufgabe gemacht.

Mit den Gedanken an wieder einen schönen Abend, schließe ich die Haupttür, nachdem ich die Alarmanlage scharf geschaltet habe.

Weil ich die letzten zwei Stunden allein mit den Kindern war, hatte ich keine Zeit, aus einen der vielen Fenster zu schauen. Jetzt stehe ich auf dem Spielplatz vor dem Kindergarten, wo wir heute gerade mal eine Stunde mit den ihnen waren, weil es wieder zu heiß geworden ist. Zum Schutz der Kinder entschieden wir uns die Zeit in den klimatisierten Räumen zu verbringen.

Nun geht mein Blick hinauf zum Himmel und mir schwant Übles.

Eine fast schwarze Wolkenwand kommt genau aus der Richtung, wo der Heimweg entlang führt.

Warum bin ich nicht mit dem Auto gefahren? Gerade heute bin ich gelaufen und nun das nahende Unwetter.

Ungefähr fünfzehn Minuten brauche ich bis nach Hause, vielleicht zwölf, wenn ich mich beeile. Oder noch weniger, dann muss ich aber durch den Park laufen. Ungünstig bei den vielen hohen Bäumen. Man bekommt das doch schon als Kind gesagt, dass die Blitze gerade da einschlagen können und wir predigen es heute selbst den Kleinen.

Gefährlich? Wenn ich schnell genug bin, könnte ich es schaffen und höre nicht auf meine innere Stimme, die augenscheinlich etwas dagegen hat. Ich verbanne sie ganz nach hinten in den Kopf, entscheide mich für den Park und laufe los. Wenige Minuten später bekomme ich schon die ersten Tropfen ab. Einen Schirm habe ich natürlich nicht, warum auch, es hat tagelang nicht geregnet. Er liegt in meinem Auto, wo man ihn am wenigsten braucht.

Ich würde mir am liebsten in den Hintern beißen. Warum bin ich heute früh nur auf Arbeit gelaufen.

Ganz einfach. Es war zu heiß und ich bin zeitig aufgestanden. Die Hitze und der Schweiß auf meinem Körper haben mich aus dem Bett getrieben. Ich hatte so viel Zeit wie lange nicht mehr. Eine wohltuende Dusche und ich fühlte mich wie ein neuer Mensch. Mit einer Tasse Kaffee und einem Croissant habe ich den Sonnenaufgang auf meiner Terrasse genossen. Die klare Morgenluft und das

Zwitschern der Vögel nehme ich ansonsten gar nicht wahr. Aufstehen, kurzes Frühstück und mit dem Auto auf Arbeit. So sieht es eigentlich tagtäglich aus.

Heute wurde mir klar, was ich so alles verpasse. Wie den kleinen Spatz, der anscheinend so hungrig war, dass er ganz nahe an meinen Füßen ein paar Krümel von dem Croissant aufpickte.

Zudem flog mein Blick über den Garten, der nicht zu groß ist und darüber bin ich froh, denn ich habe wenig Zeit mich darum zu kümmern. Die Rosen blühen in voller Pracht und an den Hortensien sind so viele Blütenbälle, dass man sie kaum noch zählen kann. All das habe ich meinen Eltern zu verdanken. Plötzlich kamen Gedanken in mir hoch und mein Herz wurde schwer und ich musste an das Unglück vor zwölf Monaten denken. Da sind sie durch einen Autounfall viel zu früh gestorben. Ich habe das hübsche und sehr gepflegte Haus geerbt und bin nach zehn Jahren wieder in mein ehemaliges Heim eingezogen. Zwischendurch hatte ich eine kleine Wohnung, nur ein paar Straßen weiter.

Ich sollte wohl öfter an ihnen gedenken. Wie schnell ist das Jahr vergangen und der Alltag hat mich wie gehabt in sich gefangen. Viel Arbeit kann von dem Schmerz ablenken, aber irgendwie öffnet sich immer wieder mal das tiefe Loch und du drohst abermals einzustürzen. Meine Freundin Thea ist bis heute stets diejenige gewesen, die mir zurück auf die Beine geholfen hat. Wir haben uns im Kindergarten kennengelernt und in den letzten acht Jahre sind wir zu besten Freundinnen geworden.

Heute früh war ich gehalten allein klarzukommen. Thea hat Frühschicht und somit ist sie schon auf Arbeit.

Die angenehme Morgenfrische brachte mich letztendlich dazu, das Auto stehen zu lassen. Zu einem konnte ich den Kopf freibekommen, die Gedanken an meine Eltern wieder in den Erinnerungen ablegen und zudem hatte ich keine Einkäufe zu erledigen.

Ein unbehagliches Gefühl und ein quietschendes Geräusch holt mich zurück in die Gegenwart. Der Weg ist inzwischen schon mit Wasserlachen übersät und ich selbst bin bis auf die Haut durchnässt. Die Sandalen fühlen sich aufgequollen an und es drückt bei jedem Schritt Wasser durch meine Zehen. Ich bleibe stehen und ziehe sie kurzer Hand aus. Die kleinen Kieselsteine unter den Fußsohlen piksen zwar etwas, aber ich habe es nicht mehr weit. Die Bäume lichten sich schon und ich erkenne die Laternenlichter von der Straße, auf die ich zulaufe.

Ein Blitz zuckt in den immer dunkler werdenden Wolken und ich werde automatisch schneller, ohne auf meine Füße zu achten.

Aber ich werde abgelenkt, denn es kommt mir jemand entgegen. Ein junger Mann, den Kopf eingezogen, als würde das gegen den immer stärker werdenden Regen helfen und ebenso durchnässt wie ich, jedoch läuft er wesentlich langsamer.

Fast auf gleicher Höhe, hebt er seinen Kopf an und unsere Blicke treffen sich. Er lächelt mich verschmitzt an und ich kann mir denken warum. Seine Augen schweifen kurz über meinen ganzen Körper. Das T-Shirt klebt an meiner Haut und zeigt wahrscheinlich alles, was sonst verborgen ist. Ich mach mir darüber keine weiteren Gedanken, denn ich bin an seinen leuchtenden Augen gefesselt. Für einen Moment bleibt die Zeit stehen und es sind nur noch zwei Schritte, bis wir aneinander vorbeigehen.

Dann nur noch einer und ich werde ihn vielleicht nie wiedersehen. Soll ich ihn ansprechen? Nein, er ist sicher vergeben. So ein wunderschönes Exemplar von einem Mann ist bestimmt nicht mehr zu haben. Am Ende mach ich mich nur lächerlich, aber faszinierend ist der Typ schon. Außerdem sollte ich mich sputen, denn die Temperatur ist schnell gesunken und ich fange an zu zittern.

Weiter komme ich jedoch mit meinen Gedanken nicht. Ich höre plötzlich ein Knistern in der Luft und ehe ich überlegen kann, woher es kommt, folgt ein lauter Knall.

Ich nehme noch wahr, dass wir beide uns direkt gegenüberstehen, als es mir die Füße unter dem Körper wegreißt. Wie ich falle, merke ich nicht mehr, denn es ist nur noch schwarz um mich herum und eine unheimliche und angstmachende Stille hüllt mich ein.

Langsam spüre ich meinen Körper wieder. Die Augen kann ich nicht öffnen, die Lider sind zu schwer, aber die Finger lassen sich minimal bewegen. Ich bemühe mich, die Kontrolle über meinen Körper zurückzugewinnen, jedoch bleibt es vorerst ein Versuch.

„Hallo Süße. Hörst du mich?", fragt jemand und ich erkenne sofort die Stimme meiner besten Freundin Thea.

Ich hebe die Hand leicht an, um ihr zu zeigen, dass ich sie wahrgenommen habe. Mehr ist nicht möglich, ich habe einfach keine Kraft.

„Es wird alles wieder gut", redet sie sanft weiter und löst unendlich viele Fragen in mir aus.

Was wird wieder gut? Wo bin ich? Was ist passiert? Und warum kann ich mich kaum bewegen? Ein weiterer Versuch, nochmals meine Augen zu öffnen, klappt diesmal, wenn auch nur ein wenig. Über mir erkenne ich eine weiße Decke und nach einigen Sekunden drehe ich ein winziges Stück, weil es mir unheimlich schwerfällt, meinen Kopf zur Seite. Alles scheint irgendwie steril. Wo bin ich nur?

Ich versuche, zur anderen Seite zu schauen, und sehe Thea. Ganz starr liege ich da, mein Körper fühlt sich wie ein Stein an. Neben mir sitzt Thea und ihr Blick sieht besorgt aus. Langsam wird mir klar, wo ich anscheinend bin.

Warum bin ich im Krankenhaus? Was ist passiert? Hatte ich einen Unfall?

Ich suche in meinem Kopf nach Antworten, aber da ist alles durcheinander, was mir sofort Angst macht. Ich sehe Fetzen von Bildern, die ich nicht richtig zu deuten vermag. Kann mir Thea helfen?

„Wo bin ich?", frage ich mit einer Stimme, die nicht meine sein kann. Sie klingt kratzig und ganz leise.

„Du bist im Krankenhaus. Du ...", antwortet Thea, aber weiter kommt sie nicht.

„Was ist geschehen?", unterbreche ich sie im selben Atemzug, obwohl mir der Hals höllisch weh tut.

„Du hattest einen Unfall", sagt sie und greift nach meiner Hand.

Unfall? Ich war doch gar nicht mit dem Auto unterwegs. Langsam kommen die Erinnerungen zurück. Der Park! Ich bin nach Hause gelaufen und da war das Gewitter. Und ... ich war nicht allein!

Hat er mir etwas angetan? Nein das glaube ich nicht. Er sah nett aus und sofort sehe ich die faszinierenden Augen wieder vor mir. Soll ich es Thea gegenüber erwähnen, oder sie nach ihm fragen? Erst einmal nicht, denn ich will endlich wissen, warum ich hier bin.

„Das Gewitter war sehr schlimm und da hat es dich, sagen wir mal, erwischt", kommt zögernd von Thea und versucht meine nicht gestellte Frage, zu beantworten.

„Wie erwischt?"

„Dich hat ein Blitz getroffen", erwidert sie und ich sehe Tränen in ihren Augen. Sie macht sich echt Sorgen und mir würde es wohl ebenso ergehen, wenn sie hier liegen würde.

Ich gehe nicht darauf ein, sondern schließe meine Augen und höre in mich hinein. Da war so ein merkwürdiges Knistern und dann der wahnsinnige laute Knall. Ich habe einen Blitzschlag überlebt? Er auch? Abermals taucht der Kerl in meinen Erinnerungen auf.

„Schatz du hast es überstanden. Und du wirst wieder gesund", murmelt Thea, die inzwischen aufgestanden, meinen Kopf in ihren Händen hält und mir ein Küsschen auf die Stirn gibt.

„Und er?", flüstere ich, kaum hörbar für mich selbst.

„Wer denn? Dich hat ein junges Pärchen gefunden, die in unmittelbarer Nähe waren. Mich hat man informiert, da wurdest du schon hier eingeliefert", erklärt sie mir. „Warst du nicht allein?", fragt sie aber dann doch noch und das ziemlich neugierig, denn sie zieht skeptisch eine Augenbraue hoch.

„Ja ... Nein ... Weiß nicht ...", stottere ich, weil mich etwas ablenkt. Ich spüre einen stechenden Schmerz in meiner rechten Handfläche, der mir fast den Atem nimmt. Ich hebe die Hand hoch und sehe, dass sie dick verbunden ist.

„Was ist?" Thea sieht mich aufgeregt an, denn den Schmerz kann sie mir im Gesicht ansehen.

„Was ist mit meiner Hand? Sie tut wahnsinnig weh", japse ich nach jedem einzelnen Wort. Ich muss sie mir bei dem Sturz verletzt haben. Daran vermag ich mich jedoch nicht zu erinnern.

„Da hast du eine Verletzung. Das kann dir der Arzt besser erklären. Er hat nur erwähnt, dass das wohl die Austrittswunde des Blitzes ist. Soll ich ihn holen?" Theas Schultern heben und senken sich, was mir zeigt, dass sie nichts Genaueres weiß, aber meine für mich gestellte Frage damit längst beantwortet hat.

„Nein, es geht schon", kommt von mir, denn der Schmerz ist genauso schnell wieder verschwunden, wie er aufgetreten ist. Ich schau meine verbundene Hand an und kann das alles irgendwie nicht verstehen.

In diesem Moment öffnet sich die Tür. Ein großgewachsener Mann im weißen Kittel kommt schnellen Schrittes an mein Bett.

„Frau Wegener, wie geht es Ihnen?", fragt er und greift nach meinem Handgelenk, um den Puls zu tasten.

„Na ja, was soll ich sagen", antworte ich leise und kann es wirklich nicht beschreiben, wie ich momentan fühle.

„Haben Sie Schmerzen?" Er sieht mich sehr aufmerksam an und dann schaut er auf den piepsenden Monitor neben mir, der mir erst jetzt auffällt.

„Meine Hand, aber das geht schon wieder", antworte ich und schaue nochmals unverständlich auf den Verband.

„Das ist die Austrittswunde", bestätigt er mir Theas Worte. „Sicherlich heilt das schnell ab. Was wir jedoch in Auge behalten müssen, ist ihr Herz."

„Mein Herz? Ich war immer gesund", entgegne ich ängstlich.

„Der Stromschlag hat es zum Stillstand gebracht und jetzt ist es erforderlich, alles dafür zu tun, dass es wieder in seinem gewohnten Takt schlägt", lächelt er mich an, aber ich kann nur entsetzt zu Thea schauen.

„Sie haben es ihr nicht gesagt?", fragt er sie, nachdem er meinen Blick gedeutet hat.

„Nein, ich wollte sie nicht überfordern", erwidert Thea und schaut zu Boden.

„Schon gut, jetzt wissen Sie es ja", wendet er sich wieder an mich.

„Ich verstehe nicht recht", sage ich und schaue den Arzt fragend an.

„Sie hatten einen Herzstillstand. Aber nur wenige Sekunden, denn Ihre Helfer waren vor Ort und haben umgehend geholfen", versucht der Arzt mir vorsichtig zu erklären.

„Sie haben mich wiederbelebt?", frage ich direkt.

„Ja, so ist es. Sie haben ein zweites Leben geschenkt bekommen und auf das müssen wir jetzt richtig gut aufpassen."

„Habe ich Spätfolgen zu erwarten?"

„Das kann ich Ihnen noch nicht sagen, aber Ihre Werte zeigen mir, dass alles wieder in seinen vorhergesehenen Bahnen läuft", meint er und tätschelt meine Hand. Am liebsten würde ich sie ihm entziehen, aber ich habe irgendwie keine Kraft dazu. Egal, er wird sie sowieso gleich wieder loslassen.

„Sie sollten ein wenig schlafen, das ist momentan die beste Medizin", lächelt er mich an und geht schon in Richtung Tür.

„Darf ich noch etwas gegen die Schmerzen bekommen?", halte ich ihn auf, der ist zwar nicht mehr schlimm, aber einschlafen werde ich damit nicht können.

„Die Oberschwester wird Ihnen noch eine Infusion geben. Ich sage ihr Bescheid", nickt er mir zu und schon schließt sich die Tür hinter ihm.

„Ich werde dann auch gehen. Du brauchst deine Ruhe. Ich schaue morgen früh vor meiner Schicht noch mal bei dir rein", sagt Thea, die sich bereits ihre Jacke überzieht.

„Das wäre lieb von dir", antworte ich. Gleichzeitig sehe ich schon wieder seine Augen vor mir und ein wahnsinniger Schmerz durchfährt meine Hand. Schnell schiebe ich die Gedanken an ihn weg und er lässt nach. Wieso reagiere ich so? Immer wenn ich an den Unfall oder diesem Kerl denke, tut mir die Hand weh. Ich kann mir keinen Reim darauf machen, es ist einfach nur komisch. Aber ich habe schon wieder das Verlangen mit Thea darüber zu reden, jedoch hält mich irgendetwas davon ab. Sie möchte erst einmal nach Hause und ich muss dringend schlafen. Mein Körper verlangt danach und mir fallen fast die Augen zu.

„Bis Morgen meine Süße", sagt Thea und reißt mich aus den aufkommenden Gedanken.

„Bis Morgen", lächele ich sie an und nicke ihr zu, denn ich bin mir sicher, dass mir hier nichts passiert. Ich habe es überlebt und bin nun in guten Händen, die mir helfen wieder auf die Beine zu kommen. Genauso wie die Schwester, die gerade hereinkommt. Sie hat eine Infusion, die sie über mir aufhängt.

„Das wird Ihnen helfen etwas schlafen zu können", zwinkert sie mir zu und schließt die Flüssigkeit an der Kanüle in meinem Arm an.

Thea ist inzwischen schon gegangen. Die Schwester richtet noch das Kopfkissen und dann bin ich allein. Die Ruhe ist fast erdrückend und ich höre mein Herz gleichmäßig in den Ohren schlagen. Meine Augen sind geschlossen und langsam schweife ich ab.

„Schlafe und du wirst sehen, was passiert ist. Lass dich einfach fallen, dir wird nichts geschehen. Ich werde stets an deiner Seite sein." Es ist eine liebliche Stimme, die an mein Ohr dringt. Bin ich noch wach, oder träume ich schon? Wer war das? Habe ich mir das eingebildet? Aber die Stimme kommt mir nicht bekannt vor. Die Fragen bleiben in der Luft und der Zeit hängen, und ich versuche einzuschlafen.

Kapitel 2

*E*s scheint mitten in der Nacht zu sein. Ich finde einfach keine Ruhe, wälze mich hin und her. Alles dreht sich in meinem Kopf und wenn ich die Augen schließe, flackern ständig unerklärliche Bilder auf. Ich vermag sie nicht zu deuten, aber ich bin sicher, dass sie mit mir zu tun haben.

„Ich kann dir helfen zu verstehen."

Ich höre wieder diese zarte Stimme, die ich vor dem einschlafen wahrgenommen habe. Ich stütze mich auf die Ellenbogen, wobei ein stechender Schmerz durch meine Hand jagt. Dann schaue ich mich im Zimmer um, kann jedoch in der Dunkelheit nichts erfassen. Ich falle wieder zurück, da der Schmerz nicht nachlässt, und mache das Licht über meinen Kopf an. Aber auch dieses erleuchtet den Raum nicht ganz. Es ist gedämpft, damit man wohl den zweiten Patienten, der mit hier liegen würde, nicht zu sehr stört. Ich bin jedoch allein und das ist mir auch recht.

Meine Augen haben sich an das Schummerlicht gewöhnt und so kreist ein erneuter Blick durch das Zimmer. Er bleibt an etwas hängen, wo ich glaube, den Verstand zu verlieren, oder mir ist in den letzten Minuten was passiert und ich bin eigentlich gar nicht wach.

Bin ich noch am Leben? Ich reibe meine Augen, vielleicht stimmt mit denen etwas nicht, aber die Gestalt ist weiterhin da.

Mein Puls beginnt zu rasen und es drückt mir die Brust zusammen. Eine Hand von mir sucht nach der Bedienung für das Bett, ich wage nicht danach zu schauen, weil ich dieses Etwas nicht aus den Augen lassen möchte, obwohl es mir widerstrebt, daran zu glauben, was ich da sehe. Meine

15

Finger ertasten den Schalter und das Kopfteil des Bettes bewegt sich langsam nach oben.

Jetzt erkenne ich es genau. Will mir der Kopf einen Streich spielen? Ich hole tief Luft und mein Mund öffnet sich, aber es kommt kein einziges Wort heraus. Mein Verstand setzt kurz aus und ich schließe die Augen, um es wegzudenken.

„Du brauchst keine Angst zu haben." Die Stimme dringt lieblich und beruhigend zu mir durch.

„Du bist nicht da. Ich sehe Gespenster", sage ich in den Raum, ohne die Augen nur einen Spalt zu öffnen.

„Ich bin kein Geist. Ich bin dein Schutzengel und kann dir alle Fragen beantworten", erwidert sie mir und ich lasse die gehörten Worte erst einmal sacken.

„Ein Engel?", krächze ich nach wenigen Sekunden und schaue nun doch wieder zum Fenster, wo ein wunderschönes himmlisches Wesen erschienen ist. Sie strahlt dermaßen, dass es plötzlich um vieles heller im Zimmer geworden ist. Sie scheint die Sonne in sich zu tragen, die durch jede einzelne Feder ihrer Flügel zu entweichen versucht.

„Bin ich tot?", frage ich weiter, ohne den Blick von diesem Geschöpf zu wenden. Ich bin mir dessen sicher, ansonsten wäre es mir doch nicht möglich sie zu sehen.

„Nein, bist du nicht. Durch deinen Unfall bist du jedoch jetzt anders, als die meisten Menschen", versucht sie mir zu erklären und ich schüttele nur den Kopf.

„Wie anders?", will ich nach einer kurzen Überlegung nun doch wissen.

„Der Blitz hat dich verändert. Und du wirst ab jetzt einige Fähigkeiten entwickeln."

„Wie?", hake ich nervös nach und bemerke gleichzeitig, dass meine Angst und Aufgeregtheit reiner Neugierde gewichen sind.

„Erstens kannst du mich sehen", beginnt der Engel.

„Auch andere?", unterbreche ich sie.

„Nein, nur mich, weil ich dein persönlicher Schutzengel bin", bekomme ich die Antwort.

„Hat jeder einen?"

„Ja, natürlich."

„Und können die anderen ihre auch sehen?", frage ich weiter, als wäre es ein ganz normales Gespräch. Genauso scheint es und ich habe anscheinend glatt vergessen, wo ich bin und mit wem ich da überhaupt rede.

„Nein, oder nur ganz selten. Es muss schon etwas ungewöhnliches geschehen, damit man die Fähigkeit bekommt."

„Bei mir war es also der Blitz", erkenne ich schnell meine momentane Situation.

„Ja, so ist es und nicht nur das."

Ich sinke zurück in mein Kissen und dann umgibt mich eine merkwürdige Stille. Die Bilder flackern plötzlich wieder auf und sind wie kleine Funken vor meinen Augen. Hat das auch damit zu tun? Kann der Engel mir das erklären?

Sie hat gesagt, sie würde mir all die Fragen beantworten. Was sehe ich da nur und wie kann das alles zusammenhängen?

„Amy, alles in Ordnung?", unterbricht der Engel die Stille.

„Nein, eigentlich nicht. Ich habe diese Bilder und so viele Fragen", sage ich ehrlich, denn mir ist klar, dass ich vor diesem Wesen nichts verbergen kann und auch nicht brauch. Wo diese Gewissheit herkommt, ist mir jedoch unklar.

„Alles zu seiner Zeit. Ich glaube, ich sollte mich erst einmal richtig vorstellen", spricht sie und ihr sachter Flügelschlag drückt mich noch mehr in meine Kissen. *„Ich bin Elea"*, redet sie weiter und kommt mir ein paar Schritte näher.

Automatisch versuche ich auszuweichen, aber es ist mir nicht möglich. Ich liege beziehungsweise sitze in dem

17

Krankenbett und mein Herz beginnt nun doch wieder zu stolpern.

„Elea", wispere ich fast so leise, dass ich meine eigene Stimme kaum verstehe.

„*So ist es. Und ich werde immer in deiner Nähe sein. Das war ich zwar schon stets, sonst würdest du ja nicht mehr leben, aber ab jetzt kannst du mich sehen. Bei uns werdet ihr Sehende genannt.*"

„Du hast mir das Leben gerettet", schlussfolgere ich.

„*Dafür sind wir da.*"

„Hatten meine Eltern auch Engel an ihrer Seite?", frage ich, denn sie hat keiner gerettet.

„*Ja, sicher*", kommt leise von Elea, als wollte sie gar nicht darauf antworten.

„Wo waren die Schutzengel meiner Eltern, als sie gebraucht wurden?", bin ich nun direkt und schweife vom Thema ab.

„*Das kann ich dir nicht sagen*", flüstert sie, schaut beschämt zu Boden und es schwingt irgendwie Angst in ihrer Stimme mit. Hat sie die Frage erahnt, auf die sie keine Antwort hat.

„Kannst du nicht, oder willst du es nicht?", möchte ich unbedingt wissen und versuche, dass sich meine Wut nicht in der Stimme widerspiegelt.

„*Ich habe leider keine Antwort für dich. Alle Menschen haben seinen Lebensweg und seine vorhergesehene Bestimmung. Wir müssen auf euch aufpassen, jeder einzeln für seinen Schützling. Aber manchmal schlägt das Schicksal schneller zu, als wir eingreifen können. Es tut mir leid, dass du deine Eltern so früh verloren hast, ich kann dir leider nicht sagen, wer dafür Schuld hat, denn es gibt keinen.*" Elea bemüht sich mir ehrlich zu antworten. Ich erkenne und verstehe ihre Worte, dass sie wirklich keinen Einfluss auf den Tod meiner Eltern hatte. Sie ist allein für mich da.

„Warum hast du mich dann nicht vor dem Blitz bewahrt", frage ich deshalb und bin gleichzeitig hin und hergerissen, denn sie hätte mir das hier alles ersparen können. Ich lass das Thema über meine Eltern ruhen, weil es jetzt allein um mich geht, und ich lebe noch.

„Manchmal greifen wir erst im größten Notfall ein. Jeder Mensch muss auch Eigenverantwortung haben und ebenso Erfahrungen damit machen, dass nicht alles wie am Schnürchen läuft", erwidert sie wieder ernst und dreht sich zum Fenster. Nun sehe ich ihre prachtvollen Flügel und für einen Moment verschlägt es mir die Sprache. Sind alle Engel so schön? Werde ich vielleicht auch einmal so ein Engel werden? Aber doch jetzt noch nicht!

„Ich bin fast gestorben", meine ich, schiebe den letzten Gedanken weg und verschränke die Arme vor der Brust wie ein beleidigtes Kind. Ich warte nur darauf, dass sie sich mir wieder zuwendet.

„Das warst du auch", schmettert sie mir entgegen und ich kann sie nur noch anstarren.

„Was?" Ich kann es nicht glauben und sitze wieder kerzengerade im Bett.

„Die Bilder, die du siehst, gehören zu deinem Nahtoderlebnis", sagt sie nun wieder sanfter.

„Aber die sind so unwirklich und alles ist durcheinander. Ich finde keinen Sinn darin", seufze ich und habe das Wort Nahtoderlebnis glatt überhört.

„Ich kann dir helfen, alles richtig zu sehen", schlägt mir Elea vor.

„Wie? Kannst du meine Erinnerungen ordnen? Da müsstest du in meinen Kopf", antworte ich mit einem zögerlichen Schulterzucken, denn ich vermag es nicht einzuschätzen, zu was sie wirklich im Stande ist.

„So ungefähr. Aber du musst keine Angst haben, ich werde dir nicht schaden. Ich rege nur deine unterdrückten Gedanken an. Schließe einfach die Augen und du selbst wirst dich durch deine Erinnerungen führen", sagt Elea so zart und lieblich, dass meine Augen von ganz allein zufallen.

19

Ich schaue zu den dunkel drohenden Wolken hinauf, dann wieder in die schönen leuchtenden Augen des Mannes, der mir praktisch gegenüber steht. Wir sind beide pitschnass und jedem huscht ein Lächeln über das Gesicht. Aber plötzlich knallt es, mir zieht es die Füße weg und alles ist schwarz vor den Augen.

Dann höre ich wie aus weiter Ferne eine Stimme. Eine männliche.

„Komm, lass uns gehen. Das Licht ist so unbeschreiblich."

Ich schaue an meinem Körper hinunter und kann mir nicht erklären, warum die Füße die Erde nicht berühren. Ich schwebe. Wie kann das sein? Ich drehe mich um und sehe mich selbst am Boden liegen. Der junge Mann, den ich eben noch gegenüberstand, liegt neben meinem Körper.

Ich habe keine Angst und auch keinerlei Schmerzen, sondern beobachte, was um mich herum passiert. Ein junges Pärchen kommt angelaufen und kurz darauf kniet der Mann neben meinem Körper und die Frau beugt sich über meine Bekanntschaft, die ich nicht schließen konnte. Der Mann hat sein Telefon zwischen Kopf und Schulter geklemmt und telefoniert hektisch. Nebenbei beginnt er eine Herzdruckmassage.

Indes höre ich wieder diese Stimme und blicke mich danach um. Ein paar Meter von mir entfernt ist dieser Mann, dessen Körper neben meinem am Boden liegt.

„Komm, lass uns hinübergehen", lächelt er mich an und winkt mir zu.

In dem Moment verstehe ich nicht, was er damit meint, aber dann sehe ich das Licht, vor dem er schwebt. Mich zieht es nicht sonderlich an, weil er es fast gänzlich verdeckt. Mein Kopf dreht sich hin und her. Zwischen zwei Situationen, die ich beide nicht einzuschätzen vermag. Auf der einen Seite kämpft jemand um mein Leben, indem er versucht, mich wiederzubeleben und auf der anderen reicht mir jemand die Hand und fordert mich auf, diese Welt zu verlassen.

Erst als die Krankenwagen kommen, entscheide ich, die Chance zu leben anzunehmen. In diesem Moment erscheint ein wunderschöner weißer Engel neben mir.

„Du solltest noch nicht gehen. Dein Leben hat doch erst begonnen", sagt sie und schiebt sich zwischen mir und dem jungen Mann, der anscheinend von dem hellen Licht angezogen wird.

„Aber was ist mit ihm?", frage ich und versuche einen Blick von ihm zu erhaschen.

„Er muss es für sich entscheiden", antwortet mir der Engel mit ernster Stimme.

Das lass ich jedoch nicht gelten. Der Blitz hat uns beide erwischt und irgendwie vereint und so sollten wir auch den gleichen Weg gehen, egal in welche Richtung. Ich schwebe an dem Engel vorbei, zu ihm hinüber und ergreife seine Hand, die er mir immer noch reicht.

„Lass uns leben", fordere ich ihn auf.

„Warum, das Licht ist so wunderschön", erwidert er mir und hält den Zug, den ich ausübe standhaft entgegen.

„Das Leben auch", bleibe ich hart.

Beide versuchen wir unser Gegenüber auf seine Seite zu ziehen. Ich spreche ihn nochmals an und er wendet sich für einen Augenblick von dem Lichtschein ab. Irgendwie habe ich ihn mit einem weiteren Zug dazu gebracht, sich dem Licht vollkommen abzuwenden und mir zu folgen. Gemeinsam schweben wir dem Krankenwagen entgegen.

„Das war bestimmt ein Fehler", flüstert mir der Engel ins Ohr. *„Aber es ist zu spät. Wir müssen das Beste daraus machen"*, legt sie noch nach und breitet nun ihre Flügel schützend um uns beide, damit das Licht uns nicht mehr beeinflussen kann.

Ich öffne die Augen und bin immer noch in meinem Krankenbett. Die ganze Zeit habe ich mich nicht ein Stück bewegt, sondern das alles nur geträumt. Der Engel schaut mich mitfühlend an und schon liegen mir die Fragen auf der Zunge.

„Heute nicht mehr", hebt sie sacht ihre Hand und bringt mich dazu, die ungesagten Worte für mich zu behalten. *„Du solltest schlafen. Dein Körper braucht die Ruhe, um zu heilen. Ich werde dir alles erklären, wenn die Zeit dazu gekommen ist"*, redet sie weiter und ich werde gleichzeitig so müde, dass ich die Fragen wirklich vergesse. Langsam wird mir klar, was sie für einen Einfluss auf mich und meinem Körper hat.

Kapitel 3

„Guten Morgen, Frau Wegener. Ihr Frühstück", höre ich eine Krankenschwester sagen und drehe meinen Kopf zu ihr.

Ich bin schon eine Weile munter und gehe immer wieder das Geschehene von gestern Abend durch. Ein Engel, ein Nahtoderlebnis und der junge Mann, von dem ich nicht einmal den Namen kenne. Soll ich das alles glauben, oder war es nur ein Traum? Nein, das war es nicht. Den Engel habe ich nicht geträumt. Er hat wahrhaftig hier im Zimmer gestanden und mit mir geredet.

„Haben Sie noch Schmerzen?", unterbricht die Schwester meine Gedankengänge.

„Nein, es ist alles gut", antworte ich und bin mir gleichzeitig nicht sicher, ob es wirklich so ist. Vielleicht stimmt etwas mit meinem Kopf nicht.

Während ich den Gedanken nachhänge, entfernt die Schwester den Verband an meiner Hand. Ich schaue nicht hin, wer weiß, was ich zu sehen bekäme.

„Nanu", kommt erstaunt von ihr und zwingt mich dazu, nun doch hinzusehen.

Ich habe eine tiefe Fleischwunde oder viel Blut erwartet, aber da ist nichts. Es sieht aus wie eine dunkelrote Narbe.

„Das ist aber schnell verheilt", lächelt sie mich an. „Ich sage es dem Arzt, lege jedoch trotzdem einen neuen Verband an. Es sollte immer noch geschützt werden, da die verbrannte Haut sehr empfindlich ist", legt sie nach und schon ist die Wunde wieder verdeckt.

„Okay, darf ich das zu Hause selbst machen oder muss ich da ständig zu meinem Hausarzt?", frage ich und beobachte genau, wie sie den Verband anlegt, ohne das ich das Geringste spüre.

„Das dürfen Sie selbstverständlich selbst machen. Vielleicht noch ein paar Tage", nickt die Schwester mir zu.

„Bleibt das eine Narbe?", will ich noch wissen.

„Das kann ich nicht sagen. Aber ich gebe Ihnen eine Salbe mit, die macht die Narbe weicher, damit es nicht in der Hand spannt", sagt sie und schreibt es gleichzeitig in die Akte, die an dem Fußende des Bettes hängt.

„Danke", sage ich leise.

„Sie sollten etwas essen. In einer halben Stunde kommt noch einmal der Arzt zu Ihnen", fordert sie mich auf und schiebt das Tablett zu mir herüber.

„Darf ich nach Hause?", möchte ich wissen, denn ausruhen kann ich mich bei dem schönen Wetter auch auf meiner Terrasse.

„Das entscheidet der Arzt", zuckt sie nur mit den Schultern und schon bin ich wieder allein.

Ich schaue mir das Frühstück an, denn der Hunger hält sich in Grenzen. Das frische Brötchen und die leckere Marmelade stimmen mich jedoch um. Nur eines fehlt. Ich scheine hier keinen Kaffee zu bekommen, vor mir steht nämlich eine Tasse Kamillentee. Das ist nun gar nicht mein Ding, aber ich zwinge mich dazu, ihn zu trinken. Anscheinend darf ich im Moment keinen Kaffee zu mir nehmen, ich hänge ja auch noch an den ständig piependen Geräten.

Kurz nachdem ich fertig bin, kommt der Arzt wie angekündigt zur Visite.

„Guten Morgen, haben Sie sich ausreichend ausgeruht?", fragt er und schaut sich die Werte auf den Monitoren an.

„Ja, ich habe gut geschlafen", antworte ich und lache innerlich, denn was würde er sagen, wenn ich ihm von dem Engel erzähle. Nein, es ist mein persönlicher Engel und ihn kann ja auch niemand anders sehen. Am Ende komme ich auf eine spezielle Station, wo man mir bestimmt den Engel ausreden würde und nicht nach Hause.

„Prima. Ihre Wunde an der Hand ist schon gut verheilt", nickt er mir fast unbemerkt zu. „Und die Werte, die ich hier sehe, sind auch in Ordnung. Wenn Sie möchten, können sie nach Hause, aber bitte in Begleitung", redet er weiter und schreibt ebenfalls etwas in die Akte, die er nun unter seinem Arm klemmt. Dann legt er noch eine kleine Tube auf den Nachtschrank, was wohl die Salbe ist.

„Sicher, meine Freundin kommt gleich", entgegne ich zufrieden, aber eine Frage brennt mir unter den Nägeln.

„In Ordnung, ich schreibe noch einen Brief für Ihren Hausarzt und wenn der fertig ist, dürfen Sie gehen", nickt der Arzt mir zu und will das Zimmer schon wieder verlassen.

„Herr Doktor", beginne ich und setze mich aufrecht hin. „Ist denn der junge Mann, der mit mir zusammen von dem Blitz getroffen wurde auch hier im Krankenhaus?", stelle ich die Frage, die mich die ganze Zeit beschäftigt hat.

„Das darf ich Ihnen aus Datenschutz leider nicht sagen", schmunzelt der Arzt mich an.

„Schade", unterdrücke ich meine Enttäuschung.

„Aber vielleicht treffen Sie ja jemanden hier auf der Station oder unten im Park, wenn sie nach Hause gehen, der ebenso einen Verband an der rechten Hand hat wie Sie", sagt er und mit einem verschmitzten Lächeln verlässt er mein Zimmer.

Wie soll ich das denn wieder verstehen? Er hat die gleiche Wunde wie ich? Der Blitz ist bei ihm genauso durch den Körper gegangen wie bei mir? Wie ist das möglich? Oder steckt etwas anderes dahinter? Könnte das Elea wissen? Wo ist sie eigentlich? Hat sie nicht gesagt, dass sie immer an meiner Seite ist? Gerade will ich nach ihr rufen, da öffnet sich wieder die Zimmertür.

„Darf ich?", fragt Thea und schaut vorsichtig um die Ecke.

„Ja klar. Ich warte schon auf dich, denn ich kann nach Hause", freue ich mich, sie zu sehen.

„Das ist ja prima. Na dann los", kommt sie hereingestürmt und legt frische Sachen auf mein Bett.

„Ich muss noch auf den Brief vom Arzt warten", bremse ich sie und schaue mir an, was sie mitgebracht hat. „Wo sind denn die Sachen, die ich anhatte?", rede ich weiter.

„Die sind nicht mehr hier", zuckt Thea mit den Schultern.

„Wieso denn nicht?", verstehe ich die Antwort nicht.

„Die haben dein T-Shirt zerschnitten und die Hose war auch total verschmutzt. Ich habe die Sachen mitgenommen und dir etwas Frisches mitgebracht. Die sind zwar von mir, aber bis nach Hause sollte das doch in Ordnung gehen", erklärt mir Thea und ich stelle mir vor, wie ich fast nackt hierher gebracht wurde.

„Natürlich ist das Okay. Und du hast doch genauso hübsche Sachen wie ich. Wird gar nicht auffallen, dass es nicht meine sind", antworte ich und schiebe die Gedanken an die Sanitäter weg, die mich nackt gesehen haben. Das machen sie ständig und sie wollen nur Leben retten, da werden sie wohl kaum auf die Figur der Patienten achten. Und wenn doch, brauche ich mich ja nicht zu schämen.

Die Schwester bringt mir den Entlassungsbrief und ich bin froh, das Krankenhaus so schnell wieder verlassen zu können. Zudem noch eine Tüte mit Verbandsmaterial. Ich soll täglich den Verband an meiner Hand wechseln. Gestern habe ich nicht hingeschaut, deswegen heute genau aufgepasst, denn morgen muss ich es allein hinbekommen. Egal, ich werde es schaffen, aber jetzt will ich erst einmal hier raus.

Thea hilft mir beim Anziehen, da meine Kräfte noch zu wünschen übrig lassen. Ich versuche einfach aus dem Bett springen, aber kaum stehe ich, wird mir schwindelig und muss mich auf die Bettkante setzen. Thea schüttelt nur mit dem Kopf und stülpt mir eine Hose über die Füße. Ich rutsche vorsichtig zurück auf meine Beine und ziehe sie hoch. Dann noch das T-Shirt und nun sitze ich schon wieder, denn jede Bewegung strengt mich an. Das ist für mich ungewohnt, da ich eigentlich sportlich bin, aber die Energie, die durch meinen Körper gejagt wurde, hat offensichtlich seine Spuren hinterlassen. Es ist erforderlich, alles langsam zu machen und mich anscheinend mit mehreren Therapien zurück in mein Leben zu kämpfen.

Geht es dem jungen Mann auch so? Hat er ebenfalls die Beschwerden wie ich? Er sah sehr durchtrainiert aus. Hat der Blitz bei ihm das Gleiche ausgelöst wie bei mir?

Ich schüttele den Kopf, um die Gedanken an ihn wieder loszuwerden. Aber es klappt nicht so, wie ich es will. Ich bekomme seine leuchtenden Augen nicht aus meinen Erinnerungen. Die haben sich förmlich eingebrannt.

„Amy, alles Okay?", fragt mich Thea und ich bemerke, dass ich mit geschlossen Augen vor dem Bett stehe, total in mich versunken.

„Ja", antworte ich erschrocken und sehe, wie Thea mich anstarrt. Die Neugierde springt direkt aus ihrer Miene.

„Was hast du gerade gedacht?", lächelt sie und ich bin mir sicher, dass sie es schon längst weiß, zumindest ahnt.

„Ich muss noch etwas erledigen, bevor wir gehen können", wiegele ich ab und nehme meine Tasche, wo ich nur mit einem Handgriff die Salbe in ihr verschwinden lasse. „Kommst du?", frage ich und Thea folgt mir mit einem tiefen Seufzer auf den Gang hinaus.

Ich schaue mich kurz um. Das sind so viele Zimmer, wie soll ich ihn da finden? Sollte ich die Schwester nach ihm fragen? Vielleicht ist sie offener als der Arzt?

„Was suchst du?" Thea beobachtet mich aufmerksam und hat sich zudem untergehakt und gibt mir damit etwas mehr Halt. Meine Beine sind weiterhin wackelig, aber das interessiert mich momentan nicht.

„Ich möchte noch einmal mit der Schwester reden", sage ich und ziehe Thea hinter mir her. Doch kurz bevor wir am

Schwesternzimmer ankommen, sehe ich, wie der rätselhafte Kerl mit einem anderen Mann um die Ecke abbiegt. Ein Schild zeigt mir, dass es dort zu den Fahrstühlen geht. Er ist also auch entlassen worden und will gerade verschwinden. Aus dem Krankenhaus und vielleicht aus meinem Leben. Alles sträubt sich in mir, denn ich muss ihn erst kennenlernen, ehe er einfach so geht. Ich kann nicht sagen warum, irgendetwas zieht mich jedoch in seine Nähe.

„Komm, wir fahren mit dem Fahrstuhl", fordere ich Thea auf, aber ihr lachen sagt mir, dass sie die beiden auch gesehen und meine Absichten durchschaut hat.

Kaum das wir um die Ecke sind, bleibe ich abrupt stehen und Thea schaut mich abermals fassungslos an. Am Ende das Ganges, genau vor dem Fahrstuhl sehe nicht nur die beiden Männer, nein, neben ihnen ist ein schwarzer Engel erschienen.

Er ist so groß und schön, dass es mir die Sprache verschlägt. Ich schaue ihn fasziniert an, kann mich jedoch nicht einen Zentimeter bewegen. Ganz langsam kommt er in meine Richtung und jetzt ergreift mich die Angst. Die Faszination schlägt in Panik um und ich weiß nicht warum. Sanft schwingen seine Flügel, aber mit jedem Meter, den er sich mir nähert, schnürt es mir mehr die Kehle zu. Ich bin kurz davor in Ohnmacht zu fallen, als plötzlich Elea zwischen uns steht und mich vor ihm abschirmt.

„Lass sie in Ruhe", zischt Elea den schwarzen Engel an und schwingt provokatorisch mit ihren Flügeln.

„Du wirst ihr nicht ewig helfen können", schwebt eine dunkle und gefährlich klingende Stimme zu uns herüber.

Ich versuche, an Elea vorbeizuschauen, aber ihre ausgebreiteten Flügel lassen es nicht zu.

Ein weißer und ein schwarzer Engel. Sie scheinen sich zu kennen und ich glaubte immer, so etwas gibt es nicht. Jetzt sind gleich zwei hier, aber ich spüre die Gefahr, die von ihnen und ihrem Zwist ausgeht.

„Amy?" Thea zieht an meinem Arm und versucht, mich aus der Starre zu reißen. Sie hat nichts von alle dem mitbekommen. Kann die Engel nicht sehen und das, was eben passiert ist, hat sich für mich wie Minuten angefühlt, waren aber nur Sekunden.

„Ich komm schon, musste nur mal kurz durchatmen", sage ich deswegen zu Thea, weil ich ihr diese Situation nicht schildern könnte. Aber wenn ich zu Hause bin, hat Elea mir vieles zu erklären.

Zusammen steigen wir in den Fahrstuhl und ich habe es schon aufgegeben, die Männer noch einzuholen. Sie sind vor uns hinunter gefahren, da uns die Engel aufgehalten haben. Sie könnten somit über alle Berge sein, aber ich sollte mich irren. Vor dem Krankenhaus sehe ich sie stehen und mit einem gewissen Abstand ist es uns möglich, sie zu belauschen. Thea folgt mir ohne Widerspruch, denn sie scheint genauso neugierig zu sein, wie ich selbst.

„Ich muss sie finden", höre ich den Mann sagen, der wie der Arzt gesagt hat, den gleichen Verband an der rechten Hand hat wie ich. Allerdings steht er mit dem Rücken zu mir. So kann ich seine Augen nicht sehen, aber ich bin mir sicher, dass er derjenige ist, den ich nicht nur in meinem Traum gesehen habe, sondern auch im Park mitten im Regen begegnet bin.

„Warum, hast du dich in sie verguckt?", fragt sein Gegenüber und grinst ihn an.

„Nein, ich muss sie nur etwas fragen", bekommt er zur Antwort.

„Was denn?"

„Ich kann es dir schlecht erklären."

„Mann, du kannst mir doch alles sagen", lässt der andere junge Mann nicht locker.

„Ich weiß, aber ... Und du lass mich einfach in Ruhe", faucht er plötzlich.

„He, was stimmt denn mit dir nicht?", fragt der anscheinend jüngere und macht einen Schritt zurück.

„Dich hab ich doch gar nicht gemeint", winkt er ab. Der schwarze Engel steht lachend neben den beiden und wie bei mir kann nur einer ihn sehen.

„Wie bitte? Irgendetwas stimmt nicht mit dir. Hat dir der Blitz das Hirn weggebrannt?", sagt der andere verärgert.

„Lass den Scheiß und hilf mir lieber", erwidert er und zeigt auf eine Tasche, die an seinem Fuß abgestellt ist.

„Was wäre mit dem Park. Vielleicht triffst du sie da", beruhigt sich der andere Jüngere wieder, greift nach der Tasche und nickt in die Richtung des Krankenhausparks.

„Gute Idee, lass uns gehen."

„Nicht so schnell, man warte doch mal", stürmt er ihm hinterher und seine Stimmen verklingen zwischen den Bäumen.

Ich schaue ihnen noch eine Weile nach, obwohl ich sie schon längst aus den Augen verloren habe.

„Lass uns auch gehen", sagt Thea neben mir, die genauso zugehört hat wie ich. Hat sie aber die Andeutung gehört und verstanden?

Ich schon. Der Engel stand unweit der beiden. Er hat ihn damit gemeint, dass er seine Ruhe haben will. Ich habe ihn ebenfalls gesehen. Ob es derselbe Schwarze war wie vorhin auf dem Gang? Hat er etwa einen schwarzen Engel? Warum nicht einen weißen wie ich? Oder ist da ein Unterschied zwischen Mann und Frau? Ich finde momentan keine Antworten und so folge ich Thea´s Führung. Und die geht natürlich nicht in den Park, wie ich schon vermutet habe, sage aber nichts, denn ich möchte wirklich nur noch nach Hause.

Kapitel 4

Seit einer Stunde sitze ich schon auf meiner Terrasse und vor mir steht die Tüte mit dem Verbandsmaterial. Thea hatte mir angeboten zu helfen, aber ich habe störrisch, wie ich eben manchmal bin abgelehnt. Nun ist sie zu ihrer Spätschicht gegangen und ich könnte mir in den Allerwertesten beißen, weil ich ihre Hilfe nicht angenommen habe.

Ich nehme die Schere und schneide den kleinen Knoten von der Mullbinde durch. Meine Finger zittern und mir wird klar, dass es verdammt schwer wird mit links den neuen Verband an die Hand zu bekommen. Aber ich bin selbst schuld und so mache ich weiter. Langsam wickele ich die Binde ab und jetzt nur noch die Schutzkompresse. Vorsichtig hebe ich sie an und hoffe, dass sie nicht durch die Creme mit der Wunde verklebt ist. Es funktioniert jedoch einwandfrei. Ich schaue nicht schlecht, denn die Wunde sieht noch besser aus als im Krankenhaus. Sie ist nicht mehr so dunkel und ich kann die Hand wie auch die einzelnen Finger ohne Scherzen bewegen.

Es sieht wie ein Muttermal aus, aber ich bin erstaunt, dass es rund ist und wie ganz präzise aufgemalt aussieht. Wie kann das ein Blitz verursachen? Und hat er genau das Gleiche und sieht es auch so aus? Und wenn, wie ist das möglich?

Ich fahre mit dem linken Zeigefinger vorsichtig darüber und plötzlich wird das Mal doch wieder dunkler und dazu noch warm. Gleichzeitig erschrecke ich, denn es klingelt an der Tür. Der Verband, der auf meinem Schoß lag, fällt zu Boden, ich lasse ihn einfach liegen, da es der Gebrauchte war.

Mit der Sicherheit, dass es Thea ist, weil sie vielleicht etwas vergessen hat, gehe ich zur Tür. Aber sie ist es nicht. Vor mir stehen die zwei jungen Männer und mein Herz beginnt zu stolpern. Sofort bin ich wieder an den blauen Augen gefesselt und sein Lächeln erwärmt meinen ganzen Körper. Jedoch nicht nur das. Meine Hand fängt an, regelrecht zu brennen.

„Entschuldigen Sie, aber ich musste Sie unbedingt sehen." Seine Stimme klingt in den Ohren nach und ich vergesse gleichzeitig meine Hand.

„Woher wissen Sie, wo ich wohne?", frage ich erstaunt, denn der Arzt wird es ihm ebenso wenig gesagt haben wie mir.

„Wir sind Ihnen vom Krankenhaus aus hierher gefolgt", gibt er beschämt zu.

„Sie haben mich verfolgt?", bin ich entsetzt, wobei ich irgendwie glücklich darüber bin, denn ich hätte ihn wohl nicht so schnell gefunden.

„Ich habe gesagt, das es nicht gut ist. So etwas macht man einfach nicht", entgegnet der andere und will ihn dazu bewegen wieder zu gehen.

„Das, was da passiert ist ...", beginnt er und sucht sichtlich nach weiteren Worten, „Na ja, ich meine, dass es so gekommen ist", versucht er es noch einmal.

„Lucas frage sie kurz und knapp, ob ihr euch irgendwann mal wiedersehen könnt. Aber jetzt musst du dich ausruhen und ich denke sie auch", kommt ungeduldig von dem anderen und nickt mir nervös zu.

„Ja, ich möchte Sie fragen ...", stottert Lucas.

„Vielleicht", bekomme ich nur heraus, wobei mein Innerstes ein eindeutiges ja schreit.

„Also ich bin Lucas und wollte Sie wirklich nicht überrennen, aber falls Sie Interesse haben, hier meine Visitenkarte", erwidert er und will mir das kleine Kärtchen reichen. Bevor ich es nehmen kann, fällt es ihm runter. Jedoch nicht einfach so, es scheint, es hätte ihm jemand die

Karte aus der Hand geschlagen. Und ich weiß auch, wer es war. Ich kann sie zwar nicht sehen, aber ich spüre die Anwesenheit meines Engels neben mir.

Ich bücke mich und hebe die Karte auf, denn Lukas hat einen erschrockenen Schritt nach hinten gemacht. Seine Augen werden zu Schlitzen und suchen die Umgebung ab. Er scheint es ebenfalls gespürt zu haben, aber ist sich wohl nicht sicher, ob es eventuell sein schwarzer Engel war. Für mich ist es unstreitig, dass Elea hier ist, was ich ihm jedoch nicht sagen kann.

„Vielleicht begegnen wir uns mal. Oder wenn Sie den Wunsch haben, rufen Sie mich an", lächelt er jetzt etwas gezwungen und will anscheinend nur noch weg.

„Ich werde sehen, aber da lassen wir das Sie weg. Ich bin Amy", bemerke ich und sein Gesicht hellt sich schnell wieder auf.

„Prima, Amy. Dann bis später. Ach, und ich bin Lucas", raunt er zu mir herüber, obwohl er sich längst vorgestellt hat, und ich sehe, wie sein Begleiter nur mit den Augen rollt.

Mir dagegen gefällt seine Stimme und deswegen schenke ich ihm ein Lächeln. Zugleich beginnt meine Hand wieder zu brennen und Lucas drückt seine beiden Hände mit einem schmerzverzerrten Blick zusammen. Er hat den Verband noch dran, deshalb kann ich seine Wunde nicht sehen, aber er scheint ebenso Schmerzen wie ich zu haben. Mit diesem Gedanken und einem schönen Gefühl im Herzen schließe ich die Tür und gehe zurück auf die Terrasse. Das Kärtchen lege ich auf den Tisch und nehme die Tüte, um meine Wunde wieder zu verbinden. Die Schmerzen sind weg, als wäre nichts gewesen. Fragend schaue ich auf meine Hand und bemerke, wie das Mal erneut in der Farbe heller wird. Ich kann das alles nicht deuten, und wer könnte mir da nur helfen.

„Ich kann dir alles erklären. Zumindest kann ich es versuchen", höre ich Eleas zierliche Stimme und dann

erscheint sie direkt vor mir. Sie schwebt über die Wiese und das irgendwie nervös.

„Okay, da fangen wir gleich damit an, warum du Lucas das Kärtchen aus der Hand geschlagen hast", frage ich geradeheraus und sie schaut mich erstaunt an.

„Das hast du mitbekommen?"

„Nicht nur ich. Ich denke Lucas auch, aber er hat bestimmt an den schwarzen Engel gedacht", entgegne ich und plötzlich ist Elea ganz nah bei mir.

„Du darfst diesem Engel niemals zu nahe kommen", flüstert sie.

„Wie denn? Du gehst doch gleich dazwischen", schmunzele ich, obwohl mir es nicht egal ist. „Der ist ziemlich unheimlich", lege ich deswegen nach.

„Nicht nur das. Er ist tödlich", kommt ernst von Elea.

„Wieso hat Lucas eigentlich einen schwarzen Engel?", möchte ich wissen, denn langsam ist mir klar, dass es sein Engel ist und er ihn durch den Blitz genauso sehen kann wie ich Elea.

„Ich glaube, wir sollten am Anfang beginnen", wiegelt sie meine Frage ab.

„Und der wäre?"

„Dein Traum, oder besser gesagt dein Nahtoderlebnis."

„Was ich da gesehen habe, ist wirklich so passiert?"

„Ja, und es wird ab jetzt dein Leben beeinflussen."

„Ich weiß, dass der Blitz uns getroffen hat, dann bin ich im Krankenhaus aufgewacht und Thea war bei mir. Das dazwischen hast du mir gezeigt", erkläre ich, weil ich es bis heute nicht verstehe.

„Ich habe nur dein Unterbewusstsein aktiviert, dass du es noch einmal siehst. Es ist ein wahres Erlebnis und somit in deinem Kopf abgespeichert", erwidert Elea.

„Du warst der Engel, der uns gerettet hat."

„Ich habe nur etwas geholfen. Dein eigener Wille hat dich entkommen lassen."

„Was meintest du damit, dass ich einen Fehler gemacht habe", erinnere ich mich, denn genau diese Aussage geht mir nicht mehr aus dem Kopf, sie ist hartnäckig hängengeblieben, als würde dieser Fehler mein weiteres Leben bestimmen.

„Du weißt, dass du eigentlich tot warst", beginnt Elea und sieht mich ernst an. Ich regiere darauf nicht und so fährt sie fort. *„Ich war da und habe dir auf den Weg, der zurückführte, geholfen. Das klappt jedoch nicht immer. Ich bin aber zum Glück rechtzeitig da gewesen wie auch deine Retter. Ohne ihre Wiederbelebung hätte es wohl nie einen Weg zurückgegeben."*

„Okay, aber welchen Fehler habe ich dabei gemacht? Ich hatte auf dem Ablauf gar keinen Einfluss, oder doch?", frage ich etwas verwirrt und hoffe Genaueres zu erfahren.

„Wenn jemand das Licht sieht, wird es schwierig. Das ist nämlich so anziehend, dass die meisten einfach da hineingehen wollen. Diese vermag nicht mal ein Engel zu retten. Du hast es jedoch nicht vollkommen gesehen", erklärt Elea.

„Ja, weil er davor schwebte und mir die Sicht genommen hat", unterbreche ich sie.

„Das stimmt." Sie holt tief Luft und ich warte geduldig darauf, dass sie weiter redet. *„Du hast ihm deine Hand gereicht, und ihn dadurch veranlasst mit dir zusammen zurückzukommen."*

„Das war doch kein Fehler. Warum sollte er denn sterben?", schüttele ich mit dem Kopf, weil sein Leben durchaus so wertvoll ist wie meines.

„Ihr Menschen solltet aber solche Entscheidungen nicht treffen. Ich war für dich da und dein Leben könnte einfach so weitergehen. Jetzt geht das eben nicht mehr." Sie unterbricht und dreht sich von mir weg. Sie schaut sich um, als wolle sie sichergehen, dass wir allein sind. Ich kann nichts sagen, da ich von der Pracht ihrer Flügel, die zu mir zeigen, fasziniert bin. Gleichzeitig bin ich mir immer noch

nicht sicher, ob das alles wirklich gerade passiert oder ich vielleicht doch träume.

„Der junge Mann hat auch einen Engel", beginnt sie wieder und hält ihre Hände gefaltet vor der Brust, als hätte sie Angst darüber zu sprechen. *„Jedoch einen Schwarzen, wie du selbst schon erkannt hast."*

„Und warum hat gerade Lucas so einen Engel an seiner Seite?"

„Die Menschen können sich ihre Schutzengel nicht aussuchen und einige wenige bekommen eben einen schwarzen Engel", versucht sie zu erklären, aber das reicht mir nicht.

„Das sind die Bösen, stimmt´s? Warum hat ausgerechnet Lukas so einen? Er kam mir absolut nicht böswillig vor", werde ich lauter, denn ich verstehe nicht, wer das zu entscheiden hat. Das klingt ja wie ein Urteil über Leben und Tod.

„Es hat nichts mit dem Menschen direkt zu tun." Elea spürt wahrscheinlich mein Unverständnis, aber da muss sie mir wirklich mehr erklären.

„Mit was dann?", dränge ich sie, mir die Wahrheit zu sagen.

„Die schwarzen Engel können den Menschen dem sie zur Seite stehen beeinflussen. In Dinge, die derjenige macht oder Worte die er sagt. Und er kann ihn bei einem Unfall oder einer tödlichen Krankheit, nachdem er in das Licht gegangen ist, zu sich lenken. So kann er ihn auf die dunkle Seite ziehen, dort hin, wo die schwarzen Engel auch herkommen", erläutert mir Elea mit einer einfühlsamen Stimme. Ich höre genau zu, aber augenblicklich verdoppeln sich die Fragen in meinem Kopf.

„Wer entscheidet, welchen Engel man bekommt und somit über unser Leben?"

„Eigentlich niemand. Für jeden Menschen, der geboren wird, ist automatisch ein Schutzengel vorgesehen. Die Engel einigen sich meistens untereinander. Aber hin und

wieder gibt es eben auch die Schwarzen. Manchmal
kommen sie erst später, wenn sich ein weißer Engel als zu
schwach herausstellt. Warum gerade Lucas einen hat,
vermag ich dir nicht zu sagen, aber eins ist klar, er ist jetzt
wütend auf dich. Du hast ihm Lucas förmlich aus seinen
Fängen und Plänen entzogen."

„Er sollte also sterben", murmele ich vor mich hin.

„Ja, und nun strebt er nach euch beiden. Er will dich
bestrafen und zusammen mit Lucas auf seine Seite holen",
bestätigt sie meine Gedanken.

„Das kannst du doch verhindern, oder ist er zu stark für
dich", flehe ich sie an, denn ich will weder sterben, noch in
eine dunkle Welt gezogen werden.

„Ich werde alles versuchen und er ist nicht zu stark für
mich. Aber er hat euch eine Bürde auf die Schultern gelegt,
die ich weder unterbinden noch beeinflussen kann."

„Wie meinst du das? Außerdem kenne ich doch Lucas
gar nicht. Unser zusammentreffen war zufällig."

„Er wird dafür sorgen, dass du ihn richtig kennenlernst,
und er setzt sogar auf noch mehr."

„Was mehr?", langsam verstehe ich ihre Worte, aber will
es von ihr hören.

„Ihr werdet euch verlieben", meint sie und ihr
Gesichtsausdruck zeigt mir, dass sie nichts dagegen tun
kann.

„Das glaub ich kaum. Ich brauche keinen Mann",
kontere ich, wobei ich mir im Innersten nicht mehr sicher
bin, denn jedes Mal, wenn ich ihn sehe, schlägt mein Herz
Alarm. Aber ich will mein jetziges Leben mit niemanden
teilen. Nur Thea, weil sie wie eine Schwester ist.

„Du wirst es nicht verhindern können. Und das ist auch
nicht alles", sagt sie bedrückt und ich merke, wie mir mein
Leben aus den Händen gleitet. *„Dein Verband"*, redet sie
weiter und automatisch sind die Schmerzen wieder da.
„Dieses Mal hat Lucas auch. Das hat euch der schwarze

Engel eingebrannt, als du ihn berührt und mit dir gezogen hast. "

„Warum hat er das gemacht?"

„Es ist eure Strafe. Wenn sich die Male berühren, egal wo und wann, werdet ihr sterben. Und du kannst dir sicher sein, dass er euch dann beide zu sich holt. " Elea schaut mich streng, aber auch traurig an. Sie will mich wahrscheinlich warnen, jedoch gesteht sie still ein, dass sie uns nach einer Berührung kaum helfen kann.

Meine Gedanken kreisen. Ich werde mich in Lucas verlieben. Okay, so weit gut. Aber wir dürfen uns nicht berühren. Nicht gut! Wie soll das denn funktionieren? Weiß eigentlich Lucas über das alles Bescheid? Wir können doch versuchen uns aus dem Weg zu gehen.

„Das wird nicht klappen", unterbricht Elea meine Gedanken und ich bin nicht sonderlich überrascht, dass sie sie lesen kann.

„Er hat dich doch schon gefunden. Und der schwarze Engel wird dafür sorgen, dass ihr euch immer wieder über dem Weg lauft und stetig näher kommen werdet. "

„Weiß Lucas, was das Mal in unseren Händen bedeutet?", frage ich und sehe die kleine Visitenkarte auf den Tisch liegen. Ich soll ihn anrufen. Das werde ich wohl jetzt sicher nicht mehr in Erwägung ziehen.

„Das denke ich nicht. Aber wenn du ihn noch einmal siehst, solltest du mit ihm darüber reden. Ich nehme an, er will genauso wenig sterben wie du. Außer der Engel erzählt ihm große Märchen von seiner Welt und das er nur mit dir dort glücklich werden kann. " Elea berührt mit ihrer Energie meine Hand und die Schmerzen lassen nach. Wärme durchflutet meinen Körper, beruhigt mich und gibt mir Sicherheit, diese Herausforderung zu bestehen.

„Was soll ich jetzt machen?", schaue ich sie an und schluchze, denn meine Augen haben sich schon längst mit Tränen gefüllt. Ich verberge sie auch nicht, weil das bei Elea sowieso keinen Sinn hätte.

„Werde erst einmal wieder richtig gesund. Und dann rate ich dir, Thea das Ganze zu erzählen, was du eben von mir erfahren hast. Sie ist der einzige Mensch, der dir helfen kann. Vor allem wenn Lucas dir zu nahe kommen sollte. Sie ist deine Freundin und wird zu dir stehen."

„Soll ich ihr auch von dir erzählen? Das glaubt sie mir niemals", sage ich und schaue sie fragend an.

„Vielleicht irrst du dich da. Thea versucht sich schon lange mit spirituellen Dingen. Sie hat einen Draht dafür. Glaube mir, sie wird dich sicher verstehen."

„Ich werde mir das noch einmal überlegen, für heute ist das alles fast schon zu viel."

„Gut, ich werde dich allein lassen, damit du deine Ruhe bekommst."

„Du willst weg?", kommt entsetzt von mir, denn erst macht sie klar, dass ich möglicherweise in Gefahr bin und am Ende auch sterben könnte, und dann ist sie gewillt einfach zu gehen.

„Ich bin immer da. Aber du siehst mich nur, wenn du es unbedingt wünschst, ich es für notwendig halte oder du mich brauchst."

„Wieso konnte ich dich eigentlich nicht vor dem Unfall sehen?"

„Du hast durch den Blitz Fähigkeiten erworben. Das ist eine davon", erklärt Elea kurz.

„Und was kann ich noch?", werde ich neugierig und bin wieder hellwach.

„Das werde ich dir ein anderes Mal erzählen. Alles zu seiner Zeit", erwidert Elea und ihr Blick zeigt mir, dass ich jetzt nichts Weiteres erfahren werde, egal was ich tun würde.

Ich komme zu keinen anderen Fragen mehr, denn ich werde plötzlich sehr müde. Ich sehe noch, wie Elea leicht mit ihren Flügeln schwingt und mir damit ein Lächeln auf die Lippen zaubert. Sie möchte, dass ich wieder richtig gesund werde, und so gebe ich ihren Bemühungen nach und mache es mir im Liegestuhl bequem. Kurz darauf fällt mein Kopf zur Seite und langsam werden alle Gedanken an die Engel sanft weggewischt.

Kapitel 5

*I*ch bin nun seit einer Woche zu Hause und fühle mich jeden Tag besser. So habe ich gestern im Kindergarten angerufen, dass ich ab kommenden Montag wieder arbeiten werde. Ich halte es einfach nicht länger aus, die kleinen Kinder fehlen mir.

Die Ruhe, da ich den ganzen Tag allein bin, macht mich kirre. Ich kann ja nicht jeden Tag das Haus von oben bis unten putzen nur, um die lange Weile zu vertreiben. Zum Glück war schönes Wetter und so habe ich mich im Garten beschäftigt. Aber auch da ist jetzt alles in Ordnung.

Thea ist zwar täglich nach der Arbeit kurz bei mir gewesen, wobei das meistens nur Momente waren. So hatte ich natürlich reichlich Zeit, über alles nachzudenken. Einen Weg aus dem ganzen mit den Engeln habe ich nicht gefunden. Ich muss es einfach auf mich zukommen lassen. Thea habe ich ebenfalls noch nichts erzählt. Einmal passte die Stimmung nicht und das nächste Mal war die Zeit dafür nicht da. Lucas habe ich bis heute nicht wiedergesehen. Er wartet vielleicht darauf, dass ich anrufe. Obwohl ich es schon gern gemacht hätte und auch einige Mal fast dabei war, habe ich ihm den Gefallen nicht getan. Wenn ich Elea glauben kann, wird er kurz oder lang sowieso auf mich zukommen. Aber eines hat mich dann doch etwas durcheinandergebracht. Wann immer ich an ihn gedacht habe, begann meine Hand heiß zu werden und manchmal sogar richtig zu brennen. Ist das vielleicht ein Zeichen, dass wir zusammen gehören, oder hört das erst auf, wenn sich beide Male gefunden und verbunden haben. Aber dann ist es wohl zu spät, der schwarze Engel hätte gewonnen und wir würden sterben. Das weiß ich jedoch zu verhindern und so versuche ich Lucas immer schnellstens aus meinen Gedanken zu verbannen. Es klappt nicht jedes Mal, aber ich habe langsam den Dreh raus. Ich kann nur hoffen, dass er mir fern bleibt. Wie ich reagiere, wenn er mir irgendwann wieder gegenüber steht, kann ich jetzt nicht einschätzen.

Obwohl wunderschönes Wetter ist, fahre ich mit dem Auto auf Arbeit und umgehe damit den Weg durch den Park. Schon der Gedanke daran was da passiert ist, lässt mich erschaudern.

Ich habe Spätschicht und komme gerade dazu, wie sich die Kinder die Hände waschen. Sie waren auf dem Spielplatz und das aufgeregte Geschnatter zeigt mir, wie spannend es für sie gewesen sein muss. Nach ein paar Minuten kehrt wieder Ruhe ein und alle sitzen ganz brav an ihren Tischen. Zwei Mädchen von der großen Gruppe verteilen die Teller. Es gibt Mittagessen und der Milchreis, der vor ihnen gestellt wird, zaubert bei fast allen ein Lächeln auf das Gesicht. Welches Kind könnte das Essen nicht mögen? Ich kenne kaum eines. Noch ein Tischspruch, den die meisten mir nachplappern und dann hört man nur noch die Löffel klappern. Zufrieden schaue ich zu wie sich die Teller leeren und alle brav auf den Nachtisch warten. Nachdem das ebenfalls verspeist ist, ziehen die Kinder ihre Schlafsachen an. Jetzt wird es ziemlich schnell still im Haus. Fast alle schlafen von einer Minute auf die andere ein.

Ich setze mich mit einem Buch zu ihnen. Mit einem Auge überwache ich sie und mit dem anderen versuche ich einige Seiten zu lesen. Thea ist schon nach Hause gegangen und die zweite Kollegin setzt sich jetzt zu mir. Unterhalten geht natürlich nicht, höchstens mit Handzeichen, damit wir die kleinen Mäuse nicht aufwecken. Das sind wir gewöhnt und gehört zu unserem Dienst einfach dazu.

Meistens schlafen die Kinder zwei Stunden und nun sind sie auch schon wieder, nach einem Nachmittagssnack, draußen auf dem Spielplatz. Zu zweit ist es möglich sie im Auge zu behalten. Der Platz ist nicht zu groß und wir haben nachmittags etwa 10 Kinder zu beaufsichtigen. Einige spielen im Sandkasten, aber die, die auf dem Klettergerüst sind, haben meine besondere Aufmerksamkeit. Trotzdem kann einmal etwas passieren, genau wie eben. Die kleine Sophie ist heruntergefallen und hat sich das Knie aufgeschürft. Nicht viel, aber wohl jedes Kind denkt, es müsse sterben beziehungsweise es könnte nicht mehr laufen. Ich streiche ihr über den Kopf und dann hüpft oder besser gesagt humpelt sie neben mir her. Wir gehen in den Waschraum, wo ich ihre Wunde erst einmal säubern will, um zu schauen wie ernst es wirklich ist. Sophie setzt sich auf einen der vielen kleinen Hocker und schaut mich mit Tränen in den Augen an.

„Tut es sehr weh?", frage ich sie, während ich einen Waschlappen nass mache.

„Es geht schon", schluchzt sie tapfer und beobachtet jeden Handgriff von mir.

Ich tupfe vorsichtig um die Wunde herum, um den Schmutz zu entfernen, und jedes Mal holt Sophie tief Luft. Ich muss lächeln, denn die Erwachsenen würden es nicht anders tun, um den Schmerz nicht zu sehr zu spüren.

„Das machst du ganz prima", lächele ich sie an.

„Bekomme ich jetzt so ein Pflaster mit einem Schmetterling drauf?", will sie wissen, während die Tränchen schon versiegt sind.

„Ja klar", erwidere ich und schaue mir die Wunde noch einmal genauer an. Sie ist nicht tief, nur eine oberflächliche Schramme und so brauche ich sie auch nicht mit Jod reinigen. Das wären zusätzliche Schmerzen, die ich Sophie nicht bereiten will. Ich lege meine Hand auf das Knie, um sie damit zu hindern aufzustehen. Genau über mir ist der Medizinschrank, an den ich versuche heranzukommen. Aber es klappt nicht. Er hängt zu hoch und außerdem ist er abgeschlossen. Ist ja auch klar. Es darf keinem Kind gelingen, ihn zu öffnen, da gefährliche Gegenstände darin sind. Zumindest gefährlich für Kinder. Aber genau in diesem Moment, wo ich das Knie loslassen will, legt Sophie ihre Händchen auf meine.

„Das wird ganz warm", flüstert sie und schaut mich mit großen Augen an.

„Was?", frage ich erstaunt und spüre nun selbst, dass meine Hand richtig heiß wird. Ich will sie wegziehen, damit ich ihr nicht noch zusätzlich weh tu, aber sie schüttelt mit ihrem Kopf.

„Nein, das tut gut. Ich habe gar keine Schmerzen mehr", hält sie mich fest.

„Warte mal", sage ich und befreie meine Hand und führe sie zu meiner Wange. Sie ist nicht so heiß, wie ich es spüre, nein, sie ist angenehm warm. Ich schaue das Mal an, aber es sieht genauso aus wie immer.

„Ist das von dem Blitz?", steht Sophie neben mir und schaut sich meine Handfläche an.

„Ja, aber woher weißt du das denn?", blicke ich erstaunt auf sie hinab.

„Meine Mama hat gesagt, dass ein Blitz dich getroffen hat und du deswegen im Krankenhaus warst. War das sehr schlimm?", schnattert die kleine Maus und schaut mich mit ihren Kulleraugen an.

Wie soll ich ihr das denn erklären? Einfach, so das sie es versteht und keine weiteren Fragen stellt.

„Der Blitz war ganz heiß", beginne ich.

„Da hast du dich verbrannt", unterbricht sie mich.

„Ja, so ungefähr", lächele ich Sophie an.

„Mama hat sich auch mal verbrannt, aber so einen Fleck hat sie nicht."

„Bei mir geht der bestimmt auch wieder weg", sage ich, wobei ich da überhaupt keine Hoffnung habe.

Ich drehe mich um und hole ein Pflaster aus dem Medizinschrank und plötzlich quietscht Sophie auf.

„Da ist nichts mehr. Es ist weg, schau mal", zappelt sie auf dem Hocker herum, auf dem sie sich inzwischen wieder gesetzt hat.

Ich muss zweimal hinschauen und begreife nicht, was da passiert ist. Es ist wirklich nichts mehr zu sehen. Ich fahre vorsichtig mit einem Finger darüber hinweg und fühle nur zarte Kinderhaut.

„Du hast mein Knie gesund gemacht", lacht die Kleine und ich schaue fassungslos auf meine Hand. Kann ich mit ihr heilen? Deshalb war sie warm, denn jetzt ist davon absolut nichts mehr zu spüren.

Ich dachte, das Mal soll eine Strafe sein und wäre nur eine Verbindung zwischen mir und Lucas. Elea hat nichts gesagt, dass das Mal auch eine gute Seite hat. Das muss sie mir unbedingt erklären. Hoffentlich kann sie das, oder ist es vielleicht nur eine Nebenwirkung?

„Darf ich wieder zu den anderen gehen?", fragt Sophie neben mir und zupft an meinem T-Shirt.

„Ja, sicher. Ich räume hier nur noch schnell alles weg", antworte ich aus den Gedanken gerissen. Wie in Trance, benommen von dem gerade Erlebten, lege ich das Pflaster zurück, säubere den Waschlappen und folge Sophie nach draußen auf den Spielplatz.

Kapitel 6

*H*eute kann ich es nicht erwarten, nach Hause zu kommen. Kaum sind alle Kinder von ihren Eltern abgeholt, sitze ich schon in meinem Auto. Auch an dem Discounter fahre vorbei, obwohl ich ein paar Kleinigkeiten holen wollte. Ich schließe die Tür hinter mir und suche Elea. Ich rufe nach ihr, aber es dauert ein paar Minuten, bis sie im Wohnzimmer erscheint und jegliches Licht unnötig macht. Wunderschön steht sie vor mir und hat eine Hand gehoben. Sie möchte, dass ich schweige, warum weiß ich nicht. Ich schaue mich um, kann aber nichts Auffälliges finden, bis ich einen kalten Windzug wahrnehme. Genau in diesem Moment schlägt Elea mit ihren Flügeln, wobei ich rückwärts falle und auf meinem Hintern lande. Ich beobachte Elea, die jetzt mitten auf der Wiese hin und her schwebt. Sie ist aufgeregt, das sehe ich an dem Zittern ihrer Flügelspitzen. Ich wage es nicht, mich nur einen Zentimeter zu bewegen, denn ich kann mir vorstellen, wer hier war. Aber warum habe ich ihn nicht gesehen? Wollte er mir etwas antun? Muss ich jetzt etwa ständig in Angst leben?

„Alles wieder in Ordnung", kommt Elea zu mir zurück.

„War das der schwarze Engel?", frage ich sie direkt.

„Ja", bekomme ich nur eine kurze Antwort.

„Was will er von mir? Kann er mir gefährlich werden? Und warum habe ich ihn nicht gesehen?", stoße ich hervor und rappel mich erst einmal wieder auf, lasse mich jedoch zugleich auf die Couch fallen.

„Er kann dir nur Angst machen. Körperlich hat er keinen Zugang zu dir. Zudem können wir entscheiden, ob wir sichtbar sind oder nicht", antwortet mir Elea, aber ihre Miene bleibt ernst.

„Er macht mir mehr Angst, wenn ich ihn wahrhaftig sehe", glucke ich, denn er ist anziehend und abstoßend zugleich.

„*Er wollte uns wohl ausspionieren*", zuckt Elea auf einmal die Schultern und zwinkert mir zu.

„Gibt es denn irgendetwas bei mir, was andere nicht wissen sollten", erzwinge ich mir ein Lächeln.

„*Das was dir heute passiert ist zum Beispiel.*" Elea dreht sich wieder zur Tür und ich schiele automatisch an ihr vorbei. Aber dann höre ich die Worte noch einmal in meinem Kopf.

„Was? Du weißt davon?", platze ich heraus und muss gleichzeitig für mich lachen, denn sie ist ja ständig an meiner Seite.

„*Er weiß sicherlich, dass du jetzt Fähigkeiten besitzt, die ein Mensch normalerweise nicht hat. Aber welche es genau sind, darf er nicht erfahren. Er könnte sie sonst zu deinem Gegenteil ausnutzen*", versucht Elea, mir zu erklären.

„Wie soll er das denn machen? Du hast gerade gesagt, dass er keinen Zugang zu mir hat", schüttele ich verständnislos den Kopf.

„*Er kann aber Lucas so lenken und ihn zu Aktivitäten bringen, sodass dir deine Fähigkeiten zur eigenen Falle werden*", kommt eindringlich von ihr.

„Das verstehe ich nicht", sage ich leise und rede gleich weiter. „Was gibt es da noch?"

„*Das weiß ich derzeit nicht. Dass du durch Handauflegen heilen kannst, hast du ja heute gemerkt. Aber das ist bestimmt nicht alles.*"

„Und wie könnte mir das selbst gefährlich werden?"

„*Hast du nicht die Hitze viel mehr gespürt als die Kleine? Bei ihr ist weit weniger auf der Haut angekommen. Du könntest innerlich verbrennen, wenn du nicht rechtzeitig damit aufhörst.*"

„Wie merke ich, wo die Grenze ist?"

47

„Das ist deine Aufgabe, es zu lernen. Zum Beispiel, wenn du schlecht Luft bekommst, solltest du die Behandlung sofort abbrechen."

„Okay, ich werde es ja kaum ständig oder gar beruflich machen. Das heute war ja nur ein Zufall. Aber was könnte ich noch für Fähigkeiten haben? Und woher weißt du das alles?"

„Wir Engel wissen das einfach und tauschen untereinander auch mal Erfahrungen aus. Und da gibt es so manches. Telepathie, Telekinese Hellsehen oder, oder ...", zählt Elea auf und ich kann es nicht glauben. Das alles ist vielleicht durch den Blitz möglich?

„Ich habe Superkräfte", kichere ich los.

„Nein, hast du nicht. All diese Dinge musst du nicht bekommen und die die du am Ende hast, werden dir viel Arbeit machen. Es ist erforderlich, dass du lernst sie zu beherrschen, denn es darf niemand darüber Bescheid wissen. Zumindest nur die den du vertrauen kannst."

„Also sollte ich nichts davon in der Öffentlichkeit praktizieren, ansonsten werde ich zum Versuchskaninchen von durchgeknallten Professoren", lache ich jetzt richtig los.

„Du solltest das nicht auf die leichte Schulter nehmen. Was denkst du, was die Mutter der kleinen Sophie darüber sagen wird, wenn sie erzählt, dass du mit dem Mal heilen kannst."

„Es ist ein Kind und die fantasieren manchmal", zucke ich mit den Schultern, als wäre es mir egal. Aber der Blick von Elea sagt mir, dass es nicht so sein sollte.

„Du musst wirklich besser aufpassen", warnt mich Elea.

„Ja, aber heute im Kindergarten wusste ich doch nicht einmal, dass ich das kann. Das nächste Mal werde ich aufmerksamer sein."

„Es sollte kein nächstes Mal geben. Zumindest nicht im Kindergarten und vor allem nicht unter Zeugen."

„Wozu habe ich dann diese Fähigkeiten, wenn ich sie nicht nutzen darf?"

„Diese ist möglich irgendwie zu erklären. Erzähle einfach von den Blitz und das du jetzt Energie umleiten kannst", grinst mich nun Elea an, aber ich sehe ihr an, dass sie es genauso meint.

„Gut und die anderen?"

„Da musst du warten, was du überhaupt davon irgendwann kannst. Vielleicht ist das Handauflegen auch das Einzige."

„Dann werde ich wohl abwarten. Und ich will auch nicht, dass sich mein Leben komplett ändert, wenn ich immer und überall aufpassen muss, was ich tue oder sage. Das kann schwierig werden, denn ich bin echt nicht gut darin", bemerke ich verschmitzt und Elea nickt mir zu, weil sie mich am besten kennt und genau weiß, wie ich bin.

„Wenn es hart auf hart kommt, werde ich dich vielleicht aus so mancher Situation retten können", lacht sie, aber ich werde versuchen, nicht in solche zu geraten.

Ich schaue mir mein Mal noch einmal genau an. Es ist komplett verheilt und sieht so unscheinbar aus. Aber es ist möglich, dass es in der nächsten Sekunde ganz anders ist. Ich könnte innerlich verbrennen. Hat der schwarze Engel damit auch etwas zu tun, dass das Mal sich gegen mich richtet? Aber hiermit wird er mich nicht bekommen. Er hat uns diese Strafe ja auferlegt, um uns beide zusammen auf seine Seite ziehen zu können. Wie wird es dort wohl sein? Wie ist es denn auf Eleas Seite? Was ist da der Unterschied? Dunkel oder hell! Gut oder böse! Wir Menschen wissen eigentlich nichts diesbezüglich. Jeder macht für sich seine Gedanken und hat seine eigenen Vorstellungen. Ich hatte einmal darüber nachgedacht, als meine Eltern gestorben sind. Ich habe mir damals gewünscht, dass sie gemeinsam irgendwo als Engel weiterleben. Werden wir Menschen denn zu Engeln? Und sind die Verstorbenen dann unsere Schutzengel? Fragen über Fragen und niemand weiß, wo er nach seinem Tod hingeht. Hatten meine Eltern denn beide einen weißen

Engel? Bei dem Gedanken schnürt es mir die Kehle zu. Was wenn nicht? Keiner weiß, ob sie zusammenbleiben durften. Und wenn einer von ihnen jetzt auf der dunklen Seite ist? Oder am Ende beide.

„Mach dir keine Gedanken. Sie sind zusammen und eines Tages wirst du dich selbst davon überzeugen können. Nur dieser wird noch lange nicht kommen, zumindest solange ich es verhindern kann." Ich höre Eleas Stimme leise und etwas verschwommen, aber sie beruhigt mich. Ich liege auf der Couch und bin schon fast eingeschlafen.

Aber meine Gedankengänge gehen nach den Worten von Elea weiter. Denn wenn ich sie wiedersehen werde, dann sind sie da, wo ich eines Tages hingehe, und so hatten sie auch weiße Engel. Ich habe bis heute stets zu kämpfen gehabt, wenn ich an sie gedacht habe, aber jetzt bin ich mir ziemlich sicher, dass es ihnen gut geht und sie auf mich warten. Das müssen sie jedoch wirklich noch lange.

„Wie seid ihr Engel so?" Bin ich wieder munterer. „Erzähl mir bitte etwas von eurer Seite", füge ich hinzu und Elea scheint zu überlegen.

„Also wir sind aus reiner Energie, erfüllt von Lichtsubstanz. Nicht aus Fleisch und Blut und somit unzerstörbar durch die Menschen. Wir pflanzen uns nicht fort wie ihr, sondern die Engel vermehren sich durch die Seelen der Verstorbenen. Die ein gutes Leben geführt haben, werden zu Engeln. Bei den schwarzen Engeln ist es genau entgegengesetzt. Auf der dunklen Seite gibt es aber auch Dämonen und Wesen der Finsternis und die können sich fortpflanzen. Kannst du mir noch folgen?", unterbricht sie und schaut mich schräg an.

„Sicher und was sind eure Aufgaben?", möchte ich, dass sie weiter redet.

„Wir beschützen die Menschen. Jeder hat nur einen und sind deren Hüter. Wir bewahren sie vor Schaden an Leib und Seele. Zudem leiten, führen und begleiten wir unseren Schützling. Wir warnen sie vor Gefahren und versorgen sie

wenn notwendig mit Energie. Dann gibt es auch noch Seelengefährten, das sind meistens Verwandte und die helfen beim Übergang und empfangen die Menschen auf unsere Seite." Elea beendet ihre Beschreibung und wartet anscheinend auf eine Reaktion von mir.

Mein Kopf sinkt zurück ins Kissen und ich lasse das Gesagte auf mich wirken. Die Engel sind somit überall und haben höchstwahrscheinlich viel zu tun. Die Situation, in der wir uns befinden, ist jedoch etwas Außergewöhnliches, sogar für unsere Engel. Ich kann nur hoffen, dass wir das alles bewältigen können.

„Danke, dass du mir euer Dasein so erklärt hast", flüstere ich.

„Die Möglichkeiten haben die wenigsten, aber ihr werdet es alle eines Tages erfahren", sagt Elea und mit dieser Gewissheit und der Beruhigung, dass sie bei mir ist, schließe ich die Augen.

Ich schrecke auf und meine Gefühle überwältigen mich. Ich habe nur kurz geschlafen, aber die Bilder, die ich gesehen habe, sind so wahrhaftig und zum greifen nahe gewesen. Ich schüttele den Kopf, um die Bilder loszuwerden, es klappt jedoch nicht.

„Was ist los? Du bist ja richtig aufgewühlt und gleichzeitig leichenblass", erscheint Elea neben mir und sieht mich sorgenvoll an.

„Ich habe da was geträumt", beginne ich.

„Was denn?"

„Eigentlich weiß ich nicht, ob das ein Traum gewesen ist. Es war und ist immer noch so lebendig. Ich wollte mich doch nur etwas entspannen und habe kurz die Augen zugemacht", erkläre ich Elea mit den Bildern, die ich nicht unterbinden kann.

„Amy, was ist los?"

„Ich habe Theas Hund Lexi gesehen. Sie war tot", sage ich entsetzt, weil ich die Bilder nicht einordnen kann.

„Beruhige dich erst einmal", fordert Elea und ich lass mich wieder auf der Couch nieder. Ich bin zwischenzeitlich nervös im Raum hin und her gelaufen. *„Sie ist nicht tot"*, redet Elea weiter und nun verstehe ich gar nichts mehr.

„Aber es sah wirklich so aus", unterdrücke ich die Tränen, denn ich habe diesen kleinen Wollknäuel genauso lieb wie Thea.

„Amy, das ist die nächste deiner Fähigkeiten. Du kannst hellsehen", entgegnet mir Elea und ich kann sie nur anstarren.

„Ich kann also mit meinen Händen heilen und nun auch noch hellsehen", murmele ich zu mir selbst.

„Ja, und du musst lernen, damit umzugehen", sagt sie eindringlich. *„Das es jedoch so schnell geht, hätte auch ich nicht gedacht"*, grübelt sie über ihre eigenen Worte.

„Heißt das, Theas Hund wird wirklich sterben?" Ich schaue sie von unten heraus an.

„Sie ist schwer krank", bekomme ich die Antwort, die ich nicht hören möchte.

„Gestern war sie noch quicklebendig", halte ich dagegen.

„Ich kann dir nicht sagen, wie lange sie noch leben wird, aber es wird so kommen", bekräftigt sie ihr schon Gesagtes.

„Soll ich das mit Thea besprechen?", schluchze ich und bei dem Gedanken wird mir übel.

„Das solltest du mit Bedacht machen, oder es werden sofort mehr als uns lieb ist wissen, was du kannst."

„Du hast doch selbst gesagt, dass ich Thea alles erzählen soll", werfe ich ihr vor.

„Ja, aber erst einmal nur das mit deinen Händen, denn da könnten Fragen von den Eltern kommen."

„Wie soll ich dann wegen Lexi vorgehen?", flehe ich um eine Antwort, denn momentan bin ich nicht fähig, einen

Weg zu finden, es Thea zu sagen, ohne Leid zu verursachen. *„Wenn du sie das nächste Mal siehst, beobachte den Hund und mache einfach eine Andeutung, dass sie schlecht aussieht. Thea sollte dann mit ihr zum Tierarzt gehen und der wird ihr sagen, was mit Lexi los ist.“*

„Lexi tut mir so leid", fange ich an zu weinen und ich kann mir vorstellen, wie weh es Thea tun wird, sie zu verlieren. Sie ist gerade mal vier Jahre alt und sollte Thea noch eine ganze Weile begleiten.

„Ich weiß, aber ihr könnt beide daran nichts ändern. Es ist der Lauf des Lebens, egal ob Mensch oder Tier", sagt Elea und streicht mir zart über die Haare. Wärme erfüllt meinen Körper und sie gibt mir Kraft und Energie. Ich sauge alles in mich auf und hoffe, dass sämtliches, was auch immer noch kommen mag, durchzustehen.

Kapitel 7

*S*eit zwei Tagen laufe ich nur mit den Gedanken an die kranke Lexi durch die Gegend. Ich weiß immer noch nicht, wie ich es Thea beibringen soll. Aber Elea hat gestern gesagt, dass sich manchmal alles von selbst löst. Und so sollte es auch kommen.

Ich habe meine Frühschicht beendet und will gerade zum Auto, als Thea mich aufhält.

„Amy, ich hätte da mal eine Bitte", fängt sie an und schaut sich um, um sicherzugehen, dass wir allein sind.

„Was hast du auf den Herzen?", lächele ich sie an, ohne zu wissen wie pikant die Sache gleich wird.

„Du hast doch Sophie das Knie geheilt", sagt sie und sieht mich eher fragend als wissend an.

„Das war gar nicht so", versuche ich die richtigen Worte zu finden.

„Sophie hat mir genau erzählt, was passiert ist", drängelt Thea.

„Sie hat da bestimmt etwas erfunden", halte ich dagegen, denn eigentlich weiß keiner, was vorgefallen ist, da wir beide allein waren. Niemand hat gesehen, was ich gemacht habe.

„Amy, bitte. Die Kleine hatte, nachdem ihr drinnen gewesen seid nicht die geringste Schramme mehr", entgegnet mir Thea mit ernstem Ton.

„Schon gut", bemerke ich, dass ich mit den Ausreden bei ihr nicht weiterkomme. „Mein Mal wurde warm und hat die Wunde fast verschwinden lassen. Ich kann durch den Blitz wahrscheinlich mit der Hand heilen. Aber ich möchte nicht, dass das jeder weiß. Ich selbst muss erst einmal damit klarkommen", erkläre ich Thea.

„War doch gar nicht schwer, es zuzugeben, oder?“, grinst mich Thea an.

„Na ja, ich ...“, beginne ich zu stottern, denn ich sehe plötzlich Tränen in Theas Augen blitzen. Augenblicklich fällt mir Lexi ein und mir wird mulmig bei dem Gedanken, was für ein Anliegen Thea haben könnte.

„Du musst dir bitte mal Lexi anschauen“, bestätigt sie mir, was ich gerade gedacht habe.

„Lexi?“, frage ich und versuche, erstaunt zu wirken.

„Sie scheint krank zu sein“, seufzt Thea.

„Ich bin kein Tierarzt“, erwidere ich und es tut mir im Herzen weh, zu wissen, dass Lexi sterben wird.

„Nein, aber du kannst sie dir doch mal ansehen und deine Hand bringt ihr vielleicht etwas Linderung“, bettelt mich Thea an.

„Aber wir wissen doch gar nicht, was sie hat und ob sie überhaupt krank ist. Eventuell macht ihr auch nur die Hitze zu schaffen“, mutmaße ich, gegen meine Kenntnisse.

„Nein, ich kann nur sagen, dass sie zurzeit viel mehr schläft als sonst und kaum noch etwas fressen will“, meint Thea und ich sehe die Angst in ihren Augen, das die kleine Maus ernsthaft krank sein könnte.

„Ich komme heute Abend zu dir, aber ob ich helfen kann, vermag ich dir nicht zu versprechen“, sage ich und ziehe Thea in meine Arme. Sie zittert förmlich vor Angst und ich weiß genau, dass ich ihr den Schmerz nicht nehmen kann. Aber ich werde für sie da sein und wenn es rund um die Uhr sein sollte. Genauso hat sie es bei mir gemacht und das zeichnet unsere Freundschaft aus.

„Danke“, schluchzt sie und löst sich aus meiner Umarmung. „Ich muss wieder rein. Bis heute Abend“, legt sie noch nach, wischt sich übers Gesicht und damit die Tränen weg.

Im nächsten Moment huscht sie zurück ins Innere des Kindergartens und ich stehe mit meinem schlechten Gewissen allein mitten auf dem Hof hinter dem Gebäude.

Wie erstarrt schaue ich auf die Tür, die sich schon längst wieder geschlossen hat. Was soll ich heute Abend machen? Ihr gleich die Wahrheit sagen, oder wirklich versuchen, Lexi zu helfen. Ich weiß nicht, wie ich es ihr beibringen soll, dass Lexi todkrank ist. Das muss ein Arzt machen, aber mir ist es vielleicht möglich ihn wirklich etwas Linderung bringen, wie Thea es gemeint hat.

Thea wohnt nur fünf Minuten von mir entfernt. Für den kurzen Weg würde ich am liebsten das Auto nehmen, weil ich durch den Park gehen muss. Aber ich entscheide mich gegen das Auto. Ich kann dem Park nicht auf ewig aus dem Weg gehen und außerdem soll heute kein Gewitter kommen. Der Himmel ist klar, nicht eine Wolke ist zu sehen und es ist auch noch angenehm warm. Ich nehme trotzdem eine Jacke mit, da ich nicht einschätzen kann, wie lange ich bei Thea sein werde.

Ich gehe über die Straße und bleibe vor dem Park stehen. Meine Anspannung steigt und ich überlege nun doch den längeren Weg, um den Park herum zu nehmen. Dann sehe ich jedoch mehrere Kinder und deren Eltern, die mir aus dem Park heraus entgegenkommen. Es ist noch nicht zu spät und auch nicht dunkel, deshalb sind noch Leute unterwegs. Ich atme tief durch und laufe los. An den Kindern vorbei, die anscheinend viel Spaß haben und Erwachsenen, die in ihren Gesprächen vertieft sind. Mich nimmt fast keiner wahr, aber ich werde trotzdem immer schneller. Ehe ich mich versehe, bin ich am anderen Ende des Weges, der durch den Park führt. Ich muss innerlich lächeln und bin glücklich, unbeschadet vor dem Haus von Thea angekommen zu sein. Ich klingel kurz und schließe dann die Tür auf. Wir haben beide von dem anderen einen Schlüssel, damit wir in jeder Situation füreinander da sein können.

„Komm rein, ich bin in der Küche", ruft mir Thea zu, aber ich bleibe im Flur stehen. Normalerweise werde ich von Lexi freudig und schwanzwedelnd begrüßt, aber heute ist es ruhig. Kein Gebell, niemand springt an meinen Beinen hoch, nichts. Es ist still, zu still. Ist sie etwa schon ...? Nein, ich bin nicht zu spät gekommen, das darf nicht sein. Wenn es so wäre, hätte mich Thea anders empfangen.

„Was stehst du da herum?", reißt sie mich aus meinen Gedanken.

„Wo ist Lexi? Sie kommt gar nicht zur Begrüßung", frage ich und Thea schaut mich traurig an.

„Sie liegt im Wohnzimmer in ihrem Körbchen. Wie waren vorhin ganz kurz draußen, aber sie ist nur bis zum nächsten Baum gekommen. Und nach Hause musste ich sie sogar tragen", erklärt mir Thea mit zitternder Stimme.

„Ich gehe mal zu ihr", entgegne ich und schon sitze ich vor dem Körbchen auf dem Teppich. Sie hat sich eingekuschelt und scheint zu schlafen. Sie hat nicht einmal mitbekommen, dass ich gekommen bin.

Um es bequemer zu haben, nehme ich sie heraus und lege sie vorsichtig auf die Couch. Ich setze mich neben sie und beginne sie zu streicheln. Ihre kleinen Augen wirken traurig und plötzlich sind sie weit aufgerissen und schauen zu mir hoch, sie fixieren mich förmlich, als ob sie wüsste, was ich schon längst weiß. Ich fahre mit meiner Hand über ihren Bauch, konzentriere mich und es klappt wirklich. Mein Mal erwärmt sich und ich lasse es auf einer Stelle ruhen, wo etwas zu spüren ist, was da nicht hingehört. Thea sitzt mir gegenüber und staunt, dass sich Lexi so einfach den Bauch streicheln lässt, denn das ist bei ihr eine Stelle, wo eigentlich keiner ran darf. Aber jetzt und heute ist es anders. Sie scheint zu spüren, dass ich ihr helfen will, und die Wärme, die von meiner Hand kommt, tut ihr wahrscheinlich gut. Ich kann ihr wirklich Linderung bringen, aber sie nicht vor dem Tod bewahren.

„Sie ist ganz ruhig", flüstert Thea und streichelt Lexi sanft über die Ohren.

„Du solltest echt mit ihr zum Arzt gehen", sage ich auch leise, denn die Kleine hat die Augen geschlossen und genießt anscheinend meine Behandlung.

„Sie ist wirklich krank", sagt Thea und ich kann ihr nur zunicken.

„Warte aber nicht zu lange", rede ich fordernd auf sie ein.

„Kannst du fühlen, was sie hat?", fragt Thea und genau diese Frage wollte ich nicht hören.

„Nein", lüge ich, denn ich habe etwas gespürt, vermutlich ein Tumor, aber da könnte ich auch gleich sagen, dass sie sterben wird. „Ihr tut die Wärme gut, ich kann jedoch nichts weiter für sie tun. Lass sie hier liegen und schlafen", lege ich noch nach.

„Ich gehe da morgen früh gleich mit ihr zum Tierarzt", sagt Thea und haucht Lexi einen Kuss zwischen ihre kleinen Ohren. Auch diesen bemerkt sie nicht, denn sie scheint tief zu schlummern. Zudem wird mir jetzt heiß und ich denke an die Worte von Elea. Ich muss abbrechen und ziehe meine Hand von Lexis Bauch. Ich nehme mir vor, genau das zu lernen, diesen Zeitpunkt nicht zu überschreiten, ansonsten füge ich mir selbst Schaden zu.

„Zeig mir bitte deine Hand", fordert mich Thea auf und ich tue ihr den Gefallen.

Die Wärme, die das Mal ausstrahlt, nimmt stetig ab und die Farbe ändert sich. Als es die helle Färbung zurückhat, fühle auch ich mich wieder besser. Die innere Hitze und der Druck auf mein Herz lässt schnell nach und ich kann ohne Probleme tief durchatmen. Dass es so anstrengend ist, habe ich nicht gedacht. Bei Sophie war es nur kurz und auch zufällig, ohne das ich es geplant hatte. Aber heute habe ich es mit Absicht gemacht und die Grenze erkannt.

Thea fährt mit einem Finger über das Mal und ich muss lachen, weil es kitzelt.

„Wie funktioniert das?", fragt sie fasziniert.

„Das kann ich dir nicht sagen. Bei Sophie ist es von ganz allein passiert und hier habe ich es mir gewünscht und es hat geklappt", antworte ich und zucke nur mit den Schultern. Wie soll ich es ihr erklären, wenn ich es selbst kaum verstehe.

„Egal, Lexi hat es zumindest gutgetan", lächelt mich Thea an und gibt mir ein Zeichen ihr zu folgen. Wir gehen in die Küche, wo der Tisch schon gedeckt ist. Im Backofen sehe ich einen Auflauf stehen und Thea drückt mich auf einen Stuhl.

„Du musstest doch nicht gleich noch Abendessen zubereiten", bemerke ich, obwohl ich absolut nichts dagegen habe, ganz im Gegenteil, die Aktion mit meinem Mal hat mich hungrig gemacht. Es zieht unheimlich viel Energie, diese Wärme zu produzieren und diesen Akku muss ich jetzt wieder aufladen.

Ich bleibe noch eine Stunde, in der wir gemütlich essen und über alles Mögliche reden. Beide vermeiden wir von Lexi zu sprechen. Ich weiß, was ihr bevorsteht und Thea scheint es irgendwie zu ahnen. Keine von uns will sich den Schmerz des Verlustes jetzt schon antun.

Langsam wird es dunkel und ich sollte mich auf den Weg machen. Er ist kurz, aber wo er lang geht, lässt mich schon wieder unruhig werden.

„Ich werde dann mal gehen. Ich will nicht im ganz dunkeln durch den Park", sage ich deswegen, nehme meine Jacke und schaue noch einmal kurz ins Wohnzimmer, aber Lexi schläft. Thea drückt mich innig und wir schlucken beide unsere ungesagten Worte hinunter.

„Ruf an wenn etwas ist", flüstere ich ihr ins Ohr und lasse sie dann wieder aus meiner Umarmung frei.

„Das mache ich. Komm gut nach Hause und Danke", erwidert sie und ich nicke ihr still zu.

Und jetzt stehe ich wieder vor dem Park und überlege, ob ich den Umweg gehen soll. Diesmal sehe ich niemanden und ich höre auch keine Stimmen, die mir zeigen würden, dass ich nicht allein im Park wäre. Ich streife mir meine Jacke über, da es sich etwas abgekühlt hat. Aber vielleicht kommt die Kühle von der Angst, die sich nun doch langsam in mir ausbreitet.

„Ich bin wirklich ein Angsthase", murmele ich zu mir selbst, verschränke die Arme vor meiner Brust und laufe los. Es sind fünf Minuten, oder vielleicht nur drei, die werde ich wohl überstehen.

Es sind eher weniger, denn ich werde schon wieder immer schneller. Meine Ohren sind gespitzt und ich registriere und analysiere jedes Geräusch in Millisekunden. Mir wird klar, dass ich das eigentlich gar nicht kann. Davon überrascht bleibe ich stehen und horche in mich hinein. Aber ich kann nichts wahrnehmen, nur das, was um mich herum passiert. Ich drehe mich im Kreis und staune darüber, was ich alles höre. Die Tierwelt, die man als selbstverständlich hinnimmt, ist so faszinierend, wenn man sie so belauschen kann, wie ich es gerade tu. Wahrscheinlich bin ich jetzt auch noch hochsensibel. Auf der einen Seite klingt das interessant, aber es kann durchaus zur Belastung werden. Egal, ich muss es so hinnehmen. Eins ist jedoch gewiss, ich bin hier ganz allein. Ich höre weder Stimmen noch Schritte. Schon erstaunlich, dass um diese Zeit niemand mehr unterwegs ist. Nach einigen Minuten laufe ich weiter und komme an die beleuchtete Straße. Auf der anderen Seite befindet sich mein Haus und so gehe ich an der Ampel hinüber.

Noch ein paar Schritte und ich habe es geschafft. Aber mir wird plötzlich warm, zu warm! Meine Hand glüht fast und mein Innerstes scheint zu verbrennen. Schnell ziehe ich die Jacke aus und atme tief durch. Warum jetzt? Warum hier? Die Frage erledigt sich, als ich mich umschaue und Lucas sehe. Er steht auf der anderen Straßenseite, genau gegenüber meinem Haus. Wartet er auf mich? Oder beobachtet er nur alles?

Ich sehe, wie er seine Hand an die Brust drückt, er fühlt anscheinend das Gleiche wie ich. Mein Verlangen zu ihm zu gehen steigt an und ich erwische mich dabei, dass die Füße schon loslaufen wollen. Irgendwie fühle ich mich fremdgesteuert und kämpfe dagegen an. Ich will nicht allein mit ihm sein, so sehr ich seine Nähe spüren würde. Elea hat mich gewarnt und ich halte mich daran. Ich möchte bei ihm sein jedoch nicht sterben. Genau das ist die Last, die uns der schwarze Engel auferlegt hat. Ich darf nicht die Erste sein, die unter dieser Bürde zusammenbricht. Ich will leben und denke, dass Lucas das auch will. Weiß er davon, was sein Engel vorhat? Wenn nicht, werde ich es ihm sagen, aber nicht jetzt und nicht heute. Ich kann seine Reaktion einfach nicht einschätzen und sollte ihm deswegen nicht allein gegenüberstehen.

Mit großer Kraftanwendung gehe ich auf mein Grundstück zu. Vor dem Gartentor bleibe ich stehen und greife nach der kleinen Klinke. Sie fühlt sich eiskalt an und als mein Mal sie berührt, schießt ein Schmerz durch meine Hand, den ich nicht beschreiben kann. Ein Schrei bleibt mir im Hals stecken und ich stoße das Tor mit dem Fuß auf. Die Hand brennt nicht mehr, sie ist fast erfroren. Ein Blick auf die andere Straßenseite zeigt mir, dass Lucas auch dies spürt. Er hat seine Hand zwischen den Beinen und schaut finster zu mir. Ich kann nichts dafür, aber das weiß er nicht. Es ist sein Engel, der mit uns spielt und mich wahrscheinlich bestraft, weil ich nicht zu ihm gegangen bin. Aber warum kommt Lucas nicht zu mir? Kennt er die Gefahr vielleicht doch?

Ich schüttele nur mit dem Kopf, weil ich mich darum nicht kümmern kann und auch nicht will. Bevor ich zu meinem Haus laufe sehe ich noch, wie er mit den Schultern zuckt. Ich mach mir keine Gedanken, wie er das meint, nein, ich fliehe ins Haus. Erst als sich die Tür geschlossen hat, fällt die Anspannung etwas ab. Ich laufe trotzdem zum

Fenster, um zu schauen, ob er mir nicht doch gefolgt ist. Aber das ist er nicht. Er ist nicht mehr da.

Ich erwische mich, wie ich sehnsuchtsvoll die Straße nach ihm absuche, aber daran, dass meine Hand in ihren normalen Zustand zurückgekehrt ist, zeigt mir, dass die Verbindung abgebrochen ist. Sehnsucht? Ja, ich kann ihm kaum widerstehen, obwohl ich doch keinen Mann haben wollte. Er ist jedoch anders und löst in mir so viele Gefühle aus. Schöne Gefühle. Wie lange werde ich ihm gegenüber standhaft bleiben? Will ich das? Wenn nur dieser verdammte schwarze Engel nicht wäre. Wie könnten wir den nur loswerden? Wahrscheinlich geht das nicht, denn er ist nun mal sein Schutzengel, obwohl man bei ihm nicht von Schützen reden kann. Er will ihn für sich haben und mich gleich noch dazu. Das kann er jedoch vergessen. Ich werde mich wehren, auch wenn ich dafür Lucas aufgeben muss.

„Du hast dich verliebt. Er hat es geschafft", reißt mich Elea aus den Gedanken.

„Nein", protestiere ich und ein kleiner kurzer Stich in meinem Mal zeigt mir die Lüge sofort auf.

„Du solltest dich nicht allein gegen Selor wehren. Ihr müsst es zusammen tun", kommen warnende Worte von Elea.

„Selor", lass ich mir auf der Zunge zergehen. „So heißt der schwarze Engel", rede ich irgendwie ehrfürchtig für mich selbst weiter.

„Ja, so heißt er."

„War er das mit meinem Gartentor?", frage ich, wobei ich es doch längst weiß.

„Ja, er ist gefährlich und kann dir, wenn du nicht aufpasst durch andere Dinge wie eben die Klinke, sehr weh tun", antwortet mir Elea besorgt.

„Ich werde aufpassen und ihn stets auf Abstand halten. Vielleicht hilft mir meine Hochsensibilität dabei, die ich jetzt auch habe", lächele ich Elea an.

„Amy, du musst dich wirklich auf all deine Sinne verlassen können. Wenn du noch daran arbeitest und viel übst, kannst du nicht nur Lucas spüren, sondern auch Selor. Dann wärst du besser auf ihn vorbereitet", erklärt mir Elea. „Wie soll ich das denn üben?" *„Fast alle Lebenssituationen sind zum Training gut. Du musst in alles und in jeden hineinhören. Aber du kannst damit auch morgen anfangen. Heute brauchst du nur noch Ruhe"*, sagt Elea und dann sehe ich sie plötzlich draußen auf der Wiese, bevor sie ganz verschwindet.

Ruhe, ja genau das ist jetzt das Richtige. Ich gehe nach oben, werfe alles Erlebte über Bord und lass mir Badewasser ein. Mit leiser Musik genieße ich die Wärme des Wassers und den Duft der Kerzen um mich herum, die mich für einen Moment das Ganze vergessen lassen.

Kapitel 8

*I*ch laufe aufgeregt von einem Fenster zum anderen. Thea hat mich heute Vormittag auf Arbeit angerufen und hat mir unter Tränen mitgeteilt, dass Lexi eingeschläfert wurde. Sie wollte gleich, nachdem ich von der Arbeit zu Hause bin zu mir kommen. Nun warte ich schon eine halbe Stunde und lege mir immer wieder die Worte zurecht, die ich ihr sagen will. Aber es gelingt mir nicht, die Richtigen zu finden. Ich weiß zu gut, dass man niemanden den Schmerz des Verlustes nehmen kann, jedoch versuchen ihn mit demjenigen zu teilen ist möglich. Ich werde alles geben, um Thea zur Seite zu stehen.

Gerade als ich mir einen Tee machen will, klingelt es. Thea fällt mir um den Hals sowie ich die Tür aufmache. Ihre Tränen sind anscheinend den ganzen Tag noch nicht verzagt. Ihre Augen sind rot unterlaufen und die Nase schon fast wund vom vielen schnäuzen. Meine Hände streichen ihr über den Rücken während ich sie fest an mich drücke. Ich muss ebenfalls weinen und sehe unentwegt die niedliche Lexi vor mir.

Nach einigen Minuten sitzen wir zusammen im Wohnzimmer und trinken den inzwischen frisch gebrühten Tee. Keiner hat bis jetzt ein Wort gesagt, aber das brauchen wir auch nicht. Wir verstehen uns ohne Worte und unsere Mienen und Gesten sagen manchmal viel mehr.

„Es ging so schnell", unterbricht Thea dann doch die Ruhe.

„Konnte der Tierarzt ihr nicht helfen?", frage ich, obwohl ich es weiß, aber das kann ich ihr nicht sagen.

„Sie hatte einen Tumor im Bauch", entgegnet sie und jetzt bin ich mir sicher, was ich gestern gespürt habe. „Sie hätte sich nur gequält und wäre am Ende vielleicht noch verhungert", legt Thea nach.

„Es tut mir so leid", schluchze ich, denn es machen sich wieder Tränen auf den Weg.

„Was soll ich jetzt nur allein tun?", seufzt Thea.

„Du bist nicht allein", entgegne ich ihr.

„Doch abends, da haben wir immer gekuschelt", hält sie dagegen.

„Ja, kuscheln kann ich dir nur bedingt bieten", lächele ich Thea an. „Aber du kannst gern ein paar Tage bei mir bleiben", rede ich weiter.

Mit meinen Worten kann ich Thea ein Lächeln auf das Gesicht zaubern und sie nickt mir dankend zu.

Gerade als sie mir antworten will, klingelt es erneut und wir schauen uns erschrocken an. Wer kommt denn jetzt? Ich erwarte niemanden, aber ich spüre etwas. Und das macht mich augenblicklich nervös. Meine Hand kribbelt und der Puls steigt.

„Willst du nicht aufmachen?", fragt Thea und springt gleichzeitig auf.

„Ich erwarte niemanden", antworte ich und bin auch nicht gewillt heute noch jemanden die Tür zu öffnen. Nachdem was Elea gesagt hat, könnte Selor dahinter stecken.

„Soll ich aufmachen?" Thea ist schon auf den Weg, denn ihre Neugierde ist stärker als meine Bedenken. Sie kennt sie ja auch nicht.

Ich zucke mit den Schultern, denn ich habe sogar Angst aufzustehen. Aber das bemerkt Thea nicht und ist schneller an der Tür, als das ich es noch unterbinden könnte. Wenn es Selor ist, dann ist für sie niemand da. Ich höre sie jedoch im Hintergrund reden und so fällt etwas von der Anspannung ab. Gleichzeitig beginnt meine Hand zu schmerzen. Lucas!

Er ist hier. Hier vor meiner Tür. Was will er denn? Hat er heute den Mut gefunden, bei mir zu klingeln?

65

„Amy, kommst du mal? Oder soll ich die jungen Männer aus dem Krankenhaus hereinlassen?", ruft Thea und bestätigt, dass es Lucas ist. Aber er ist nicht allein. Gestern Abend war er es und heute traut er sich nur in Begleitung hierher?

„Okay, sie dürfen rein", sage ich und stehe endlich auf. Meine Beine wollen mich zwar nicht recht tragen, aber ich versuche, mir nichts anmerken zu lassen.

Thea kommt mit einem Grinsen im Gesicht zurück und im Schlepptau die beiden jungen Männer. Lucas strahlt mich an, als würden wir uns schon ewig kennen und hätten uns lange nicht gesehen. Der andere steht hinter ihm und schaut sich um. Er fragt sich anscheinend, was er hier soll.

Lucas bleibt kurz stehen und macht dann doch noch einen Schritt auf mich zu. Ich schrecke zurück, denn er hat schon seine Hand gehoben und will mich am Ende sogar berühren. Nein, schreit mein Innerstes und diesmal höre ich sofort darauf. Er scheint nichts von dem uns auferlegten Schicksal zu wissen.

Er zuckt ebenfalls zurück und schaut mich mürrisch an.

„Ich wollte nur Hallo sagen", beginnt er und hält seinen Kopf schief, als würde er tiefgründig überlegen, ob er das Richtige tut.

„Hallo Lucas, ich wusste, dass du kommst", entgegne ich ihm und bemühe mich, die Ruhe zu bewahren, wogegen seine Augenbrauen misstrauisch nach oben gehen.

„Woher willst du das gewusst haben?", fragt er ungläubig.

„Das hat mir ein Engel geflüstert", sage ich leise, aber es haben alle gehört. Lucas reißt die Augen auf, sein Begleiter muss sich das Lachen verkneifen und Thea bleibt der Mund offen stehen. Eine Augenweide, wie jeder Einzelne auf meine Worte reagiert.

„Das glaub ich nicht", grinst mich Lucas an.

„Doch, aber wer ist denn dein Begleiter?", schwenke ich vom Thema ab.

„Das ist mein Bruder Leon", bekomme ich zur Antwort und er nickt mir freundlich zu.

„Gestern warst du allein", stelle ich in den Raum, wobei wieder zwei nicht verstehen, was ich damit meine. „Und heute traust du dich wohl nur mit Begleitung hierher", rede ich weiter.

„Du warst gestern hier?", fragt sein Bruder erstaunt.

„Ich wollte Amy nur mal kurz sehen", entgegnet Lucas.

„Und was hast du dabei gespürt", will ich wissen, wobei ich gesehen habe, dass es genau dasselbe war wie bei mir.

„Ich glaube darüber können wir später mal reden", weicht Lucas mir aus.

„Und was willst du dann hier?", werde ich langsam fappiger.

„Ich möchte, dass du Thea die Wahrheit sagst", fordert er mich auf und jetzt bekomme ich große Augen.

„Was, wieso?", stottert Thea und ihre Augen fliegen zwischen uns hin und her.

„Von was redest du?", knurre ich Lucas an.

„Von dem Hund", schnauft er und schüttelt dabei mit seinem Kopf.

„Woher weißt du davon?", werde ich nervös, denn ich ahne, dass meine Lüge auffliegt.

„Ich habe gesehen, was du gesehen hast", flüstert nun Lucas mir zu.

„Wie kann das sein?", frage ich nach und sehe im Augenwinkel, wie Thea die Tränen in die Augen steigen.

„Du kennst anscheinend Selor schon", beginnt Lucas und augenblicklich ist es so still, dass man die sogenannte Stecknadel fallen hören kann. Dann holt er tief Luft, weil ich dazu nichts sage, und redet weiter. „Er hat mir einen Zugang zu dir geschaffen."

„Selor, wie ist das möglich?", murmele ich zu mir selbst.

„Er zeigt mir in meinen Gedanken, wo du bist und was du machst. Zudem, was du fühlst und spürst. Wie er das hinbekommt, und warum kann ich dir nicht sagen.

Vielleicht solltest du deinen Engel danach fragen", erklärt er mir und ich bin sprachlos, weil er von Elea weiß.

„Du weißt von ...?"

„Er hat mir gesagt, dass du auch einen hast. Und das es mit unserem Unfall zusammenhängt", versucht er weiter zu erklären.

„Die haben aber absolut nichts gemeinsam", nehme ich meinen Engel in Schutz.

„Engel bleibt Engel", zuckt Lucas mit den Schultern.

„Weiß und schwarz ist nicht das Gleiche", halte ich dagegen und Lucas starrt mich an.

„Wie meinst du das denn jetzt?"

„Wir sollten darüber mal allein reden. Das steht jetzt nicht zur Debatte. Heute scheinst du ja wegen etwas anderen hier zu sein."

„Ja, wegen der Wahrheit", knurrt nun Lucas.

„Von was redet ihr da eigentlich?", unterbricht uns Thea, die nun ganz nahe bei mir steht.

„Das würde ich auch gern wissen", meldet sich Leon, der sich irgendwie hinter seinem Bruder zu verstecken versucht.

„Ich erklär dir gleich alles", wende ich mich an Thea.

„Das will ich hoffen", kommt prompt von Lucas und macht mich nun echt wütend.

„Du solltest jetzt gehen. Und den da kannst du gleich mitnehmen", fauche ich und schaue kurz in meinen Garten, wo Selor unserem Gespräch genüsslich folgt. Lucas hat ihn auch entdeckt und zieht seinen Bruder mit sich.

„Ich kann ihm nichts verbieten", sagt er noch, als er schon die Hand auf der Klinke hat.

„Nein, aber er beeinflusst dich", sage ich genervt, denn er hat nichts verstanden, oder besser gesagt, er weiß nicht, worum es hier eigentlich geht. „Geh bitte", lege ich noch nach, weil meine Hand zu verbrennen scheint und das Verlangen ihn zu berühren steigt in mir ins Unermessliche. Ich kann mich kaum beherrschen. Er ist mir so nahe, aber ich darf nicht. Er fühlt wahrscheinlich genauso, trotz meiner Worte, denn sein Blick, der an mir heftet, sagt so vieles. Plötzlich dreht er sich noch einmal um und kommt doch echt auf mich zu. Kurz vor einer Berührung steht Elea zwischen uns und ich kann mich vor Schreck nicht von der Stelle bewegen. Lucas weicht zurück und starrt meinen Engel an. Jetzt scheint er zu begreifen, was ich vorhin gesagt habe. Schwarz und weiß!

Doch dann erscheint auch noch Selor und er versucht, Elea von mir wegzubekommen, um den Weg für Lucas freizumachen. Ich schaffe es, endlich etwas zurückzuweichen, und Elea zeigt ihre Stärke. Man sieht Selor an, dass er wütend ist, gegen sie nicht anzukommen.

„Lass uns gehen", sagt Lucas zu Leon, der wie erstarrt neben uns steht und nicht recht weiß, was hier abgeht.

„*Du bist ein Feigling*", faucht Selor in die Richtung von Lucas, der jedoch nicht auf ihn hört und auch nicht darauf reagiert. Die Brüder verlassen mein Grundstück und drehen sich nicht einmal mehr um.

„*Du wirst deine Pläne nicht aufrechterhalten können*", kommt energisch von Elea, die schützend vor mir steht.

„*Wir werden sehen*", knurrt Selor und wirft mir einen bitterbösen Blick zu, bevor er seinem Schützling folgt.

Kurz darauf stehe ich zitternd in der Tür und vermisse gleichzeitig die Nähe von Lucas, die mir so gefährlich werden könnte. Verrückt, aber ich kann ihn schlecht gehen lassen, obwohl ich weiß, dass er nicht bei mir sein darf.

„*Du solltest dich um Thea kümmern. Sie ist total verstört*", wendet sich Elea mir zu und holt mich zurück in das Jetzt.

„Thea", murmele ich betroffen. „Ich muss ihr alles erklären", rede ich weiter und schließe schnell die Tür.

„*Das hättest du vor dieser Begegnung tun sollen*", tadelt mich Elea und ich gestehe meinen Fehler ein. Nun muss ich versuchen, ihr Vertrauen wiederzugewinnen, und kann nur hoffen, dass sie mein Handeln irgendwie verstehen kann.

Kapitel 9

*T*hea sitzt auf meiner Couch, von Trauer und Schmerz gekennzeichnet und hat das, was hier geschehen ist nicht verstanden. Wie auch, sie kann die Engel nicht sehen, sondern hat nur mich und Lucas beobachten können und unser komisches Verhalten.

Ich setze mich zu ihr und will sie in den Arm nehmen.

„Was war hier los?", fragt sie und wehrt mich ab.

„Ich muss dir wohl so einiges erklären", rücke ich ein Stück von ihr weg und schaue beschämt zu Boden.

„Oh ja, das solltest du", antwortet sie mir mürrisch.

„Lucas und ich, wir sind durch den Blitz verbunden worden", beginne ich und Thea schaut mich nur an. Sie reagiert nicht und so rede ich weiter. „Wir haben beide dieses Mal und wenn wir uns berühren, werden wir sterben."

„Was für einen Blödsinn erzählst du mir da?", geht mich Thea an und macht Anstalten aufzustehen und zu gehen.

„Bitte bleib hier", fordere ich sie auf und sie bleibt wirklich.

„Erklär es mir bitte."

„Wir waren beide tot und ich habe Lucas wieder mit ins Leben zurückgezogen", beginne ich erneut und habe Theas Interesse nun wahrscheinlich doch geweckt, aber sie sagt nichts und wartet darauf, dass ich weiterrede. „Er sollte sterben, das habe ich jedoch verhindert. Zur Strafe haben wir dieses Mal. Wir fühlen uns immer mehr zueinander hingezogen, dürfen uns aber nicht berühren."

„Wieso habt ihr diese Strafe bekommen? Er sollte doch froh sein zu leben?" Thea ist nun voll bei der Sache.

„Pass auf, was ich dir jetzt sage, muss erstens unter uns bleiben und ich hoffe, du glaubst mir das", fahre ich fort und Theas Stirn legt sich in Falten.

„Ich glaub dir doch sonst auch alles, warum soll es jetzt anders sein?", entgegnet sie mir.

„Weil es abgefahren ist", versuche ich zu lächeln, und Thea gibt mir nur zu verstehen, dass ich es ihr endlich erklären soll. „Wir haben alle einen Engel an unserer Seite, unsere Schutzengel", sage ich leise, aber ich sehe, wie sich Theas Miene aufhellt.

„Ja, klar haben wir die. Und deiner wird dich wohl gerettet haben", kommt von ihr, als wäre es das Selbstverständlichste auf der Welt.

„Wir können unsere aber nun sehen und mit ihnen reden. Wir sind jetzt Sehende", erkläre ich ihr.

„Wie geil ist das denn? Ist das durch den Blitz, durch die Energie, die durch euch gefahren ist?", fragt Thea und sucht das Zimmer ab.

„Du kannst sie nicht sehen", bemerke ich und Thea schaut mich traurig an.

„Und warum nun die Strafe?"

„Ich habe einen weißen Engel und Lucas einen schwarzen. Er ist böse und hinterhältig und Lucas sollte sterben. Ich habe ihn seinem Engel entzogen und deshalb das Mal. Wenn wir uns zu nahe kommen, wird er uns beide auf seine Seite ziehen", erläutere ich ihr.

„Dunkle Seite, abgefahren", murmelt Thea vor sich hin.

„Er versucht, uns ständig zusammenzubringen und das wir uns ineinander verlieben", rede ich weiter und Thea lacht.

„Das hat ja schon mal geklappt. Du bist bis über beide Ohren in den Kerl verknallt", grinst sie mich an. „Aber kann das denn dein Engel nicht verhindern?", fragt sie leise und kommt zu mir gerutscht, als hätte sie schon genauso viel Angst vor dem schwarzen Engel wie ich.

71

„Sie hilft mir Tag und Nacht, aber falls wir uns berühren, kann sie es nicht abwenden, dass er uns mitnimmt, denn mit dieser Verbindung ist er dann zu stark."

„Also musst du ständig auf der Hut sein. Aber wie sehen die Engel aus? Sind sie wirklich so schön, wie sie immer beschrieben werden?" Theas Augen strahlen und Elea hatte damit recht, dass sie mich verstehen würde.

„Sie sind viel schöner als alle Erzählungen", lächele ich, werde jedoch gleich wieder ernster. „Aber da gibt es noch etwas anderes. Ich habe auch gewisse Fähigkeiten durch den Unfall."

„Meinst du das mit Sophie im Kindergarten?"

„Ja, das ist eine davon."

„Was kannst du noch?"

„Ich bin hochsensibel und nehme meine Umgebung jetzt anders wahr. Wenn ich das lerne und trainiere zu verstehen, kann ich Gefahren zeitig genug spüren. Zum Beispiel, wenn sich der schwarze Engel mir zu nahe kommt", ich halte einen Moment inne, um zu sehen, wie Thea reagiert.

„Und was hat das mit Lexi auf sich? Und warum wusste Lucas davon?", fragt sie traurig, denn plötzlich ist ihr Schmerz wieder da.

„Ich kann auch hellsehen", antworte ich ehrlich.

„Wow, das wollte ich schon immer können", staunt Thea, aber ich kann mich nicht so darüber freuen. Am liebsten wäre ich wieder ganz normal, hätte mein Leben zurück und ich würde gern auf all diese Fähigkeiten verzichten.

„Ich habe da etwas in Lexis Bauch gespürt und wusste, dass er sterben wird. Aber ich konnte es dir einfach nicht sagen", schluchze ich, denn nun geht es mir auch wieder sehr nahe.

„Ich bin dir nicht böse, obwohl meine Reaktion beim Tierarzt anders gewesen wäre. Ich hätte es wohl genauso gemacht. Du musst doch erst mal mit deinem neuen Leben klarkommen. Aber wieso wusste es Lucas?" Thea greift nach meiner Hand und ihre Berührung tut so gut. Es scheint, als würde sie mich jetzt trösten, obwohl das meine Aufgabe sein müsste.

„Er hat auch Fähigkeiten und sein Engel hat ihm einen Zugang zu mir geschaffen. Wie das funktioniert, kann ich dir nicht sagen, aber er kann sich in mich versetzen und dadurch sieht er und spürt er das, was bei mir gerade läuft", versuche ich zu erklären.

„Weiß er eigentlich von eurer Strafe? So wie er auf dich zugekommen ist wohl eher nicht", stellt Thea gleich zu ihrer Frage selbst fest.

„Nein, anscheinend nicht. Und der Engel wird es ihm auch nicht sagen, er wird ihn vielmehr zu mir drängen. Aber ich werde mit ihm reden und muss ihn von den bösen Absichten seines Engels überzeugen", entgegne ich und hoffe, dass es nicht schon zu spät ist.

„Wenn du möchtest, werde ich dir helfen, aber du musst wieder ganz ehrlich zu mir sein", sagt Thea und schaut mich ernst an. „Haben die Engel eigentlich Namen?", fragt sie gleich darauf und hat das mir bekannte zauberhafte Lächeln im Gesicht.

„Ja klar. Mein Engel heißt Elea und der Schwarze Selor", flüstere ich, damit sie es nicht hören und wieder auf der Matte stehen.

„Warum flüsterst du? Es sind Engel und bekommen bestimmt alles mit", kichert Thea und ich kann ihr nur zustimmen.

„Stimmt und ich nehme auch gern deine Hilfe an. Wir werden das schon schaffen und Selor zeigen, wo der Hammer hängt", sage ich nun wieder lauter und wir müssen beide schmunzeln.

„Du sagst mir aber bitte, solltest du noch etwas anderes können. Und wenn du was Interessantes hellsiehst, will ich das natürlich auch wissen", betont Thea und ich kann nur den Kopf schütteln, denn sie würde mit den Gaben ganz anders umgehen und jede einzelne Fähigkeit mit Kusshand annehmen sowie bis aufs kleinste ausnutzen.

Es zieht Ruhe ein und Thea ist plötzlich ganz still. Ich habe die Augen geschlossen und lasse den Kopf in das in meinem Genick liegende Kissen sinken, wobei meine Hand auf der Tischkante liegt. Thea sitzt neben mir und versucht, anscheinend damit klarzukommen, dass ich von der Krankheit ihres Hundes wusste. Ich habe es gesehen und sie beschäftigt sich schon lange mit den spirituellen Dingen. Sie selbst hat es nicht vorhergesehen, aber warum hat sie es nicht zumindest gespürt? Kann sie es doch nicht und bildet sich ihre Fähigkeiten nur ein? Sie scheint zu keinem Ergebnis zu kommen und in diesem Moment bleibt ihr der Mund offen stehen.

Sie schaut zum Tisch, wo gerade ein Glas Wasser ganz langsam und ohne jeglichen Einfluss von irgendjemanden, zu meiner Hand gleitet. Erst als es meine Finger berührt, öffne ich die Augen und sehe Thea, wie sie das Glas anstiert. Ich folge ihrem Blick und gleichzeitig schließen meine Finger sich wie von selbst darum. Kurz zuvor habe ich Durst verspürt und das Wasser vor dem inneren Auge gesehen.

Jetzt sitze ich wie erstarrt da und kann mir genauso wenig erklären, was eben passiert ist.

„*Telekinese*", höre ich meinen Engel hinter mir sagen.

Ich sehe sie verständnislos an und sie erwidert mir nur ein kurzes Lächeln.

„Ich kann was?", piepse ich.

„Wie? Was kannst du?", beobachtet Thea mich intensiv.

„Ich glaube, das nennt man Telekinese", antworte ich und kann es selbst nicht fassen. Was soll da eigentlich noch alles kommen?

„Ich habe es gesehen?", beginnt Thea, steht auf und macht einen Schritt auf die Tür zu. Für sie wohl der Notausgang. „Ich denke, ich sollte gehen. Es tut mir leid, aber das wird mir alles zu viel", fügt sie hinzu und greift nach ihrer Jacke.

„Du willst doch jetzt nicht verschwinden?", finde ich meine Stimme wieder.

„Ich muss das, was ich gesehen habe erst einmal sacken lassen. Wenn du mich brauchst ruf an, aber bitte nicht mehr heute", erwidert mir Thea ziemlich trocken.

Darauf kann ich nichts Weiteres antworten, denn sie ist schon zur Tür hinaus und ich höre sie hastig die Einfahrt hinunterlaufen.

Ich bleibe allein zurück und bin gefangen in meinen Gedanken.

Die Minuten verstreichen und Elea ist auch nicht mehr da. Mir tut der Nacken weh und versuche, mich aus der Starre zu lösen. Ich rutsche auf der Couch hin und her und beäuge argwöhnisch das Glas, was immer noch auf dem Tisch steht. Ich schiebe es zurück in die Mitte des Tisches und lege meine Hand wieder auf die Kante. Ich will es noch einmal probieren, vielleicht habe ich auch alles nur geträumt. Aber Thea hat es ebenfalls gesehen!

Das Glas scheint mich hämisch anzulachen und so gehe ich in mich und denke daran Durst zu haben. Es passiert jedoch nichts. Also doch alles nur Einbildung?

„Du musst dich mehr konzentrieren", kommt von Elea, die wieder erschienen ist und mich beobachtet.

„Es klappt aber nicht", entgegne ich mürrisch.

„Doch, versuch es noch einmal. Es wird jedes Mal besser", lacht Elea und ich kann einfach nichts entgegensetzen.

Ich schaue das Glas an und murmele leise zu mir selbst, dass ich durstig bin.

Langsam kommt das Wasser im Glas in Schwingungen und bewegt sich über in den Tisch. Meine Augen hängen an dem Geschehen und ich verpasse keine Sekunde.

Schließlich greife ich zu, als das Glas wieder die Finger berührt, und ich trinke hastig ein paar Schlucke, denn mein Mund ist vor Aufregung und Anspannung staubtrocken.

Kapitel 10

*I*ch bin aufgeregt, denn heute auf dem Weg nach Hause ist mir Lucas begegnet. Er war komplett durcheinander, weil sein Engel ihm immer wieder zu mir treiben will. Er selbst würde es gern, da er sich sehr nach mir sehnt, möchte mir gegenüber jedoch nicht zu aufdringlich sein. Ich habe nur kurz gefragt, ob er überhaupt weiß, warum wir unsere Engel sehen können und er nicht auch einen weißen Engel hat wie ich. Natürlich konnte er mir keine Antwort geben und so habe ich ihn für heute Abend zu mir nach Hause eingeladen. Es wird Zeit, dass ich ihm alles erkläre und er wohl nicht zu sehr auf Selor hören sollte. Er war einverstanden und ich habe Thea ebenfalls gebeten, dabei zu sein. Wir haben zwischendurch noch einmal über alles gesprochen und sie steht wieder voll hinter mir.

„Bleib ruhig, es wird schon gut gehen", sagt Thea, die es sich auf der Couch gemütlich gemacht hat. Ich könnte sie für ihre Gelassenheit beneiden, aber ihre Gesichtszüge zeigen mir, dass sie nur für mich stark sein will.

„Ich hoffe nur, er hört mir auch zu", meine ich, denn ich kann mir vorstellen, dass einiges das Gegenteil sein wird, von dem, was ihm sein Engel gesagt hat.

Ich kann mir darüber keine Gedanken machen, denn es klingelt. Automatisch versteife ich mich, gehe jedoch trotzdem zur Tür und lasse die beiden herein. Leon ist ebenfalls mitgekommen und beobachtet uns von der ersten Sekunde an argwöhnisch. Lucas lächelt mich an und augenblicklich steigt der Puls und meine Hand beginnt zu kribbeln. Diesmal brennt das Mal nicht und ich kann nur daraus schließen, dass es damit zu tun hat, dass ich mit dieser Begegnung einverstanden bin.

Ich deute an mit mir ins Wohnzimmer zu kommen und beide begrüßen Thea, die sofort an meiner Seite steht.

„Setzt euch doch bitte", fordere ich sie auf, Lucas kommt jedoch auf mich zu und greift nach meinem Arm.

Ich weiß nicht, was er vorhat, aber es sind nur Millisekunden, in denen ich mir darüber Gedanken machen könnte. Er kommt nicht einmal dazu, meine Haut zu berühren. Mich trifft ein Energieschlag, der mir den Boden unten den Füßen wegzieht. Ich stürze nach hinten und lande unsanft zwischen Sessel und Couch auf dem Teppich. Gleichzeitig wird alles schwarz um mich herum und ich spüre einen stechenden Schmerz im Rücken.

„Was hast du gemacht?", schreit Thea und kniet augenblicklich neben mir. „Amy, hörst du mich?", tätschelt sie mein Gesicht. Ich kann es spüren, aber nicht darauf reagieren. Erst als Elea ihre Hand auf meine Brust legt, kann ich tief durchatmen und bin wieder da. Aufstehen kann ich jedoch nicht, weil Elea versucht, es zu unterbinden.

„*Bleib bitte noch einen Moment liegen*", fordert sie mich leise auf und ich befolge ihre Worte. Ich sage nichts dazu, denn Thea hat dies gar nicht mitbekommen. Sie kniet neben mir und ihr besorgter Blick ist auf mich geheftet.

„Das wollte ich nicht ...", stottert Lucas und würde wohl am liebsten auch zu mir.

„*Bleib sofort stehen*", geht Elea dazwischen. „*Du hast genug angerichtet*", legt sie noch nach, wobei nur Lucas und ich sie hören können.

„Was willst du von mir? Kümmere dich lieber um Amy, für sie solltest du doch da sein", entgegnet Lucas und macht nochmals Anstalten sich mir zu nähern.

„*Keinen Schritt weiter*", baut sich Elea vor ihm auf. „*Ihr könnt nicht vereint sein*", redet sie ernst auf Lucas ein.

„Wieso nicht? Selor hat genau das Gegenteil behauptet. Wir gehören zusammen", erwidert Lucas und hinter ihm erscheint Selor mit einem breiten Grinsen.

Ich stütze mich auf die Ellenbogen und Thea versucht, mir zu helfen und mich zu halten. Ich betrachte die Lage und mir wird klar, dass es hier im Wohnzimmer für alle zu eng wird. Ich will etwas sagen, aber da geht der Schlagabtausch schon weiter und Selor greift mich mit seinen Worten an.

„Hätte sie dich nur nicht gerettet", faucht Selor und Lucas stiert mich an.

„Geh jetzt", fordert Lucas seinen Engel auf und dreht sich zu ihm.

„Mit wem zum Teufel redest du da?", geht nun Leon dazwischen, denn sein Bruder spricht für ihn gegen die Wand.

„Verschwinde, du bringst nur Unglück", schreit Lucas und fuchtelt mit seinen Armen in der Luft herum.

„Teufel ist gut", lacht Selor und schlägt mit seinen Flügeln.

Leon schaut nur kopfschüttelnd zu Lucas und kann ihn auch gerade noch vor einem Sturz schützen, denn er torkelt durch das Schlagen der Flügel im Zimmer herum.

„Hast du getrunken?", hält Leon Lucas fest, aber der schüttelt nur mit dem Kopf.

„Nein, habe ich nicht", antwortet er verärgert, drückt seinen Rücken wieder durch und schaut dann besorgt in meine Richtung. „Ich brauch frische Luft. Ihr entschuldigt mich", legt er nach und tritt auf die Terrasse hinaus.

„Amy, wie geht es dir?", höre ich Thea fragen, aber meine Augen hängen an Lucas, der auch draußen noch mit Selor diskutiert.

„Alles in Ordnung, mit tut nur etwas der Rücken weh", sage ich und reiche Thea die Hand. „Hilfst du mir bitte hoch?", fahre ich fort und kurz darauf sitze ich mit einem weichen Kissen im Rücken im Sessel.

Leon steht mitten im Raum und beobachtet Lucas, der sich immer noch auf der Wiese postiert hat und anscheinend mit jemanden wild diskutiert.

„Seit dem Unfall ist er ein ganz anderer Mensch. Ich würde gern wissen, was bei ihm so im Kopf abgeht", spricht er, ohne sich zu uns umzudrehen, aber ich weiß, dass die Frage an mich gestellt ist.

„Wie anders ist er denn?", frage ich deswegen nach, obwohl ich mir denken kann, dass er die gleichen Veränderungen hat wie ich.

„Er redet ständig von dir, wobei er mit Frauen eigentlich nichts an Hut hatte", lächelt er mich an, wartet allerdings nicht darauf, dass ich antworte. „Aber damit kann ich leben. Jedoch macht er, seitdem ihn der Blitz getroffen hat komische Dinge, so als hätte er Fähigkeiten erlangt, die nicht menschlich sind. Und dann redet er ständig mit jemanden, der nicht da ist. Wie jetzt gerade", fügt er hinzu und schaut wieder nach draußen.

„Von welchen Fähigkeiten redest du da?", werde ich neugierig, aber Leon kann nicht mehr antworten, denn Lucas stürmt zurück ins Wohnzimmer.

„Kannst du mir mal was erklären?", kommt er auf mich zu und sofort steht Thea schützend vor mir.

„Du darfst sie auf keinen Fall berühren", droht Thea Lucas und er macht erschrocken einen Schritt nach hinten.

„Schon gut, aber warum nicht?", fragt er vorsichtig, weil er nicht einen weiteren Fehler machen will.

„Du hast ja gesehen was dann passiert", fange ich an und sortiere die Worte, die ich am besten sagen könnte. Alle sind stumm und warten darauf, dass ich weiterrede. „Wir dürfen uns nicht zu nahe kommen. Die Energie, die wir durch den Blitz bekommen haben, würde uns gegenseitig schaden."

„Deshalb bist du gestürzt", murmelt Lucas und sieht mich etwas schief an.

„Sag ihm bitte die Wahrheit, sonst spielst du Selor nur in die Karten. Er muss alles Wissen und ihr müsst gemeinsam gegen ihn angehen", flüstert Thea und fällt mir irgendwie in den Rücken. Aber ich weiß, dass sie recht hat. Nur die Wahrheit rettet uns das Leben.

„Sie kennt Selor? Kann sie ihn auch sehen?", ist Lucas sprachlos.

„Nein, das können nur wir. Weil sie unsere persönlichen Engel sind", erwidere ich und mache im Augenwinkel aus, wie Leon die Augen aufreißt und sich an der Wand abstützen muss.

„Von was redet ihr da?", fragt er irgendwie verängstigt.

„Okay, ich fange mal von Anfang an", beginne ich erneut.

„Darf ich dich erst einmal was fragen?", kommt sehr ruhig von Lucas, der sich inzwischen mir gegenüber auf den Hocker, der eigentlich für meine Füße ist, gesetzt hat.

„Ja, kannst du", nicke ich ihm zu, denn genau jetzt muss alles auf den Tisch und es ist auch gut, dass Thea und Leon dabei sind. Sie sollten ebenfalls einen vollkommenen Überblick haben, um uns zu verstehen und helfen zu können.

„Ich hatte da einen Traum", legt er los und schaut mich intensiv an. Ich reagiere aber nicht, weil ich wissen will, wie er das alles erlebt hat. So fährt er fort. „Ich träume ständig, dass ich vor einem unbeschreiblichen Licht gestanden habe. Und dann warst du da und hast mir deine Hand gereicht. Ich musste mich entscheiden und bin dir gefolgt, aber weiß nicht, ob das richtig war. Aufgewacht bin ich erst wieder im Krankenhaus", schildert er kurz und wartet nun auf meine Antwort.

„Wir beide standen auf der Schwelle des Todes. Was du da siehst, ist ein Nahtoderlebnis", erkläre ich, bekomme aber nur ein müdes Lächeln von ihm. „Ich habe dich mit zurück ins Leben genommen und es war wirklich ein Fehler. Jedoch nicht deiner, sondern meiner", spreche ich weiter und nun schaut Lucas wieder ernster.

„Wir haben diese Engel. Sollten sie uns nicht helfen?", fragt er mit einem finsteren Unterton in seiner Stimme.

„Ja, das ist eigentlich ihre Aufgabe. Wir haben jedoch unterschiedliche Engel", entgegne ich nun auch ernster.

„Hat die Farbe etwas zu bedeuten?", fragt Lucas und sieht hinaus, um nach Selor zu suchen, aber er ist nicht mehr da.

„Ich denke schon. Es gibt anscheinend zwei Seiten, wo wir nach dem Tod hingehen können oder geführt werden", sage ich vorsichtig.

„Du meinst doch nicht etwa Himmel und Hölle? Woher willst du das wissen?" Lucas wirkt auf einmal nervös.

„Elea hat es mir erklärt. Einige Menschen haben schwarze Engel und das sind nicht gerade die Guten."

„Warum habe ich einen? Ich habe doch ein ganz normales Leben?" Lucas Stimme beginnt zu zittern, denn er scheint endlich das Ausmaß zu erkennen.

„Das kann ich dir nicht sagen und auch Elea hat darauf keine Antwort. Jedenfalls ist es zu unserem Problem geworden", bemerke ich leise.

„Hat das mit unseren Malen zu tun?", schlussfolgert Lucas.

„Ja, er hat sie uns als Strafe gegeben. Ich habe ihn dir entzogen und nun will er uns beide. Sowie wir uns berühren werden wir sterben und dann wird er uns zusammen mitnehmen", erkläre ich und stecke nun auch nervös meine Händen zwischen die Beine.

„Deshalb willst du ständig zu Amy. Und du redest da immer mit diesem Engel? Ich dachte, du machst Selbstgespräche", geht Leon dazwischen, da er alles kombiniert hat.

„Er hat mir gesagt, das wir durch unseren Unfall für ewig vereint sind und zusammengehören", kommt von Lucas und jetzt klingt seine Stimme wütend.

„Er will, das ihr sterbt", donnert Leon los.

„Kann uns Elea da nicht helfen?", schaut mich Lucas fragend an.

„Sie kann uns schützen, solange wir leben, indem sie versucht, uns von Berührungen abzuhalten. Aber wenn wir es tun, kommt sie nicht gegen Selor an. Er scheint stärker zu sein als sie", erläutere ich die Sachlage.

„Ich fühle mich aber so sehr zu dir hingezogen", flüstert Lucas.

„Mir geht es ebenso, aber wir dürfen uns nicht zu nahe kommen. Genau das will er und hofft darauf, dass wir irgendwann der Versuchung nicht widerstehen können."

„Wir werden stets da sein und auf euch aufpassen. Stimmt´s?", wendet sich Thea an Leon und der nickt ihr sofort zu.

„Sicher, ich werde dazwischen gehen, wenn du den Verstand ganz verlierst", kichert Leon.

„Das ist kein Spaß", bekommt er als Antwort von seinem Bruder.

„Es ist gut, zu wissen, dass wir dem nicht ganz allein gegenüberstehen", zwinkere ich Thea zu und versuche innerlich die Ruhe zu bewahren.

„Ich glaube, wir sollten jetzt gehen. Ich habe heute genug erfahren, was unser Leben zurzeit durcheinanderbringt. Und wenn du diesen Selor siehst, dann gebe mir bitte ein Zeichen, damit ich dein Verhalten verstehe", sagt Leon und fordert Lucas gleichzeitig zum Gehen auf.

„Ich werde versuchen, dir fernzubleiben. Ich habe keine Lust zu sterben, auch nicht wenn ich weiß, dass wir dann für immer zusammen sein könnten", haucht Lucas zu mir herüber und seine traurigen Augen fixieren mich.

„Das hat er dir versprochen", sage ich Lucas auf dem Kopf hin.

„Ja, aber da wusste ich noch nicht, wie er das meint", gibt er ehrlich zu und uns beiden wird klar, wie sehr Selor ihn beeinflussen kann.

„Sei bitte vorsichtig. Ich bin mir sicher, dass er noch viel mehr versuchen wird, um uns zu bekommen", flehe ich Lucas fast an und erhasche ein kurzes Lächeln von ihm.

„Du auch. Aber du hast ja zum Glück Elea, die für dich da ist und nicht gegen dich agiert", erwidert er und gibt Leon zu verstehen, dass sie gehen sollten.

Thea bringt beide zur Tür, wobei ich meinen immer noch schmerzenden Rücken mit meiner eigenen wärmenden Hand zu heilen versuche. Es ist umständlich und ich muss mich regelrecht verbiegen, aber es gelingt mir, etwas Linderung zu erreichen.

Kapitel 11

Es scheint etwas Ruhe in mein Leben einzuziehen. Ich gehe täglich auf Arbeit und die Kinder zaubern mir immer wieder ein Lächeln auf das Gesicht. Gleichzeitig lassen sie mich die über mir schwebende Gefahr vergessen. Zu Hause nutze ich die Zeit, um meine Fähigkeiten besser kennenzulernen und sie zu trainieren. Aber sie sind am Ende nur für mich. Ich möchte sie nicht an die Öffentlichkeit bringen, weil ich keine Lust darauf habe, dass ich irgendwie abgestempelt werde. Schon oft habe ich Menschen gesehen, die andere wie Aussätzige behandeln, weil sie sich nicht nach deren Vorstellungen verhalten haben. Und man könnte auch als psychisch krank gehalten werden. All das bin ich nicht und dazu will ich auf keinem Fall verurteilt werden.

So habe ich bis heute noch niemanden außer mir selbst die Hand aufgelegt. Und die Telekinese ist erst recht nur für mich. Thea will manchmal sehen, ob ich es schon besser kann, aber auch sie würde es nie jemanden ohne meine Erlaubnis erzählen. Die Telekinese bringt mir zudem nichts, nur den Spaß daran Thea ab und zu mal zu necken.

Bei der Sensibilität ist es anders. Die trage ich jeden Tag mit mir und sie hat mein Leben doch schon verändert. Ich fühle manchmal so viel, dass ich Schwierigkeiten bekomme, alles zu verarbeiten. Auch das Hellsehen bringt sich automatisch da mit ein. Vor allem wenn ich draußen unterwegs bin, sehe ich schon mal einen, der im nächsten Moment stolpert, oder Kinder die vom Klettergerüst fallen. Aber ich habe bis jetzt noch nie eingegriffen, oder sogar jemanden vorgewarnt. Wie gesagt, möchte ich keine Aufmerksamkeit.

Aber eine schöne und auch traurige Erfahrung habe ich mit Thea zusammen gemacht. Sie wollte nicht mehr allein bleiben und Lexis Platz doch wieder mit einem Hund füllen. Also gingen wir ins Tierheim und schauten uns um. Thea fand nur nach wenigen Minuten einen kleinen Spitz, der auch gleich an den Zaun kam und sich streicheln lies. Sie war hin und weg, aber ich fühlte sofort, dass da etwas nicht stimmte. Unbemerkt von den Tierpflegern legte ich eine Hand auf sein Köpfchen, was er erstaunlicherweise zugelassen hat, und augenblicklich hatte ich einen Zugang zu ihm. Ich sah seine Vergangenheit und einen Makel, den er hatte. Er konnte nicht allein bleiben. Die Vorbesitzer bekamen mit ihren Nachbarn Probleme, weil der Hund den ganzen Tag gebellt hat, und zuletzt hat er seine angestaute Wut an seinem Herrchen ausgelassen. Er ist nicht so lieb und süß, wie es aussah, nein er konnte auch hinterlistig und böse sein. Er hat mehrmals seine Besitzer gebissen und das wollte ich Thea nicht zumuten. Ihr würde das Gleiche passieren, denn sie ist ja auch tagsüber arbeiten. Vorsichtig habe ich ihr das beigebracht, da sie sich schon auf ihn eingeschossen hatte, aber sie hörte genau zu, was ich zu sagen hatte. Am Ende glaubte sie mir und schob mich von da an zuerst zu den Hunden, die für sie in Frage kommen würden. Ich konnte nicht bei jedem etwas sehen, aber was ich sah, war auch teilweise ziemlich hart. Warum schaffen sich Leute Tiere an und geben sie dann ins Tierheim, weil sie angeblich nicht mit ihnen klarkommen. Man sollte sich doch vorher über den Hund informieren und versuchen sich auf die ausgewählte Rasse einzustellen, oder die Finger davon lassen.

Nach einer Stunde, wo langsam meine Kräfte schwanden und ich mich auch nicht mehr richtig konzentrieren konnte, kamen wir zu einem Hund, bei dem ich nicht einmal die Hand auflegen brauchte. Er sah mich an und ich konnte seine kleine Seele sehen. Eine kleine traurige Hundedame, die ihr geliebtes Herrchen verloren hat. Es hat mich sofort ergriffen und sie bettelte förmlich sie mitzunehmen. Doch ich war ja nicht diejenige, die einen neuen Begleiter suchte, sondern Thea. Ich holte sie dazu und als die beiden sich sahen, war die Freude groß. Thea war sofort von der kleinen Maus eingenommen und die Hundedame wedelte dermaßen mit dem Schwänzchen, das ich Angst hatte, der würde abfallen. Sie ist eine Mischlingshündin und sogar noch etwas kleiner als Lexi. Aber Thea war auf einmal alles andere egal, sie wollte nur noch diesen Hund mit zu sich nehmen.

Nach einem Gespräch mit der Tierheimleitung darf Thea jeden Tag vorbeikommen und mit Luna, so heißt diese Hündin, spazieren gehen. Wenn dann alles stimmt und die beiden wirklich zueinander passen, darf sie mit zu Thea nach Hause. Es sollte nur eine Woche dauern, bis sie das beurteilen können. Thea hätte sie natürlich gleich mitgenommen, aber sie folgt den Ratschlägen der Pfleger. Ihr Vorteil ist, dass sie schon einen Hund hatte.

Ich freue mich für sie und muss mir nun täglich anhören, was die beiden bei den Spaziergängen so erleben. Luna scheint wirklich eine ganz Brave und Gehorsame zu sein, und es sollten sich keine Probleme ergeben, wenn sie allein bleiben muss.

So war es auch heute wieder. Mit einem zufriedenen Schmunzeln komme ich zu Hause an. Während ich mir in der Küche etwas zu essen mache, schaue ich mir die Bilder, die Thea gemacht hat an. Es ist auf jedem der Spaß, den sie zusammen erlebten zu sehen. Ich weiß, dass Thea nun doch wieder etwas weniger Zeit für mich hat, aber das war bei Lexi auch so. An den Wochenenden waren sie oft bei mir und Lexi konnte in meinem Garten ausgelassen toben, eine Abwechslung zu Theas Wohnung. Und jetzt kommt sie bestimmt mit Luna und sie ist genauso willkommen und ich freue mich auf sie. Ich werde sie eben so lieb haben und natürlich auch verwöhnen.

Meine Gedanken drehen sich um diese schönen Momente und ich sehe Luna schon durch meinen Garten flitzen, als die Mikrowelle piepst. Erschrocken schaue ich auf und hole nach kurzem Überlegen das aufgewärmte Abendessen heraus.

Ich setze mich an den Tisch und beginne zu essen, aber ich komme nicht weit. Plötzlich fängt meine Hand an, sich zu erwärmen. Ich lehne mich zurück und beobachte das Mal. Was das zu bedeuten hat, ist mir klar und ich warte darauf, dass sich die Farbe ändert. Das tut sie jedoch nicht und es wird aus dem anfänglichen Kribbeln auch kein Brennen, wie es sonst der Fall ist. Was soll das jetzt besagen? Ich habe nicht an Lucas gedacht. Ist er etwa in meiner Nähe? Aber warum wird es dann nicht stärker?

Mit einer Vorahnung gehe ich an das Fenster, von dem ich aus auf die Straße sehen kann. Lucas steht gegenüber auf der anderen Straßenseite, lehnt an einer Mauer und schaut zu Boden. Es sieht irgendwie komisch aus, denn er scheint nicht mein Haus zu beobachten, sondern unter irgendeinen Zwang zu stehen.

In mir steigen wieder Gefühle hoch, schöne Gefühle. Am liebsten würde ich hinaus zu ihm gehen, zwinge mich aber, vom Fenster wegzugehen, um diese Sehnsucht zu unterbinden, als ich etwas höre, wo ich nicht weiß, wo es herkommt.

„Wie soll ich ihr das nur sagen? Ich kann und darf da nicht rüber gehen. Ich darf sie doch nicht in Gefahr bringen."

Blitzartig stehe ich wieder am Fenster, denn ich bin mir sicher, das es die Stimme von Lucas war. Aber er steht immer noch wie angewurzelt da drüben. Sein Kopf ist gesenkt, ich kann jedoch sehen, wie er nervös vor und zurück schaukelt. Er hat ein Problem, mit dem er anscheinend nicht fertig wird und ich ahne, dass es um mich geht. Ich gehe seine Worte noch einmal in Gedanken durch und denke einfach für mich. „Was kann er mir nicht sagen?"

Im Augenwinkel bemerke ich, wie Lucas ruckartig seinen Kopf anhebt und zu mir herüber starrt. „Was? Kannst du mich hören?", dringen seine Worte zu mir durch, ohne das er seine Lippen bewegt hat.

„Ja, aber erklären kann ich es dir nicht", denke ich und nun klebt meine Nase fast an der Fensterscheibe.

„Ob er das auch hören kann?", ängstlich schaut er sich um.

„Meinst du Selor?"

„Der ist ständig in meiner Nähe", höre ich Lucas etwas leiser.

„Es sind ja auch dein Schutzengel."

„Da muss ich aber lachen. Bei ihm hat es nichts mit Schutz zu tun", kommt von ihm und er streckt sich. Er drückt den Rücken durch und seine Augen hängen unverändert an meinen. „Was machen wir da eigentlich?", legt er nach und bringt mich zum Lächeln.

„Das ist Telepathie", antworte ich und staune über die nächste Fähigkeit, vor allem, weil es eine ist, die uns direkt verbindet.

„Das ist ja genial. Besser als all das andere", grinst er zu mir herüber.

Ich gehe darauf nicht ein, denn es wird genauso wie bei mir sein, sondern wende mich einem anderen Thema zu.

„Elea kann meine Gedanken lesen und das kann Selor bestimmt auch. Ob sie jedoch unserer Unterhaltung folgen können, dass weiß ich nicht. Wir werden es merken, wenn sie sich einmischen", sage ich im Kopf und hoffe insgeheim, dass wir etwas haben, wo Selor ihn nicht beeinflussen kann.

„Er wird mir es schon zu verstehen geben, aber das scheint nur mein Problem zu sein."

„Tut mir leid, dass ich dir da nicht helfen kann", denke ich und komme auf seine ersten Worte zurück. „Was kannst du mir nicht sagen?", will ich ohne Umschweifen wissen. „Es geht um Thea", beginnt er, aber sein Zugang zu mir bricht ab. Ich sehe Selor, der plötzlich zwischen uns steht. Er schirmt unsere gedankliche Unterhaltung ab und so ist auch klar, dass er alles mitbekommen hat. Aber was ist mit Thea? Ist sie in Gefahr? Er kann es mir nicht mehr sagen, denn er wird von Selor wie ein Gefangener abgeführt. Er lässt nicht einmal einen letzten Blickkontakt zu. Erst will er, dass wir uns näher kommen, und jetzt stellt er sich zwischen uns. Wer kann mir die aufgekommenen Fragen beantworten? Ob Elea mehr weiß? Ich könnte sie doch einmal auf die beiden ansetzen, vielleicht erfährt sie, was Lucas mit Thea gemeint hat.

„Das geht eher nicht. Selor merkt sofort, wenn ich mich Lucas nur nähere", sagt Elea und ich spüre ihre Enttäuschung darüber, dass sie mir nicht helfen kann, und höre es in ihrer Stimme.

„Und wie soll ich herausbekommen, was er mir sagen wollte. Es geht um Thea", entgegne ich verzweifelt und gleichzeitig steigt in mir Angst auf. Thea hätte gegen Selor keine Chance. Sie kann ihn nicht sehen und auch nicht spüren.

„Er kann ihr nicht direkt schaden. Ein Engel hat nur auf seine zugesprochene Person Einfluss", bemerkt Elea, aber das beruhigt mich nicht im Geringsten.

„Was heißt nicht direkt?", will ich deshalb wissen, denn bei indirekt ergeben sich viele Möglichkeiten.

„Amy, ich kann es dir nicht sagen. Ich vermute, dass ihm nicht gefällt, dass du Thea alles erzählt hast und sie nun ständig an deiner Seite ist. Sie kann die Verbindung zu Lucas immer wieder stören und so seinen Plan, euch zu vereinen vereiteln. Es dauert ihm wahrscheinlich zu lange, bis er euch beide zu sich holen kann", erklärt Elea, gibt mir jedoch nicht die Antwort, wie ich jetzt auf Thea aufpassen

soll. Das Beste wäre, sie zieht gleich zu mir, dass ich sie rund um die Uhr beschützen kann.

Ich schüttele den Kopf, weil ich nichts mehr verstehe. Plötzlich geht es nicht allein um mich, sondern um meine beste Freundin. Aber da ist doch noch Leon. Er weiß auch alles und steht zu seinem Bruder ebenso wie Thea zu mir. Ist er damit ebenfalls in Gefahr?

„Das kannst du herausbekommen, wenn du mit ihm redest. Leon wird nicht von Selor beeinflusst, aber Lucas hat ihn vielleicht etwas erzählt, was Thea betrifft. Du musst ihn nur hierher bekommen, ohne das Selor es merkt. Und das kann schwierig werden, da sie den ganzen Tag zusammen sind. Sie arbeiten im selben Beruf und haben eine gemeinsame Firma", erläutert mir Elea und schon bin ich am überlegen, wie ich an Leon herankomme. *„Vielleicht kann dir Thea selbst dabei helfen"*, fährt Elea fort und das kommt mir entgegen, da ich sie sowieso zu mir holen will.

„Ich werde morgen mit ihr reden", stimme ich Elea zu und kann nur hoffen, dass sie die eine Nacht noch sicher ist. Oder soll ich sie gleich anrufen?

„Nein, sie schläft bereits", lächelt Elea mich an und ich bin wieder einmal erstaunt, wo sie überall sein kann.

„Ist es schon so spät?", murmele ich zu mir selbst, während ich auf meine Uhr schaue.

„Du kannst ruhig auch ins Bett gehen. Ich werde auf euch beide aufpassen", höre ich Elea leise sagen und gleichzeitig ist sie verschwunden.

Nun bin ich wieder allein mit meinen Gedanken um Thea, der irgendetwas passieren könnte, nur weil sie mir beisteht und um Lucas, der in den Fängen seines eigenen Engels ist. Heute werde ich keine Antworten mehr finden und auch beiden nicht helfen können, aber ab morgen werde ich den Kampf aufnehmen und mein Leben und das von Thea verteidigen. Und wenn es sein muss das von Lucas und Leon auch. Mit der Hilfe von Elea sollte das doch möglich sein.

Kapitel 12

*I*ch habe unruhig geschlafen und ständig an Thea gedacht. Hat sie die Nacht gut überstanden? Sicher, ansonsten hätte Elea mich geweckt und zu ihr geschickt. Sie kann Thea nicht helfen, wie Selor ihr nicht direkt schaden kann. Schon wieder beginnen die Gedanken zu kreisen und so mache ich mich eher auf Arbeit. Ich möchte noch einmal mit Thea reden, bevor sie in den Feierabend geht. Ich fahre mit dem Auto, um mich voll auf Thea konzentrieren zu können. Würde ich laufen, könnten die vielen Einflüsse mich zu sehr ablenken. Ab und zu ist es gut, wenn ich mich dem hingebe, und manchmal kann ich dabei sogar entspannen. Ich habe gelernt, die Einflüsse zu sortieren und nur die, die mir guttun zuzulassen. Aber nicht heute. Ich muss Thea dazu bringen, zu mir zu ziehen und meine Chefin, dass wir in nächster Zeit unsere Schichten zusammen arbeiten können. Denn allein bei mir zu Hause kann sie ebenso nicht bleiben. Ich muss sie ab heute ständig im Blick haben.

Ich komme kurz bevor die Kinder zu Mittag essen im Kindergarten an. Sofort gehe ich zu meiner Chefin und bitte sie um eine Änderung des Dienstplanes. Ich kann ihr nicht genau erklären, warum ich das möchte, aber ich schiebe den instabilen Zustand von Thea durch den Tod ihres geliebten Hundes als Grund vor. Zum Wohle der Kinder und froh darüber, dass sich Thea nicht krank gemeldet hatte, stimmt sie zu. Ab morgen haben wir nun zusammen die Schicht.

Zufrieden gehe ich zurück zu Thea und helfen gleich noch mit, das Essen auszuteilen. Erst als die Kinder sich schlafen gelegt haben, komme ich dazu, ihr alles zu erklären.

„Warum willst du, dass ich bei dir einziehe? Stimmt irgendetwas nicht?", fragt sie argwöhnisch, denn sie kommt doch ganz gut allein klar, zudem sie ja auch Luna an ihrer Seite hat.

„Das kann ich dir nicht hier erklären", weiche ich aus.

„Ich will die ganze Wahrheit wissen. Seit deinem Unfall läuft eher dein Leben nicht mehr normal und nicht meins", hält sie dagegen.

„Stimmt, aber du bist ein Teil von meinem Leben", sage ich und bemühe mich, die innere Aufregung nicht zu zeigen.

„In Ordnung, und heute Abend wenn ich da bin, nimmst du dir bitte die Zeit mir alles genau zu erklären, was hier eigentlich los ist. Du bist zwar die, die hochsensibel ist, aber ich kann ebenfalls Unstimmigkeiten bei dir oder bei mir spüren", erwidert Thea mit sehr ernster Stimme und ich kann ihr nur zunicken.

„Das mache ich, versprochen", kommt von mir. „Ich hole dich nach der Arbeit ab. Da kannst du mein Auto mit allem Zupacken, was du mitnehmen möchtest", fahre ich fort und schenke Thea ein Lächeln, was jedoch ziemliche Überwindung kostet.

„Geht klar, da wird wohl einiges zusammenkommen", grinst Thea und ich bin nur glücklich, dass sie dann ständig in meiner beschützenden Nähe ist.

Thea geht und ich muss den Nachmittag noch bei den Kindern durchhalten. Das kommt mir zu Gute, denn die Mäuse lenken mich von meinen Gedanken ab. So vergeht die Zeit schneller als gedacht und am Ende stehe ich schon vor Theas Wohnung.

Ich staune nicht schlecht, als ich die Sachen sehe, die zum Einpacken in mein Auto bereitstehen. Will Thea für immer zu mir ziehen? Hat sie etwa gleich noch ihre Wohnung gekündigt? Ich lache über mich selbst, denn das ist ausgeschlossen, da sie diese schöne Wohnung niemals aufgeben würde. Also trage ich eine Tasche nach der anderen hinunter und verstaue sie in meinem Auto. Luna hat gerade noch so mit ihrem Körbchen auf der Rückbank platz. Bei mir angekommen fahre ich gleich rückwärts in die Garage. Es braucht niemand zu sehen, dass ich den halben Hausstand von Thea im Auto habe. Ich schließe das Garagentor und dann tragen wir ohne fremde Blicke alles hoch ins Haus. Thea zieht in mein Gästezimmer, was sie bereits kennt, denn so manche Nacht ist sie schon bei mir gewesen. Luna liegt auf der Terrasse und genießt die letzten Sonnenstrahlen des Tages. Ihr scheint es auf Anhieb hier zu gefallen. Wir können sie auch mal einen Moment allein lassen, denn mein Grundstück ist ordentlich eingezäunt und es gibt keine Möglichkeit, wo Luna entwischen könnte. Ich habe das heute früh extra noch einmal kontrolliert.

Nach einer Stunde des Einräumens der Sachen von Thea sitzen wir zusammen in der Küche und warten darauf, dass die Pizza im Backofen fertig wird. Wir haben beide einen Mordshunger, aber können sie anscheinend doch noch nicht genießen. Es klingelt an der Tür, gefolgt von einem ungeduldigen Klopfen. Wir sehen uns an und keiner traut sich, zu öffnen. Wer hat es denn so eilig mit mir zu reden? Oder weiß jemand schon, dass Thea hier ist, und will uns beiden nur Angst machen?

Wir bekommen es wohl nicht heraus, wenn wir demjenigen nicht aufmachen. Also stehe ich auf und gehe trotzdem noch zögernd zur Tür. Ich schaue durch den Spion und erkenne Leon, der aufgeregt hin und her läuft. Was will denn Leon hier? Ist Lucas auch da? Nein, ich spüre seine Gegenwart nicht und meine Hand zeigt ebenfalls keine Anzeichen dafür. Also was will er allein bei mir? Von Neugierde geplagt mache ich auf und im selben Moment stürmt Leon, ohne zu fragen an mir vorbei ins Haus.

„Komm ruhig rein", rufe ich ihm nach, aber er ist schon im Wohnzimmer, wo ihn Luna mit einem lauten Knurren empfängt. Das macht sie eigentlich nicht, ganz im Gegenteil ist sie jedem freundlich gesinnt, aber Leon hat sie wahrscheinlich erschrocken.

„Ich muss mit euch reden", schnappt er nach Luft und schaut sich hektisch im Zimmer um.

„Suchst du jemanden?", fragt Thea, die ebenfalls aufgeschreckt wurde.

„Lucas rastet völlig aus", prustet Leon und rennt wie von einer Tarantel gestochen hin und her.

„Setz dich erst einmal hin, du machst uns ja vollkommen kirre", fahre ich ihn an und er kommt zum Stillstand. „Was ist mit Lucas?", frage ich und denke an unser telepathisches Gespräch. Hat Selor ihn etwas angetan?

„Er verändert sich jeden Tag mehr, aber gestern Abend hat er sich mit Selor gestritten und dann fast die gesamte Wohnung zerlegt", stammelt Leon aufgeregt.

„Erst mal ganz von Anfang an. Wie meinst du das mit der Veränderung, das hattest du letztens schon erwähnt?", frage ich vorsichtig, denn ich will alles Wissen und nicht das Leon auch noch ausrastet.

„Ja, da kam ich ja nicht weiter. Also, seit dem Unfall hat er Fähigkeiten. Er weiß, wo ich bin und was ich tu, wobei ich ihm nichts gesagt habe. Bei der Arbeit macht er alles ohne eine gewisse Vorsicht. Das ist bei uns eigentlich überlebenswichtig. Wir sind Elektriker. Er fasst Stromleitungen an und greift gleich mal in einen Stromkasten, ohne davor alles abzuschalten. Ich höre, wie der Strom fließt, und er lächelt nur darüber und fühlt sich danach anscheinend sogar noch stärker", erklärt Leon und schüttelt ständig mit seinem Kopf.

„Und was war gestern Abend?", will ich wissen.

„Da war er unterwegs und dann hat er sich mit dem mir unsichtbaren Engel gestritten. Es ging um Thea", meint er und schaut zu ihr, die augenblicklich die Augen aufreißt.

„Was habe ich denn mit all dem zu tun?", schallt ihre Stimme durch den Raum.

„Lucas war gestern noch hier", bemerke ich und greife nach Theas Hand, um sie zu beruhigen.

„Was läuft hier? Hast du mich deswegen hierher geholt?", fragt sie nun ängstlich.

„Er war im Begriff mir etwas zu sagen, aber er kam nicht richtig dazu. Nur eins weiß ich, dass es um dich geht", spreche ich sie direkt an. „Ich wollte dir nach dem Essen alles erklären", rede ich weiter. „Und wieder einmal durchkreuzt einer meine Pläne", richte ich mich letztendlich an Leon, der nur schulterzuckend dasteht, weil er sich nicht mehr zu helfen weiß.

„Selor will, dass sich Lucas umbringt, um Thea zu schützen", flüstert Leon nach wenigen Minuten der Stille doch wieder und sein Blick geht abermals ängstlich durch den Raum.

„Weißt du nichts Genaueres?", geht Thea jetzt Leon an.

„Nein, ich habe doch nur eine Seite gehört. Aber konnte Lucas dir nicht mehr sagen?", richtet er sich wieder mir zu.

„Wir haben eigentlich gar nicht geredet", beginne ich.

„Was? Du hast doch gesagt, er war hier", redet Thea dazwischen.

„Er stand draußen, auf der anderen Straßenseite und wir haben uns über unsere Gedanken unterhalten. Wir wussten nicht was mit uns passiert und ehe wir es richtig erkannt haben, war Selor da und hat ihn mitgenommen", erläutere ich den beiden.

„Wie in Gedanken? Meinst du etwa Telepathie?" Thea schaut mich fassungslos an.

„Ja, so nennt man das", versuche ich ein Lächeln zu unterdrücken, denn ich will sie ja nicht veräppeln.

„Krass, dann ist das andere Telekinese und Hellsehen?", fragt Leon ehrfürchtig.

„Ja, aber warum er den Strom ohne Schäden in sich aufnehmen kann weiß ich echt nicht", antworte ich und plötzlich zieht Ruhe ein. Beide verfallen in ihre Gedanken. Bei Leon sind sie wahrscheinlich von Unverständnis geprägt, wobei Thea davon träumt es selbst erleben zu dürfen. Beide werden aber mit diesen Fähigkeiten nie in Kontakt kommen und ich selbst würde gern auf sie verzichten, wenn ich mein Leben zurückbekommen könnte. „Aber warum soll sich Lucas umbringen? Er will doch unbedingt auch mich", stelle ich die Frage in den Raum und keiner von uns weiß eine Antwort darauf.

„*Ich kann es dir vielleicht erklären*", höre ich Elea, die sich zu uns gesellt hat und über alles Gesprochene im Blick steht.

„Na, versuch es mal. Vielleicht verstehe ich es dann", sage ich zu ihr und gebe den beiden ein Zeichen, das Elea bei uns ist.

„Frage sie bitte, ob sie Lucas davon abhalten kann, dem Vorschlag von Selor zu folgen", bettelt Leon mich an.

„*Er wird es nicht tun*", antwortet Elea.

„Woher willst du das wissen?", hake ich nach.

„*Er liebt dich zu sehr und der Preis für dich, um Thea zu retten, ist nicht akzeptabel*", erwidert sie mir und ich muss erst einmal die Worte wirken lassen.

„Der Preis für mich?"

„*Ich kann es schlecht erklären, aber ich zeige dir gern diese Unterhaltung, wenn du möchtest*", entgegnet sie mir und ich muss kurz überlegen. Ich würde mich damit in Angelegenheiten einmischen, die mich nichts angehen.

„*Die gehen dich sehr wohl etwas an. Sie betreffen dich direkt und du solltest wissen, was alles auf dich zukommen kann*", antwortet Elea auf meine Gedanken.

„Okay, dann zeig es mir", fordere ich sie auf und rede sofort weiter. „Elea wird mir das Gespräch zwischen Lucas und Selor zeigen. Ihr könnt inzwischen die Pizza essen", will ich die beiden aus dem Raum wegschicken, denn dabei brauche ich absolute Ruhe.

„Und was ist mit Lucas, kann sie ihm helfen?", fragt Leon mit brüchiger Stimme.

„Er wird es nicht tun. Und ehe du fragst, weil er mich zu sehr liebt. Das andere erkläre ich euch, wenn ich alles gesehen habe."

„Komm, wir lassen sie jetzt allein. Wir werden schon alles erfahren", zwinkert Thea mir zu und schiebt Leon förmlich aus dem Zimmer.

„Lege dich hin und schließe die Augen. Das Selor wütend war, hattest du ja schon mitbekommen, als er euch gestern Abend erwischt hat. Telepathie ist ein prima Ding, aber auch das können wir mithören. Atme ganz ruhig weiter und dann solltest du gleich alles sehen", höre ich Elea wie durch einen Schleier und ich bin davon überzeugt, dass sie mich in Trance versetzt hat.

Kapitel 13

*I*ch schwebe förmlich neben Lucas her, der mit wutverzerrtem Gesicht nach Hause läuft. Jetzt werde ich erfahren, wo er wohnt, und das ist erstaunlicherweise nicht so weit von mir entfernt. Gerade mal drei Straßen und wir sind uns vor dem Unfall noch nie begegnet. Es ist ein schmuckes Eigenheim, in deren Einfahrt Lucas einbiegt und in dem Haus verschwindet. Im nächsten Augenblick bin ich auch im Inneren und sehe Leon, der seinen Bruder anstarrt.

„Was ist denn los? Wo warst du?", geht er Lucas an, der sich erst einmal ein Bier genehmigt.

„Ich wollte sie doch nur warnen", beginnt er und steht plötzlich in seinem Garten. „Aber er hat was dagegen?", faucht er in die Dunkelheit, aus der Selor groß und mächtig erscheint.

„Wen denn warnen? Was weißt du?", brüllt Leon und will ihn wieder ins Wohnzimmer zurückziehen.

„Mein Beschützer will Thea was antun", flüstert Lucas und reißt sich gleichzeitig wieder los.

Leon erhält einen Stoß und taumelt nun selbst ins Haus zurück. Währenddessen geht Lucas auf Selor zu und versucht, ihn zu schlagen.

„Was soll das denn jetzt?", lacht Selor und macht damit Lucas immer wütender.

„Warum?", fragt Lucas und seine Stimme klingt hysterisch.

„Weil du mir gehörst."

„Und warum dann Amy und Thea?"

„Das war nicht so geplant."

„Du hast meinen Tod geplant?" Lucas wirft Selor einen wütenden Blick zu.

„*Wie lange sollte ich denn noch warten. Ich brauche junge Männer auf meiner Seite.*"

„Gehörte es zu deinem Plan, dass ich in dem Park war? Ich weiß bis heute nicht, was ich dort wollte."

„*Dort war das Gewitter.*"

„Das war überall", wettert Lucas.

„*Aber nur dort schlug der Blitz ein*", antwortet Selor gelassen, als wäre es das Normalste der Welt, dass man weiß, wo der Blitz einschlägt. „*Ich konnte jedoch nicht vorahnen, dass das Weib auch da war*", fährt er fort und Lucas ist über die Wortwahl erbost.

„Das war Amy", schnauzt Lucas Selor an.

„*Wäre sie nicht dagewesen, wäre alles in Ordnung gegangen.*"

„Du meinst meinen Tod?"

„*Dann hätten wir jetzt keine Probleme.*"

„Die habe ich, die Probleme. Ich und Amy! Und Thea!"

„*Ach ja Thea. Wegen der kommst du ja kaum an Amy ran. Und das solltest du unbedingt hinbekommen.*" Selor verzieht hämisch sein Gesicht und steht mit vor der Brust verschränkten Armen da.

„Damit du sie auch noch bekommst. Das kannst du vergessen."

„*Thea muss weg und das ist Fakt. Und wenn sich jetzt noch dein Bruder einmischt, werde ich erst recht wütend. Und glaube mir, das willst du nicht erleben*", droht Selor und seine Augen sprühen unheimliche Funken.

„Lass Leon in Ruhe!"

„*Dann solltest du Thea klarmachen, dass sie sich zu verziehen hat.*"

„Und wenn nicht."

„*Wir können das auch anders lösen, als uns hier zu streiten. Bring dich selbst um, und alle sind zufrieden*", grinst Selor gehässig.

„Was soll ich? Sind dann die Mädels in Sicherheit?"

„Davon kannst du dich danach von der anderen Seite aus überzeugen."

„Wenn das so einfach wäre, warum hast du uns dann diese Male verpasst?"

„Damit ihr ewig verbunden seid", flüstert Selor Lucas ins Ohr.

„Das hätte sich erledigt, wenn ich sterbe."

„Hm", mehr kommt nicht von Selor, der sich umdreht und Lucas allein mit seiner Entscheidung lassen will.

„Bleib hier", ranzt er Selor von hinten an. „Warum antwortest du mir nicht ehrlich", geht er weiter auf ihn los.

„Die Wahrheit? Du stirbst, Thea passiert nichts und Leon auch nicht", schmettert er Lucas vor die Füße.

„Und Amy?"

„Sie wird damit leben müssen, sich in meine Angelegenheiten eingemischt zu haben", schnauzt Selor Lucas an.

„Wie meinst du das denn jetzt?"

„Sie behält das Mal, was sie immer an dich erinnern wird, und sie kann sich niemals mehr verlieben, basta", poltert Selor und schwingt mit seinen Flügeln so stark, dass Lucas sich nicht mehr auf den Beinen halten kann. Er landet auf seinem Hintern, ist jedoch blitzschnell wieder auf den Beinen.

„Das kannst du nicht machen", flucht Lucas.

„Halt mich doch auf", lacht Selor schallend laut.

„Du bist ...", kommt von Lucas und er ballt seine Fäuste, obwohl ihm klar ist, dass er diese nicht gegen ihn einsetzen kann.

„Die Entscheidung liegt bei dir. Keinem wird etwas passieren, wenn du zu mir kommst, oder ich kann für nichts eine Garantie geben", zischt Selor und lässt Lucas, der vor Wut sprüht einfach allein auf der Wiese stehen. Er fällt auf die Knie und vergräbt sein Gesicht in seinen Händen. Ich sehe nicht, ob er etwa weint, oder sich nur über sich selbst und seinem Engel zutiefst ärgert. Aber es sind nur

Sekunden, als er zurück in das Haus stürmt. Leon, der dem Szenario im eigenen Garten nur zuschauen konnte, rennt er fast über den Haufen. Und dann ist es nur ein Hieb und der Couchtisch ist kleinste Einzelteile zerlegt. Lucas hat seine Wut an ihm ausgelassen und es scheint noch mehr Dinge zu geben, die an diesem Abend kaputtgehen. Leon steht wie erstarrt an der Wand und beobachtet seinen Bruder, der seiner Wut freien Lauf lässt. Das Ausmaß der Verwüstung bleibt mir erspart, denn ich wache aus der Trance auf. Ich kann nicht glauben, was ich da gesehen und gehört habe. Also war es wirklich gut, Thea zu mir zu holen, auch wenn sich Lucas für den Tod entscheiden würde, können noch sehr unangenehme Situationen auf uns zukommen.

„Es tut mir leid, aber es sieht nicht gerade gut aus. Weder für Thea noch für dich", flüstert Elea und mir wird schlecht, wenn ich an das denke, was ich eben gehört habe.

„Wir können dem nicht aus dem Weg gehen", murmele ich vor mich hin.

„Eher nicht. Ihr müsst mit allem rechnen. Egal ob Lucas sich für den Tod entscheidet oder Selor das Ruder übernimmt, um euch zu bekommen", sagt Elea und macht mir damit klar, dass ich es, egal was kommt, nicht verhindern kann.

Ich erwidere nichts mehr, erhebe mich und will in die Küche gehen. Im Türrahmen bleibe ich allerdings stehen und beobachte Thea und Leon. Sie haben mich nicht bemerkt und so nehme ich die Blicke, die zwischen ihnen hin und herfliegen wahr. Theas Augen habe ich schon lange nicht mehr so leuchten sehen und Leon scheint es genauso zu gehen. Sie sind gerade dabei sich zu verlieben. Oder haben sie es bereits? Ein Lächeln huscht über mein Gesicht, bevor ich die beiden störe und ihren Flirt beende.

„Habt ihr mir etwas übrig gelassen?", frage ich, wobei ich nichts mehr von einer Pizza sehen kann.

„Oh, leider nicht. Die war echt gut", lacht mich Leon verschmitzt an.

„Schon in Ordnung. Eigentlich ist mir der Hunger vergangen", entgegne ich ihm und setze mich zu den beiden.

„Was hast du gesehen? Und vor allem gehört?", will Leon, der es ja hautnah miterlebt hat, wissen.

„Nichts gutes", antworte ich kurz und suche nach den richtigen Worten, um sie nicht zu sehr aufzuregen, vor allem aber Thea nicht.

„Erzähl, oder betrifft es wirklich nicht mehr nur dich?", fragt Thea mit einer ängstlichen Stimme, die wahrscheinlich schon kombiniert hat, warum sie hier ist.

„Also gut", beginne ich. „Es geht darum, dass Selor Lucas endlich haben will. Aber er hat nicht damit gerechnet, dass ihr zwei uns helft und das mit dem Mal nicht so klappt, wie er es sich vorgestellt hat", fahre ich fort und beide starren mich an.

„Was heißt das jetzt direkt für uns?", fragt Leon und greift nach Theas Hand. Das zeigt mir, dass es noch schwieriger werden wird.

„Selor will, dass Thea sich nicht mehr einmischt", antworte ich mit zusammengekniffenen Lippen, denn jetzt steigt auch in mir die Wut auf Selor.

„Ich kann doch nicht zusehen, wie du stirbst. Auch wenn es aus Liebe wäre", schluckt Thea schwer.

„Lucas hat was von sich selbst umbringen gesagt. Was hat das auf sich?", fragt Leon und runzelt die Stirn.

„Selor verlangt von Lucas, dass er sich entscheidet. Wenn er sich umbringt, passiert Thea und dir nichts. Macht er es nicht, dann seid ihr in Gefahr, wenn ihr uns weiterhin helfen solltet und er uns dadurch nicht beide bekommt", erkläre ich und schaue in entsetzte Gesichter.

„Wenn er sich für den Tod entscheiden sollte, muss er auf dich verzichten. Das glaube ich nicht. Da ist doch sicher noch ein Haken", kommt jetzt von Thea, die genau zugehört hat.

„Stimmt. Ich werde das Mal für immer behalten und es wird mich ein Leben lang daran hindern, glücklich zu werden. Ich werde stets an Lucas gebunden sein, auch wenn er nicht mehr da ist, und ich kann mich niemals in einen anderen verlieben."

„Das ist ja krank", platzt Leon heraus.

„Das ist irre. Der Alte hat doch nicht mehr alle Latten am Zaun. Lucas liebt dich und wird dich nie so zurücklassen. Also werde ich ab jetzt in seinem Fadenkreuz stehen", schlussfolgert Thea tiefsinnig.

„So ist es. Ich glaube auch nicht, dass Lucas sich umbringen wird. Er liebt sein Leben und vor allem dich", wendet sich Leon an mich.

„Was sollen wir da jetzt machen?", fragt Thea mit zitternder Stimme.

„Wir müssen aufeinander aufpassen", kann ich nur entgegnen.

„Deshalb hast du mich zu dir geholt", zuckt sie mit den Schultern.

„Ja, und wir werden ab jetzt jeden Schritt zusammen machen. Ich werde nicht zulassen, dass dir etwas passiert, nur weil du mir helfen willst", sage ich einfühlsam zu ihr.

„Und was ist mit mir? Ich muss die Launen von Lucas ertragen und stehe am Ende auch noch auf der Abschussliste", flucht Leon.

„Solange du nicht direkt Lucas daran hinderst mir nahezukommen, solltest du erst einmal in Sicherheit sein", versuche ich ihn zu beruhigen.

„Wie meinst du das?"

„Er will Thea aus dem Weg haben, weil sie sich direkt zwischen mir und Lucas stellt. Du bist jedoch nur immer an seiner Seite. Halte dich einfach etwas zurück und dann sollte nichts passieren", erläutere ich Leon.

„Aber er will ...", beginnt Leon und sieht Thea ängstlich an.

„Ich werde auf sie aufpassen. Wir werden uns gegenseitig beschützen", versichere ich ihm.

„Ob das gegen so einem wie Selor reicht?" Leon schaut Thea sehnsuchtsvoll an und dann mich mit einem zutiefst finsteren Blick.

„Wir haben auch noch Elea und meine Fähigkeiten", will ich beschwichtigen.

„Deine Fähigkeiten. Wie sollen die dich denn weiterbringen? Lucas hat mit seinen fast das ganze Haus zerlegt", erwidert Leon und rollt mit seinen Augen.

„Ich kann Gefahren spüren, zumindest bin ich daran das zu üben. Aber wie hast du das gerade gemeint?", fordere ich, ihn es mir zu erklären, denn ich habe ja nicht alles zu sehen bekommen.

„Er benutzt nicht nur seine Faust, nein, er kann Dinge durch die Luft fliegen lassen. Es ist einfach unheimlich", schüttelt Leon mit dem Kopf.

„Telekinese, das kann ich auch. Solange es sich jedoch nur um Gegenstände handelt, ist es hinnehmbar. Er sollte es nur nicht gegen dich verwenden", bemerke ich und bekomme ein Nicken von Leon.

„Ich pass schon auf mich auf", bestätigt er und seine freie Hand ballt sich zur Faust und zeigt mir, dass er den Kampf aufnehmen will, wobei ich weiß, dass er kaum Chancen hat, diesen zu gewinnen.

„Okay, dann sollten wir uns also auf alles gefasst machen", nuschelt Thea mit gesenktem Kopf.

„Wir werden es schaffen", greife ich nun auch nach ihrer Hand.

„Fragt sich nur wie. Selor wird so lange da sein, bis eine Entscheidung gefallen ist", seufzt Leon und wir wissen, dass er die richtigen Worte, die unsere Lage bezeichnet, gesagt hat.

Kapitel 14

*I*ch mache die Tür auf, da ich noch einmal mit Luna eine Runde gehen will. Aber ich komme nicht dazu. Ich kann gerade so zur Seite springen und der Berührung mit Lucas, der an mir vorbei stürmt, ausweichen. Ist denn hier Haus >Tag der offenen Tür<? Niemand fragt mehr, ob er hereindarf, und alle kommen unangekündigt. Diesmal ging es sogar so schnell, dass ich vorher nichts gespürt habe. Auch meine Hand zeigt keine Anzeichen eines Kribbelns beziehungsweise Schmerzen. War es überhaupt Lucas? Oder habe ich mich versehen und es ist Leon?

Ich nehme Luna auf den Arm, die sich ganz verstört hinter der Tür versteckt hat. Mit ihr folge ich Lucas ins Wohnzimmer. Er steht vor der Terrassentür und scheint nach jemanden zu suchen.

„Hallo, gehst du bitte mal rüber, ich möchte Luna in den Garten lassen", spreche ich ihn an, bekomme aber keine Reaktion.

„Lucas", werde ich lauter und bin von der Unhöflichkeit überrascht.

„Bist du allein?", knurrt er, ohne sich umzudrehen.

„Nein, ich wohne zurzeit auch hier", sagt Thea ebenfalls laut und nimmt mir Luna ab. Sie stößt erschrocken aus der Küche zu uns.

„Ihr wisst Bescheid?", kommt von ihm und seine Stimmlage verrät uns, dass er ziemlich genervt scheint. Von was können wir nicht einschätzen, genauso wenig ob es gefährlich für uns sein könnte.

„Elea hat mir dein Gespräch mit Selor gezeigt. Tut mir leid, dass er dich zu einer Entscheidung zwingt", meine ich ehrlich, es kommt jedoch nicht bei ihm an.

„Ich kann und will mich aber nicht entscheiden. Ich weiß nur eins, dass ich dich liebe und nicht mehr ohne dich sein möchte", stellt er klar, dreht sich um und kommt auf mich zu.

Seine Augen funkeln und ich kann ihnen schwer widerstehen. Mein Puls überschlägt sich fast und jetzt brennt meine Hand. Wie gerne würde ich dieser Sehnsucht nachgeben, die in mir auflodert, aber ich darf einfach nicht. Während ich überlege, was ich sagen oder tun könnte, kommt er mir immer näher.

„Amy", höre ich Thea hysterisch schreien und erst jetzt bemerke ich, dass Lucas nur noch einen Schritt vor mir steht.

Automatisch reiße ich meine Hände hoch und halte sie ihm entgegen.

„Komm nicht näher", drohe ich ihm und wünsche mir mehr Abstand zu ihm.

In diesem Moment fliegt Lucas quer durch mein Wohnzimmer und landet vor einer Kommode. Ruckartig ist er wieder auf den Beinen und hält nun auch seine Hände mir entgegen. Ich sehe sein Mal an der rechten Hand und es ist blutrot. Zudem sind da viele kleine Lichtblitze und ich bin irritiert. Sieht meine auch so aus? Und was sind das für Blitze? Habe ich ihn zum Sturz gebracht? Kann er das mit mir genauso machen? Ich warte auf seine Reaktion, aber er steht einfach nur da und hält seine Hände fast schützend vor mir hoch.

„Könnt ihr euch bitte wieder beruhigen?", fleht Thea, die sich mit Luna in den Flur verzogen hat.

„Nimm deine Hände runter", fordert Lucas mich auf.

„Du zuerst", erwidere ich, denn ich traue ihm nicht.

„Okay", kommt von ihm, aber sein Gesichtsausdruck sagt mir, dass er es nicht kann und hier etwas absolut nicht stimmt.

Ich versuche es ebenfalls und so sehr ich mich auch anstrenge, bekomme ich meine Arme nicht runter. Sie sind steif und dann passiert etwas, was wir beide nicht verhindern können. Die zarten Blitze, die nun auch in meiner Hand aufgetaucht sind, verbinden sich. Mich durchfährt ein kleiner Stromschlag, der nicht gefährlich ist, aber mein Herz vor Verlangen fast verbrennen lässt. Ganz langsam kommt Lucas auf mich zu und er gibt mir zu verstehen, dass er es nicht verhindern kann. Ich probiere nach hinten auszuweichen, aber meine Beine gehorchen mir nicht. Statt sich zurückzubewegen, gehe ich auch auf Lucas zu. In mir steigt eine Angst auf, die ich noch nie so gespürt habe. Angst zu sterben, aber Freude darauf endlich mit Lucas zusammen zu sein. Was passiert hier? Wir schauen uns beide panisch an, denn wir sind nur noch Zentimeter voneinander entfernt.

„Nein", höre ich im Hintergrund Elea rufen und sehe nur kurz Thea, wie sie sich zwischen uns wirft.

Wieder hat sie uns gerettet. Unsere Verbindung hat sie unterbrochen, die Blitze sind verschwunden, aber Thea liegt am Boden und rührt sich nicht mehr. Die Energie, die wir über unsere Hände ausgetauscht haben, hat sie mit voller Wucht getroffen. Ihr Herz verkraftet vielleicht so einen Stromschlag nicht, aber ich brauch noch einige Sekunden, um aus der Starre, die uns gefangen hat, zu entkommen.

Elea beugt sich über sie, sie kann ihr jedoch nicht helfen. Sie ist nicht ihr Schutzengel. Wo ist der von Thea? Hat sie auch einen? Na klar, aber ich kann ihn nicht sehen.

Endlich ist es möglich mich wieder zu bewegen und ich knie sofort neben Thea. Ich nehme ihr Gesicht in meine Hände, aber es kommt keine Reaktion von ihr. Gleichzeitig spüre ich die Wärme, die in meine Hand fährt und die ist anders, es fühlt sich genauso an wie damals bei der kleinen Sophie. Ich lege sie, ohne weiter zu überlegen, auf Theas Brust. Ich spüre ihren Herzschlag, aber mit dem stimmt etwas nicht. Er ist unregelmäßig und wird immer langsamer.

„Lebe, bitte bleibe bei mir", sage ich und wünsche es mir inständig.

Ich schalte alles um mich herum aus und konzentriere mich. Die Wärme meiner Hand durchströmt Theas Körper und nur Sekunden später holt sie tief Luft. Sofort nehme ich die Hand weg und mir steigen Tränen der Schuld in die Augen. Durch uns wäre sie fast gestorben. Ist das Selors Plan, dass wir uns gegenseitig umbringen?

„Alles gut", flüstert Thea und wischt mir eine Träne von der Wange.

„Warum hast du das gemacht?", schluchze ich und helfe ihr hoch.

„Sollte ich zusehen, wir ihr euch vernichtet?", fragt sie und wirft Lucas einen bösen Blick zu.

„Wir konnten uns dagegen nicht wehren", versucht sich Lucas, zu entschuldigen. Er steht immer noch mitten im Raum und der Schock ist in seinem Gesicht zu erkennen. Er starrt seine Hand an, durch die fortwährend kleine Blitze zucken.

Was ist hier passiert? Und hatte da jemand seine Finger im Spiel? Wir wissen es nicht, aber eines ist uns klar, wir müssen noch vorsichtiger sein.

„Was willst du eigentlich hier?", wende ich mich Lucas zu und erhoffe eine plausible Erklärung.

„Ich weiß es nicht mehr", antwortet er und genau das wollte ich nicht hören.

„Du kannst es mir also nicht sagen", entgegne ich und schaue ihm tief in die Augen. „Das wusstest du auch nicht, als du im Park warst", fahre ich fort, und in mir steigt schon wieder das Verlangen mich ihm zu nähern.

„Er zwingt mich quasi dazu. Er ist ständig in meinem Kopf und schaltet mein eigenes Denken aus. Dann komme ich irgendwo wieder zu mir", erklärt er und seine Augen sehen mich verwirrt sowie tief traurig an.

„Selor ist abgrundtief böse und will nur eins, dass du mich mit in den Tod ziehst", murmele ich nur, denn ich bin mir sicher, dass er auch jetzt hier irgendwo ist und uns belauscht.

„Du brauchst nicht leise zu reden, nicht einmal unsere Fähigkeit uns nur mit Gedanken zu unterhalten bringt was. Er sieht durch meine Augen, hört durch meine Ohren und lenkt sogar das, was ich sage", erläutert er mir und ich kann ihm nur zustimmen. Alles spricht dafür, dass er das, was wir tun, mitbekommt und dieses beeinflusst. Sogar unsere Liebe liegt in seinen Händen. Erschreckend, aber im Moment wissen wir beide nicht, was wir dagegen unternehmen können.

„Du solltest jetzt wieder gehen", wende ich mich schweren Herzens von ihm ab und verschränke die Arme vor der Brust, um keinen Zugang mehr zu meinem Mal zuzulassen.

Ich gehe einen Schritt zur Seite und Lucas schleicht förmlich mit gesenktem Kopf an mir vorbei. Aber er kommt nicht einmal bis zur Tür, als Luna sich vor ihm postiert und ihn anknurrt. Dieses tiefe Knurren haben wir bei ihr noch nie gehört und es scheint, dass sie gleich auf ihn losgehen will.

„Luna, komm her", ruft Thea, aber sie rührt sich nicht von der Stelle.

„Na, du kleine Kröte", hören wir Lucas sagen, aber seine Stimme scheint aus der Hölle zu stammen.

Augenblicklich bin ich bei Luna und nehme sie auf den Arm. Ihr Knurren ist in ein Winseln gewechselt und dann schaue ich Lucas nochmals in die Augen. Die haben sich unheimlich verändert. Sie sind schwarz und ein hämisches Grinsen macht sich um seine Lippen breit. In mir steigt Angst hoch und ich stolpere rückwärts fast über den Sessel. Was sollen wir jetzt machen? Anscheinend ist Selor in Lucas Körper gefahren. Anders kann es nicht sein. Und er macht erneut Anstalten auf mich zuzukommen.

„Du gehörst mir. Du hast dich selbst dafür entschieden", knurrt Lucas mich an und ich bin wie versteinert. Kann nicht reagieren, weder antworten noch ihm aus dem Weg gehen.

„Verschwinde. Du hast in diesem Haus nichts zu suchen", erscheint Elea, gerade im richtigen Moment, zwischen mir und Lucas.

„Du schon wieder. Irgendwann bin ich schneller wie du und dann hast du niemanden mehr zum Beschützen", kommt aufbrausend von Selor, der sich in dieser Sekunde von Lucas Körper trennt. Die beiden Engel stehen sich mit weit ausgebreiteten Flügel gegenüber und sehen aus, als würden sie sich gleich an die Kehle gehen. Lucas dagegen bricht zusammen und liegt zwischen ihnen. Ich kann ihm nicht helfen, so gern ich es tun würde, und Thea weise ich an zurückzubleiben, denn sie würde sonst durch Elea hindurch gehen. Was ihr dabei passieren würde, kann ich nicht einschätzen. Vielleicht hätte es keine Folgen, aber ich will es nicht darauf ankommen lassen.

„Verlasst bitte beide mein Haus. Eure Rivalität könnt ihr wo anders austragen", sage ich, obwohl ich Elea nicht wegschicken will, aber momentan hilft sie mir, Selor vom Leib zu halten. Ein böser Blick von Selor trifft mich und gleichzeitig stehen sie im Garten. Was sie da draußen aushandeln, ist mir ehrlich gesagt egal, jetzt muss sich jemand um Lucas kümmern. Und das kann nur Thea sein.

Mit aller Kraft zieht sie ihn zum Sofa und lehnt ihn sitzend daran. Ich stehe immer noch mit Leni auf dem Arm daneben und darf nicht helfen. Thea rüttelt an seinen Schultern, schlägt ihn für mich etwas unsanft ins Gesicht, aber es tut sich nichts.

„Du könntest ihm die Hand auflegen, wie du es bei mir gemacht hast", sagt Thea und ich schüttele sofort meinen Kopf.

„Nein, das wäre unser Tod", entgegne ich erbost.

„Aber das ist er vielleicht schon", wispert Thea und legt ihren Kopf auf seine Brust. „Irgendwie klingt das komisch. Manchmal schnell und dann wieder langsam", legt sie noch nach und schaut mich von unten heraus an.

„Wie bei dir vorhin. Das ist die Energie von Selor, die durch seinen Körper jagt. Den richtigen Strom ist er ja schon gewöhnt", schlussfolgere ich.

„Und wie kann ich ihm helfen?", schreit Thea fast und da kommt mir ein Gedanke.

„Du bist doch ziemlich spirituell", beginne ich und Thea schaut mich schräg an. „Vielleicht kann ich meine Energie auf dich übertragen. Du bist für so etwas empfänglich", rede ich weiter, setzte Luna auf den Boden und knie mich neben die beiden.

„Das glaub ich kaum, aber du kannst es ja mal versuchen. Etwas anderes haben wir nicht."

„Lege deine Hände auf die Brust von Lucas und dann schließe die Augen", fordere ich Thea auf und sie folgt sofort meinen Anweisungen.

Ich sitze inzwischen hinter Thea und mache die Augen ebenfalls zu. Ich schalte sämtliches um mich herum aus und konzentriere mich auf meine Hand. Sie ist jetzt auf Theas Rücken platziert und ich lege alles in das Mal. Ich spüre, wie es warm wird, und die Energie beginnt zu fließen. Nun muss nur noch Thea sie weiterleiten und das Herz von Lucas dazu bringen, wieder im normalen Takt zu schlagen. Es ist jedoch erforderlich, aufzupassen, dass meine Hand nicht zu warm wird, um Thea nicht zu verletzen. Aber ich bin erstaunt, denn mein Körper scheint es selbst zu regulieren. Ich tauche in den Energiefluss so tief ein, dass ich mein Herz, das von Thea und das von Lucas schlagen spüre. Es wird immer intensiver und als sie alle drei im gleichen Takt pulsieren, öffnet Lucas die Augen und holt so tief Luft als hätten wir ihm vor dem Ertrinken gerettet.

Thea zieht automatisch ihre Hände weg und unterbricht somit die Verbindung. Ich sacke hinter ihr erschöpft zusammen und kann es nicht fassen, dass es wirklich geklappt hat. Ich habe Lucas durch meine Hand geholfen, aber ohne ihn direkt zu Berühren. Eine schöne Erkenntnis, hilft sie uns jedoch weiter? Ich kann doch nicht jedes Mal

Thea als Schutzdämpfer verwenden. Zudem kann ich nicht einschätzen, wie ihr Körper darauf reagiert. Es ist unsere Energie, die durch sie hindurchfließt, und ich bin mir nicht sicher, ob sie Thea auch schaden kann. Sie schaut mich jedoch mit strahlenden Augen an und nimmt mich dann sogar in die Arme.

„Wir haben ihn gerettet", flüstert sie in mein Ohr und ich schaue über ihre Schulter in die dankbaren Augen von Lucas.

„*Du hast heute zwei Leben gerettet*", steht Elea neben uns und schaut ziemlich erstaunt in die Runde. „*Das solltest du jedoch nicht so oft tun. Dein Körper würde irgendwann diese Anstrengungen nicht mehr aushalten, von Thea ganz zu schweigen*", redet sie noch weiter und spricht mir damit aus dem Herzen.

„Ich glaube, ich sollte jetzt wirklich verschwinden", kommt von Lucas, der sich auf die Couch empor quält.

„*Gute Idee. Dein Begleiter ist auch schon gegangen*", sagt Elea zynisch.

„Wie hast du das geschafft?", grinst Lucas sie an.

„*Wenn du das nächste Mal kommst, solltest du vorher Bescheid sagen. Ich kann ihn dann wahrscheinlich in diesem Haus von dir fern halten. Soweit er nicht in dir ist*", erwidert Elea mit ernster Miene.

„Das merke ich immer erst, wenn es zu spät ist. Leider kann ich es nicht verhindern", nuschelt Lucas vor sich hin.

„*Du solltest dieses Haus ab sofort meiden, streiche es einfach aus deinen Erinnerungen*", schmettert Elea ihn zu Füßen.

Lucas lässt seinen Kopf in den Nacken fallen und seine Gesichtsmuskeln arbeiten, entweder vor Wut über seinen Engel oder der Einsicht nichts gegen ihn tun zu können. Seine Gedanken werden jedoch durch das Klingeln seines Handys unterbrochen.

„Ich bin schon auf den Weg", sagt er in den Hörer und geht dabei auf etwas wackeligen Beinen zur Tür.

„Bist du sicher, dass du klarkommst?", hält ihn Thea zurück, aber er schlägt ihre Hand aus und verlässt mein Haus.

Kein Tschüss, nicht einmal noch einen Blick, er geht einfach. Ich stehe etwas benommen da und starre auf die Tür, durch die er wahrscheinlich nie wieder kommen wird.

Aber das letzte Wort ist da noch nicht gesprochen, denn Selor wird niemals aufgeben. Also wird es nicht lange dauern und er versucht es abermals uns zusammenzubringen.

Kapitel 15

*W*ir brauchen ein paar Tage, um das Erlebte zu verkraften, und das sich unsere Körper erholen können. Bei mir geht es schneller, aber Thea hat mit den Folgen sehr zu kämpfen. Zum Glück war Wochenende und ab heute sind wir beide wieder im Kindergarten. Wir schweigen über die Ereignisse in der Gegenwart der Kinder, aber wenn wir allein sind, haben wir seit Tagen kein anderes Thema mehr. Es beeinflusst nun nicht nur mein Leben, sondern auch das von Thea und Leon. Er hält uns stetig auf dem Laufenden, wobei sich die Verbindung zwischen ihn und Thea immer mehr festigt. Aber wir können uns stets ein Bild davon machen, wie es Lucas geht. Und da scheint sich einiges zu ändern.

Nach den Schilderungen von Leon wird er stetig nervöser und unberechenbarer. Das kann nun auch für ihn selbst zur Gefahr werden, denn sie arbeiten zusammen und haben den ganzen Tag mit Strom und Energie zu tun. Natürlich haben wir Leon angeboten, zu uns zu kommen, aber es ist keine Lösung, weil die beiden gemeinsam die Firma am Laufen halten müssen.

So leben wir, wobei es für uns notwendig ist, jeden Tag auf der Hut zu sein, wobei ich meine Sensibilität voll ausnutze, um jegliche Gefahren sofort zu spüren. Aber es ist erstaunlicherweise sehr ruhig geworden. Wir dürfen uns davon jedoch nicht täuschen lassen.

Momentan sitze ich im Garten, beobachte Luna beim spielen und genieße die Sonne in vollen Zügen.

Doch plötzlich habe ich Kopfschmerzen und vermute, dass es von der Hitze kommt. Ich spanne den Schirm auf, um Schatten zu bekommen, aber es wird noch schlimmer anstatt besser. Hoffentlich habe ich keinen Sonnenstich. Deshalb entscheide ich mich, nach drinnen zu gehen und erst einmal etwas zu trinken. Eine Tablette wäre sicher auch angebracht. Doch dann dreht sich alles um mich herum und ich komme gerade noch dazu, mich auf die Couch zu setzen. Nur Sekunden später falle ich zur Seite und meine Augen schließen sich von selbst.

„Wo ist Thea?", höre ich Lucas in meinem Kopf fragen und seine Stimme hämmert zusätzlich zu den Schmerzen auf mich ein.

„Im Kino, mit Leon", antworte ich, ohne zu hinterfragen, was da eben passiert. Ich weiß das Lucas telepathisch mit mir Kontakt aufgenommen hat.

„Wieso bist du nicht bei Ihnen?"

„Weil sie allein sein wollten", entgegne ich und sitze augenblicklich aufrecht. Die Kopfschmerzen schwinden und machen Bildern platz. Bilder von einem Autounfall. „Sind sie in Gefahr?", frage ich panisch Lucas, bekomme jedoch keine Antwort mehr.

Er hat die Verbindung abgebrochen. Hat er auch die Vorhersehung gehabt? Was wird er jetzt unternehmen? Ich springe auf und hole mein Handy. Der erste Anruf geht an Thea, aber sie drückt mich einfach weg. Ärgerlich darüber wähle ich die Nummer von Leon. Da komme ich jedoch auch nicht weiter, ganz im Gegenteil, er hat das Handy sogar abgeschaltet. Meine Gedanken beginnen durch den Kopf zu rasen und ich kann ihnen nicht mehr folgen. Aber dann kann ich mich doch wieder etwas beruhigen, denn wenn sie keinen Anruf entgegen nehmen, sitzen sie wahrscheinlich noch im Kino. Also sind sie nicht in Gefahr. Oder doch? Ich muss sie unbedingt erreichen, bevor sie in das Auto steigen. Diese Bilder sind eine Vorahnung und ich nehme sie sehr ernst. Vielleicht ist Lucas schon auf den Weg zu ihnen, aber sicher kann ich nicht sein.

„Lucas?", frage ich in Gedanken und konzentriere mich jetzt nur noch darauf, ihn zu erreichen. „Lucas, wo bist du?", schreie ich in meinem Kopf, aber ich erhalte keine Antwort.

„Elea?", versuche ich nun anders Hilfe zu bekommen, aber auch sie ist nicht da. Was soll das denn jetzt? Sie ist sonst immer in der Nähe.

„Beruhige dich, sie schauen sich noch den Film an", steht Elea plötzlich neben mir, wirklich rechtzeitig, bevor ich vor Angst gestorben wäre.

„Ihr könnt mich doch nicht einfach allein lassen", schnaube ich sie an und falle erschöpft auf die Knie und verberge mein Gesicht in meinen Händen. Ich will die Tränen verdecken, weil ich denke, zu schwach zu sein, um Thea zu beschützen.

„So ein Blödsinn", sagt Elea ganz nahe an meinem Ohr. *„Thea ist doch nicht allein. Leon wird auf sie aufpassen"*, redet sie ruhig weiter.

„Ich kann sie ja nicht einmal abholen, weil Thea mein Auto genommen hat", schluchze ich, denn die Bilder flackern erneut im Kopf auf.

„Was hast du gesehen?", will Elea jetzt auch etwas nervös wissen.

„Einen Unfall, mit einem roten Auto, wie ich eines habe", beschreibe ich ganz kurz die Bilder. „Hast du sie nicht gesehen?", frage ich Elea, weil sie doch sonst immer alles weiß.

„Nein, deine Vorahnungen kann ich nicht genau erfassen. Aber ich habe dein Gespräch mit Lucas gehört. Deshalb habe ich nach Thea geschaut."

„Das war kein Gespräch. Er wollte nur wissen, wo Thea ist. Vielleicht ist er auf den Weg zu ihnen", mutmaße ich und augenblicklich schüttelt Elea ihren Kopf.

„Nein, er ist zu Hause", antwortet Elea trocken.

„Warum hat er mich dann gefragt? Und er war doch auch so aufgeregt, er hat sicher ebenfalls die Bilder

118

gesehen", murmele ich zu mir selbst und kann ihn nicht verstehen. Denkt er, dass Leon genug Schutz für Thea ist? Aber was könnte ihnen eigentlich passieren? Selor ist es doch angeblich nicht möglich, direkt nach unseren Leben zu greifen oder uns Tun zu beeinflussen. Das kann er nur mit Lucas machen. Vielleicht ist es für ihn dennoch machbar. Mit dieser Frage im Kopf schaue ich Elea an und sie zuckt allen Ernstes nur mit den Schultern.

„Normalerweise kann er es nicht", bestätigt sie es mir nachdenklich. *„Und was Lucas angeht, er ist irgendwie in eine Starre gefallen. Deshalb wird er dir auch nicht antworten können. Seine Hilfe kann Selor unterbinden, dessen bin ich sicher"*, fährt Elea fort und nimmt mir die Hoffnung, dass Lucas zum Kino fahren könnte.

„Was soll ich denn jetzt machen?", höre ich mich selbst leise fragen, und die Angst um die beiden steigt wieder an.

„Du kannst nur versuchen sie noch einmal anzurufen. Wenn sie nicht mehr im Kino sind, wird wohl einer von beiden auch mal abnehmen", versucht Elea mir Mut zuzusprechen.

Diese Chance ist die einzige, die ich habe, aber was sollen sie dann machen? Ich kann ihnen doch nicht verbieten, mit dem Auto zu fahren, oder von meinen Bildern erzählen. Die Sache wird immer verzwickter und mir läuft gleichzeitig die Zeit davon.

Ich laufe völlig neben mir im Wohnzimmer hin und her, als Luna aus dem Garten gesprintet kommt und winselnd vor mir stoppt. Sie schaut mich mit traurigen Augen an und ich komme nicht einmal dazu, mich zu fragen, was sie hat. Das Telefon klingelt, aber es ist eine unbekannte Nummer. Soll ich ran gehen? Wer könnte das jetzt sein? Ein Bellen von Luna unterbricht meine Gedanken und ich nehme den Anruf an.

„Spreche ich mit Amy Wegner?", höre ich eine Frauenstimme, die mir gänzlich unbekannt vorkommt.

„Ja", antworte ich kurz und hoffe, es ist nicht ein Werbeanruf, dafür habe ich jetzt absolut keine Nerven.

„Hier ist die Notaufnahme vom Krankenhaus, Schwester Katrin." Die Worte hämmern in meinem Kopf ein und ich sehe schon wieder mein Auto, was nun jedoch völlig demoliert ist. Mir schnürt es die Kehle zu, denn das Auto ist mir egal, aber die Angst um Thea ist kaum auszuhalten. „Sind sie noch da?", fragt die Schwester vorsichtig.

„Ja, was ist mit Thea?", will ich sofort wissen.

„Woher wissen Sie, dass es um Frau Ziegler geht?", kommt verblüfft von der Krankenschwester.

„Was ist mit ihr?", gehe ich nicht darauf ein, denn ich könnte es ihr sowieso nicht erklären.

„Frau Thea Ziegler wurde bei uns eingeliefert. Sie hatte einen Autounfall. Ihre Daten haben wir von ihr erhalten. Könnten sie herkommen?", sagt die Schwester sachlich und fast wie ein Roboter.

„Ich bin unterwegs. Ist es sehr schlimm?", hake ich noch nach, um sicherzugehen, nicht zu spät zu komme. Vorstellen vermag ich mir es erst gar nicht.

„Das kann ich nicht einschätzen. Der Arzt untersucht sie gerade und sie hat sofort nach ihnen gefragt", erklärt mir die Schwester und obwohl mir die Antwort nicht genügt, beende ich das Gespräch.

Ich schließe die Terrassentür, mit dem Telefon am Ohr, um mir ein Taxi zu rufen. Die Dame hat mir versprochen, dass es in wenigen Minuten da ist. Ich kann es nur hoffen, denn ich drehe vor Angst fast durch. Ich lasse Luna aber nicht allein, sie hat bis jetzt noch keine Probleme gehabt, wo wir arbeiten waren, jedoch weiß ich nicht wie lange es dauert bis ich wieder da bin. Sie ist aufgeregt, als sie bemerkt wie ich Futter in eine Tüte packe und dann auch noch nach ihrem Kissen greife. Hat sie gespürt, dass mit Thea etwas nicht stimmt? Hat sie deswegen gewinselt? Darüber kann ich mir jetzt keine Gedanken machen, klemm mir die kleine Maus unter den Arm und renne zur

Nachbarin. Sie nimmt mir Luna sofort ab und sogleich schleicht sich die nächste Frage in meinen Kopf ein. Wo ist Leon? Ist er auch im Krankenhaus? Wie schwer ist er verletzt? Wer ist eigentlich gefahren? Konnte Leon den Unfall nicht verhindern? Er sollte doch auf Thea aufpassen.

Nur wenige Minuten später stehe ich vor meinem Haus an der Straße, warte auf das Taxi und habe das Handy am Ohr. Ich versuche, Leon zu erreichen, denn Thea kann sowieso nicht ran gehen.

„Amy, Thea ist im Krankenhaus", schreit Leon panisch in das Handy, aber ich bin froh, ihn zu hören.

„Ich weiß und bin auf den Weg zu ihr. Aber wo bist du denn?", frage ich aufgeregt.

„Ich bin noch am Auto, komme dann auch gleich zu euch", keucht er, als hätte er einen kilometerlangen Lauf hinter sich.

„Wie geht es dir?"

„Nicht der Rede wert. Aber bitte kümmere dich um Thea. Alles andere erkläre ich dir später."

„Was erklären?", will ich wissen, denn er hat es mit einem eigenartigen Unterton gesagt.

„Ich bin gefahren und kann dir nur sagen, dass ich einfach nicht weiß, was passiert ist. Dein Auto war doch in Ordnung oder?"

„Ja, absolut, der war vor kurzem erst in der Werkstatt und hat ohne Probleme einen neuen TÜV bekommen", stelle ich sicher klar.

„Ich konnte weder lenken noch bremsen, egal was ich versucht habe, es war unmöglich", erläutert Leon und ich kann es mir genauso wenig erklären wie er.

„Was passiert jetzt mit dem Auto?", frage ich und winke dem inzwischen ankommenden Taxi zu.

„Ich würde es abschleppen lassen. Schreib mir die Adresse von deiner Werkstatt, da ist es vielleicht am besten aufgehoben", schlägt er mir vor.

„Das mache ich. Das Taxi ist eben gekommen und ich fahre jetzt zu Thea. Ich schreib dir gleich nochmal", meine ich und steige währenddessen ein und sage dem Fahrer, wo ich hin will.

„Ich komme dann auch zu euch. Pass bitte auf Thea auf", sagt er leise und ich sehe förmlich sein trauriges Gesicht vor mir.

„Das solltest ja du machen", kommt ernst von mir, aber ich weiß irgendwie, dass Leon nicht an dem Unfall schuld war. Da stimmte etwas nicht und ich werde es herausfinden.

„Tut mir leid", schluchzt er und dann reißt die Verbindung ab. Ob er aufgelegt hat, oder der Empfang mies war, kann ich nicht sagen. Ist jetzt auch egal, denn im Moment können wir uns nicht gegenseitig helfen. Ich schreibe ihm noch die Adresse und hoffe, die Werkstatt wird mir mehr über mein Auto sagen können, ob da etwas defekt war oder ich nach der Antwort, wo ganz anders suchen muss.

.

Kapitel 16

Mit jedem Meter, dem ich dem Krankenhaus näher komme, werde ich nervöser und hippeliger. Wie wird es Thea gehen? Welche Verletzungen hat sie? Ansprechbar war sie, denn sie hat den Schwestern meine Telefonnummer gegeben, aber das muss nichts heißen. Vielleicht kann sie mir besser erklären, was da passiert ist. Ich vermag mir einfach nicht vorzustellen, dass mein Auto einen Schaden hatte. Aber wer soll da Fehler gemacht haben? Leon? Er hat mir versichert, dass er nichts tun konnte. Wer ist dann an dem Unfall schuld? Da kommt mir nur einer in den Sinn. Selor! Er will Thea aus dem Weg haben, aber Elea hat gesagt, dass er nicht bei anderen eingreifen kann. Vielleicht kann er es doch? Er kommt ja von der dunklen Seite und steht damit nicht im Dienste des Menschen, dem er zugeordnet ist. Er hat sich wahrscheinlich Lucas allein ausgesucht, oder sich ihn einfach genommen. Und dann ist alles schief gelaufen, was er sich vorgestellt hat. Da ich ins Spiel gekommen bin. Ich könnte mir schon vorstellen, dass er jetzt sämtliches versucht und Kräfte mobilisieren kann, die nicht mal Elea einzuschätzen vermag.

Das Taxi bremst ab und ich werde aus meinen Gedanken gerissen. Es ist gut, denn ich war im Begriff mich zu verzetteln. Im Moment darf ich niemanden die Schuld geben, obwohl ich eingestehen muss, dass nur Selor dafür verantwortlich sein kann.

Ich reiche dem Fahrer das Geld und steige aus. Ein kurzer Rundumblick und dann stürze ich auf die Notaufnahme zu. Stolpere hinein, da ich von der schweren

Schwingtür einen Schubs bekomme. Genau vor dem Tresen hinter der eine Schwester sitzt, komme ich zum Stehen.

„Ich möchte zu Thea Ziegler", schnappe ich nach Luft und muss mich gleichzeitig festhalten, weil meine Beine butterweich werden.

„Amy, bitte warte mal." Lucas kommt hastig hinter mir durch die Schwingtür. Mit aufgerissenen Augen sieht er mich an und bei diesem Anblick rast mein Puls noch mehr, als er es schon die ganze Zeit tut. Jetzt auf keinem Fall darauf eingehen. Ich drehe mich weg und wende mich wieder der Schwester zu, die Lucas fasziniert beobachtet.

„Also kann ich nun zu Thea?", frage ich und versuche, die Aufmerksamkeit der Krankenschwester wieder auf mich zu lenken.

„Sind Sie verwandt mit Frau Ziegler?", fragt sie und schaut mich mit schräg haltenden Kopf an.

„Nein, aber sie ist meine beste Freundin", entgegne ich genervt.

„Dann kann ich Ihnen leider keine Auskunft geben", sagt die Schwester ernst.

„Da siehst du es. Lass uns gehen. Thea wird bestimmt wieder gesund und braucht jetzt nur ihre Ruhe", geht Lucas dazwischen und versucht, mich doch wahrlich am Arm zu packen. Das kann ich gerade noch verhindern und weiche ihm gegenüber einen Schritt aus. Er bewegt sich sichtlich unsicher ein Stück von mir weg.

„Sie hat niemanden außer mich", sage ich unwirsch zu der Schwester, wobei ich stets ein Auge auf Lucas habe.

„Bitte ich darf nicht", schaut sie mitleidig zu mir.

„Sie hat keine Eltern mehr und auch sonst keine Verwandten. Ich bin wie eine Schwester für sie, außerdem haben Sie mich doch angerufen", bettele ich.

„Komm jetzt", höre ich Lucas sagen und dann steht plötzlich Leon zwischen uns. Er hat im letzten Moment verhindert, dass mich Lucas wirklich am Arm packt. Ich war kurz unaufmerksam und wer weiß, was da passiert wäre. Erschreckt denke ich an den Vorfall in meinem Haus zurück. Das hätte mir hier gerade noch gefehlt.

„Lass sie in Ruhe", faucht Leon seinen Bruder an und schiebt ihn in Richtung Tür, wobei ich nochmals einen etwas größeren Abstand zu ihm gewinne.

„Bitte nicht so laut, Sie sind in einem Krankenhaus", fordert die Schwester nun energisch und die Männer reißen sich wirklich zusammen.

In diesem Moment kommt ein Arzt durch eine andere Tür auf uns zu.

„Schwester Katrin, haben Sie einen Verwandten der Frau gefunden?", fragt er und schaut mich derweilen von oben bis unten an.

„Leider nicht. Diese Frau hat mir eben mitgeteilt, dass Frau Ziegler keine Verwandten hat", erklärt die Schwester hinter dem Tresen dem Arzt.

„Und wer sind Sie, wenn ich fragen darf?", wendet sich der Arzt an mich.

„Ich bin ihre beste Freundin und wie eine Schwester für sie. Wir haben nur noch uns beide", antworte ich und hoffe, bei ihm mehr über Thea zu erfahren.

„Also war es ihre Telefonnummer, die sie uns gegeben hat", stellt der Arzt fest.

„Ja, wie gesagt, wir haben beide niemanden mehr. Aber wie geht es ihr nun?", frage ich wieder sehr aufgeregt.

„Sie hat eine Schnittwunde am Bein, die wir operativ schließen müssen. Und das schnell. Aber wir haben da ein Problem", antwortet er mir und wendet sich der Schwester zu. „Fordern Sie zwei Blutkonserven an. Blutgruppe 0 bitte." Mit diesen Worten verschwindet der Arzt so schnell, wie er gekommen ist wieder durch die Tür.

Ich stehe wie versteinert da und sortiere das Gehörte. Unterdessen telefoniert die Schwester.

„Kann ich nicht Blut spenden? Ich habe auch die Blutgruppe 0", unterbreche ich sie und sie schaut mich skeptisch an.

„Da muss ich den Arzt fragen. Schneller ginge es auf alle Fälle", sagt sie und legt den Hörer auf. „Warten Sie bitte hier", redet sie weiter und folgt dem Arzt.

Natürlich warte ich, wo soll ich denn jetzt auch hingehen. Ich will einfach nur Thea helfen.

„Mach das nicht", knurrt auf einmal Lucas und ich schaue ihn verständnislos an. Ich habe gehört, was er gesagt hat, aber seine Augen sagen noch viel mehr. Sie funkeln mich dermaßen an, dass mir schon wieder Angst wird. Was passiert hier gerade? Warum soll ich Thea denn nicht helfen? Er selbst hat mich doch gewarnt, dass Thea in Gefahr ist? All diese Fragen hängen in meinem Kopf fest und dann sehe ich etwas, was mir dem Atem nimmt.

„*Du musst sie daran hindern*", faucht Selor, der an der Schwingtür erschienen ist.

„Lucas, höre nicht auf ihn", fordere ich ihn telepathisch auf.

„Warum redest du nicht normal mit mir?", fragt er und seine Augen werden zu Schlitzen.

„*Sie denkt, dass ich sie dann nicht höre*", lacht Selor und Lucas dreht sich zu ihm um.

„Was machst du denn jetzt hier?", geht er seinen Engel an.

„*Ich muss dir wohl sagen, was du zu tun hast, damit sie dieser Thea nicht hilft*", blafft er Lucas an.

„Das habe ich doch schon versucht ihr klar zu machen, aber jetzt will sie ihr auch noch Blut spenden", hält Lucas dagegen und plötzlich ist Selor weg.

„Warum willst du Amy daran hindern? Hast du den Verstand verloren?", greift nun Leon Lucas an.

„Sie soll es einfach nicht tun", bekommt er die Antwort.

„Er will es nicht", legt er noch nach und Leon schüttelt nur mit dem Kopf.

Ich kann es auch nicht verstehen, aber Selor wollte ja, dass Thea verschwindet. Und jetzt bin ich mir fast sicher, dass er etwas mit dem Unfall zu tun hat. Aber darüber kann ich mit Leon später reden, denn im Moment zählt nur Thea. „Er ist in deinem Kopf und befiehlt dir, mich aufzuhalten", gehe ich direkt auf Lucas los.

„Ich weiß nicht, aber er ist immer bei mir", flüstert Lucas.

„Er hat dich so verändert und jetzt nimmt er dich als Werkzeug gegen Thea. Ich versteh es nicht. Und du weißt, wie nahe mir Thea steht", schallt Leons Stimme durch die Eingangshalle der Notaufnahme.

„Ihr solltet gehen. Ihr seid hier echt keine Hilfe", sage ich zu Leon und hoffe, er kann Lucas dazu bringen, das Krankenhaus mit ihm zu verlassen.

„Du kannst vielleicht Lucas aufhalten, aber mich sicher nicht", knurrt Selor hinter mir.

„Lass sie in Ruhe", faucht Lucas und seine Augen werden plötzlich tiefschwarz. Ich drehe mich um und Selor baut sich in voller Größe vor mir auf. Im ersten Moment bleibt mir die Spucke weg, denn seine Schönheit, auch wenn es das Böse verkörpert, ist einfach nur faszinierend.

„Was willst du jetzt machen? Thea ist hinter mir und ich werde es nicht zulassen, dass du zu ihr gehst", grinst er mich an und ich beginne wirklich zu überlegen.

Er versperrt mir wahrlich den Weg. Ich komme an ihm nicht vorbei, höchstens durch ihn hindurch. Das wäre praktisch möglich, weil die Engel nicht körperlich sind, aber er besteht aus reiner Energie, sehr schlechter Energie, die mich schlimmsten Falles umbringen könnte.

„Du willst mir Angst machen? Du bist doch nur Energie, und dich würde eigentlich keiner sehen. Du willst deine Stärke beweisen? Aber die sieht kaum einer, nur Lucas und ich", gebe ich von mir und versuche, nicht die Spur von Angst zu zeigen. Anscheinend klappt das sogar, denn Selor weicht ein Stück zurück. „Also geh mir aus den Weg", lege ich noch forsch nach.

„Ganz schön freche Worte von dir, aber denen kann ich fast nichts entgegensetzen. Jedoch glaube ich kaum, dass du es wagst, durch mich hindurchzugehen, denn dann kannst du erst recht deiner Freundin nicht mehr helfen", erwidert er mir und ich spüre eine gewisse Unsicherheit in seiner Stimme.

„Lass das, du würdest sterben", fleht mich Lucas an. Der immer noch von Leon festgehalten wird.

„Genau. Und ist es nicht gerade das, was Selor nicht möchte? Er will mich, aber nur wenn ich durch dich und vor allem mit dir sterbe", wende ich mich an Lucas. „Stimmt`s", grinse ich kurz darauf wieder Selor an.

Der rührt sich nicht von der Stelle und stiert mich nur an. Er scheint zu überlegen, was mehr wert ist. Thea am Leben zu lassen und zu versuchen uns gemeinsam zu sich zu holen, oder das ich jetzt sterbe und er mich verliert, da sicher Elea mich auf ihre Seite begleiten würde. Dann wären all seine Bemühungen umsonst gewesen.

Ich mache mutig einen Schritt auf ihn zu, um ihn zu zwingen, eine Entscheidung zu treffen. Habe ich eine getroffen? Vielleicht, aber ich kann nicht länger warten, denn Thea hat keine Zeit mehr.

Doch anstatt weiter zu weichen, kommt er wieder auf mich zu. Es sind nur noch Zentimeter die sein Gesicht von meinem trennen. Seine Energie springt fast auf mich über und mir wird kalt. Sehr kalt! Ist es so auf seiner Seite? Nur Schwärze und Kälte? Dort will ich auf keinen Fall sein, aber irgendwie kann ich mich aus seinen Fängen nicht befreien. Mein Körper erstarrt, nur mein Kopf scheint noch zu funktionieren.

„Ziemlich taffes Mädel. Muss ich schon zugeben. Deshalb hast du wahrscheinlich auch so einen starken Engel an deiner Seite", flüstert er mir zu und seine Unsicherheit ist wieder geschwunden.

„Das kann ein Problem für dich werden, oder?", erwidere ich mit einem Schmunzeln und weiß nicht, wo ich diesen Mut hernehme.

„*Wir werden sehen*", antwortet er und sein Blick dringt förmlich in mich ein, davon lass ich mich jedoch ebenso nicht beirren.

„Lucas ist aber auch stark", halte ich dagegen.

„*Nicht so wie du, ansonsten hätte ich ihn ja nicht bekommen*", kommt von ihm und schaut nun doch an mir vorbei zu Lucas.

„Du hast seinen weißen Engel vernichtet?", frage ich entsetzt.

„*Ich sage nur, starke Menschen haben einen starken weißen Engel und schwache Menschen, na du weißt schon*", entgegnet er mir und schwebt ein Stück zurück. Langsam lässt mich die Kälte los und ich kann mich wieder bewegen.

„Also was hast du jetzt vor?", stoße ich ernst hervor, weil ich endlich zu Thea will.

„*Tu was du nicht lassen kannst, aber es wird ein Fehler sein. Dein Zweiter! Überlege es dir gut*", wirft er mir eiskalt entgegen. „*Ich werde mich nun um meinen Versager kümmern*", legt er noch nach.

Was er jetzt mit Lucas macht weiß ich nicht und kann daran auch keinen Gedanken verschwenden. Das muss Lucas selbst klären.

Dann geht die Tür auf und die Schwester kommt zurück. Im selben Moment ist Selor verschwunden und ich höre Lucas hinter mir laut durchatmen.

„Könnte ich noch schnell ihre Krankenkarte einlesen? Vorschriften", winkt mich die Schwester zu sich heran. Ich gebe ihr die Karte und mir ist klar, ohne das sie es direkt gesagt hat, dass ich Thea helfen darf.

„Du kommst jetzt mit raus", höre ich Leon sagen, während ich darauf warte, dass die Schwester fertig wird.

„Ich muss sie aufhalten", knurrt Lucas und seine Stimme ist finster, was mir zeigt, dass er wieder einmal von Selor gelenkt wird.

„Nein, musst du nicht. Seit wann hinderst du jemanden daran, einem Menschen zu helfen?", entgegnet ihm Leon, hält ihn tapfer am Arm fest und zieht ihn zum Ausgang.

„Du verstehst das nicht", faucht Lucas.

„Erklär es mir doch", schnauft Leon, denn er muss einiges an Kraft aufwenden, um seinen Bruder in die Richtung zu bringen, wo er ihn hinhaben will.

„Das kann ich nicht", schreit er fast und hält sich seinen Kopf.

„Meine Herren, würden Sie jetzt das Krankenhaus verlassen, oder muss ich erst den Sicherheitsdienst rufen", droht die Schwester den beiden und zeigt mir gleichzeitig, dass wir zu Thea gehen können.

„Wir sind schon weg", kommt von Leon, der Lucas jetzt mehr schiebt, als zieht.

Ich sehe Selor, wie er die beiden beobachtet und sich ein Lachen verkneifen muss. Mir schenkt er stattdessen einen Blick, bei dem ich sofort begreife, dass das alles noch lange nicht vorbei ist.

„Sie weiß nicht, was sie tut", protestiert Lucas nochmals, aber Leon bleibt hart und bemerkt nicht einmal, dass Selor neben ihnen her schwebt.

„Doch das tut sie", höre ich Leon schimpfen und dann wird es still um mich herum. Weil ich durch die Tür, die zu Thea führt, getreten bin und gleichzeitig die beiden endlich das Krankenhaus verlassen haben.

In meinem Kopf schwirren so viele Gedanken um Leon, Lucas und Selor und ich muss versuchen sie zum Schweigen zu bringen. Thea braucht mich jetzt und ich werde alles geben, um sie zu retten. Die Schwester bringt mich in einen weiteren Raum, und ich soll mich setzen. Ich folge ihrer Aufforderung, nehme auf der Liege platz und schon kommt sie mit einem kleinen Tablett, wo eine Kanüle und mehrere Tupfer darauf liegen. Zusätzlich bringt sie einen ziemlich großen Beutel mit, wo mein Blut hineinlaufen soll. Angst vor der Spritze habe ich nicht, aber mich beschleicht das Gefühl, dass das Blut was ich spende, vielleicht nicht reichen könnte.

Ich pass auf, wie die Kanüle in meiner Haut verschwindet, die Schwester sie mit einem Pflaster befestigt und kurz darauf das Blut fließt. Das, was Thea jetzt braucht.

„Wollen Sie sich etwas hinlegen? Ich würde gern noch einen zweiten Beutel abnehmen. Natürlich nur wenn Sie sich dazu in der Lage fühlen", sagt die Schwester nach einigen Minuten, entfernt den Ersten und schaut mich dabei aufmerksam an.

„Ja, sicher können Sie das machen. Nehmen Sie, so viel wie benötigt wird", lächele ich sie an.

„Okay, aber Sie brauchen ja selbst noch welches", kichert die Schwester und während sich der zweite Beutel füllt, bringt sie den ersten zum Arzt, der schon längst die Operation begonnen hat.

Langsam merke ich, wie mir nun doch etwas schummrig wird. Ich lege mich vorsichtig hin, immer die Nadel im Blick.

„Du musst tief und gleichmäßig atmen. Du schaffst das", zwinkert mir Elea aufmunternd zu, die jetzt neben meiner Liege steht.

„Wo warst du?", will ich wissen, denn ich hätte sie gebraucht, wo Selor mich bedroht hat.

„Ich war in der Nähe, aber ich sollte Selor nicht noch zusätzlich reizen, das könnte auch nach hinten losgehen. Ich wusste doch, dass du eine mutige Frau bist", lacht sie und innerlich bin ich wirklich stolz auf mich einen schwarzen Engel in die Schranken gewiesen zu haben. Aber das nächste Mal kann es auch anders ausgehen. *„Aber eins muss ich dir noch mitgeben. Schließe deine Augen vor Selor, denn nur durch die kann er in dich hineinsehen und deine Gedanken lesen. Beeinflussen kann er dich*

wahrscheinlich dadurch nicht, aber er kann dein Denken gegen dich verwenden", mahnt mich Elea und ich verstehe schnell ihre Worte.

„Ich werde aufpassen und kann nur hoffen, dass es so eine Situation nicht mehr geben wird", denke ich leise, denn vor der Schwester, die ich im Augenwinkel kommen sehe, sollte ich nicht Selbstgespräche machen.

„Ihrer Freundin geht es einigermaßen. Die OP ist gleich beendet, aber das Blut von Ihnen bekommt sie noch, um sie zu stabilisieren", meldet sich die Schwester zurück, entfernt die Kanüle jedoch nicht, denn ich werde noch eine Weile überwacht. Sollte ich doch schlapp machen, könnten sie mir sofort eine Infusion anhängen.

„Wie lange muss ich hier liegen?", frage ich, wobei ich mich nicht danach fühle jetzt irgendwo hinzugehen.

„Ich bringe Ihnen gleich etwas zu trinken. Sie bleiben eine Nacht bei uns. Sie sollten sich nach so einer Menge Blut, was sie gespendet haben, richtig erholen. Ihr Körper muss das neu produzieren, erst dann können wir sie wieder entlassen", erklärt mir die Schwester und im Moment habe ich auch nichts dagegen.

„Muss ich unbedingt hier liegenbleiben?", frage ich noch, weil es mir vorkommt, als wäre das nicht gerade ruhig, denn es sind schon einige andere Schwestern hier durch geeilt.

„Nein, natürlich nicht", lächelt mich die Frau an. „Ich bringe Sie dann gleich auf ein Krankenzimmer. Und dort sind sie nicht allein. Sie haben doch nichts dagegen, das Frau Ziegler zu Ihnen in das Zimmer kommt", fährt sie fort und zwinkert mir zu.

„Ganz und gar nicht", sage ich zufrieden und trinke das Wasser, was sie mir hingestellt hat. Es tut gut und ich spüre, wie sich der Flüssigkeitsverlust ein wenig erholt.

Kapitel 17

*I*ch liege da und mich umgibt absolute Stille. Aber dann beginne ich wieder zu überlegen.

Wo bin ich? Was ist passiert?

Ich öffne die Augen und starre an eine weiße Decke. Augenblicklich sitze ich kerzengerade im Bett und schaue mich hektisch um. Thea!

Schnell beruhige ich mich wieder, denn sie liegt neben mir und schläft noch. Langsam und leise falle ich zurück und beobachte sie. Ihr Atem geht ruhig und gleichmäßig und ich passe mich ihr an. Unsere Herzen schlagen im gleichen Takt und ich muss darüber lächeln.

Ich habe ihr vielleicht das Leben gerettet und nun sind wir noch mehr verbunden, eben wie Schwestern.

Ich fühle mich förmlich in sie hinein und bemerke, wie sie langsam aufweckt. Komisch, aber ich könnte genau sagen, wann sie die Augen öffnet. Ist schon irgendwie cool diese Fähigkeiten zu haben. Das ich jedoch jetzt einen anderen Zugang zu ihr habe als vor dem Unfall, weiß ich momentan noch nicht.

Thea dreht den Kopf zu mir und lächelt mich an.

„Haben die dich auch gleich hierbehalten?", flüstert sie und hält sich den Hals. Wahrscheinlich kratzt er von der Narkose.

„Ich musste mich von der Blutspende erholen", nicke ich ihr zu. „Aber wieso weißt du davon?", hake ich nach.

„Die haben gefragt, ob ich damit einverstanden bin, bevor sie mich in den Schlaf geschickt haben", krächzt Thea.

„Zumindest hat es dir geholfen und das ist doch das Wichtigste", antworte ich ihr.

Wir werden von einer Schwester unterbrochen, die mit einem Wagen auf dem eine Waschschüssel steht und Verbandsmaterial liegt, hereinkommt. Sie hilft Thea, sich aufzurichten und an den Bettrand zu setzen. Während sie Thea beim Waschen behilflich ist und die Wunde versorgt, gehe ich in das Bad. Ich würde gern eine Dusche nehmen, aber ich habe die Kanüle noch im Arm. Also nur Zähne putzen und die Dusche dann zu Hause.

Kurze Zeit später wird uns das Frühstück gebracht. Thea muss im Bett bleiben, da sie das Bein nicht belasten darf, wobei ich an einem kleinen Tisch der am Fenster steht, platz nehme.

Gleich nach dem Frühstück kommt die Visite. Also langweilig wird dir hier sicher nicht.

Der Arzt erklärt Thea was sie gemacht haben und das die Schnittwunde nicht lebensgefährlich war, aber jedoch der Blutverlust, der dadurch eingetreten ist. Die Wunde sollte nun ohne Schwierigkeiten gut verheilen. Es ist erforderlich, das Bein zu schonen und deshalb nur schrittweise zu belasten. Sie darf morgen nach Hause und in meine Pflege kommen, wobei wir beide versprechen müssen, uns an die Auflagen zu halten. Ich werde mich die erste Woche ebenfalls krank melden und gut auf sie aufpassen.

„Wenn der Arzt weg ist, kommst du bitte in den Park vor dem Krankenhaus", höre ich Eleas Stimme ganz nahe an meinem Ohr. Ich wende den Blick, aber sie ist nicht zu sehen. Warum zeigt sie sich denn nicht? Und was ist so wichtig?

Ich lass mir nichts anmerken, wische ein angebliches Fussel von der Schulter und warte darauf, dass der Arzt das Zimmer verlässt.

Kaum das er gegangen ist, hole ich meine Sachen aus dem Schrank und ziehe mich hastig an. Eleas Stimme hat geflattert und das sagt mir, dass es dringend ist.

„Wo willst du hin? Gehst du allein nach Hause?", fragt Thea und stützt sich auf die Ellenbogen.

134

„Ich gehe nur etwas Luft schnappen. Bin gleich wieder da", erwidere ich, schaue sie jedoch nicht an, damit sie meine Aufregung, die nun langsam in mir aufsteigt, nicht bemerkt.

„Lass mich bitte nicht zu lange allein", flüstert Thea mit zitternder Stimme.

„Ich komme gleich wieder. Hier brauchst du keine Angst haben. Es sind überall Schwestern und du kannst auch jeder Zeit nach ihnen klingeln", versuche ich zu beruhigen und kann mir nur vorstellen, dass sie nach dem Unfall unsicher ist. Wir konnten darüber noch nicht reden und ich weiß nicht genau, was sie erlebt hat, aber das muss jetzt warten. Dass da etwas nicht gestimmt hat, habe ich schon von Leon erfahren und ich werde es herausbekommen.

Ich lächele Thea gezwungen an und verlasse das Zimmer. Ich schaue mich auf dem langen Gang um, kann aber nichts Ungewöhnliches sehen. Langsam gehe ich zum Fahrstuhl und er bringt mich ins Erdgeschoss. Vor der Tür nehme ich erst einmal einen tiefen Atemzug, bevor ich auf den Park zulaufe. Die Krankenhausluft weckt jedes Mal böse Erinnerungen. Als meine Eltern gestorben sind und ich stundenlang gewartet habe, während man versuchte, sie zu retten, hat sich dieser Geruch in meine Sinne gebrannt. Ich schiebe die Gedanken ganz schnell wieder weg, die dürfen mich im Moment nicht ausbremsen. Jetzt geht es um Thea und um mich und das hat Vorrang.

Ich gehe durch einen sehr gepflegten Park und nehme auf einer Bank, mit dem Rücken zum Gebäude platz. Ich muss nicht lange warten, bis Elea vor mir erscheint.

„Warum hast du mich hier raus beordert?", frage ich leise und mit gesenktem Kopf, damit es niemand mitbekommt.

„Es ist etwas passiert, was keiner vorhergesehen hat", antwortet mir Elea, die vor mir steht, aber ihre Flügel hängen am Rücken herunter. Das zeigt mir, dass sie sehr bedrückt ist.

„Was denn?", will ich wissen und hoffe, dass es nicht zu schlimm ist.

„*Es geht um Thea*", beginnt sie und sie schaut sich nervös um. Bei ihr ist es jedoch anders, denn sie kann sich so nur nach einen weiteren Engel umschauen. Ist etwa Selor in der Nähe? Darf er nicht wissen, was wir hier reden?

„Elea was ist los?", dränge ich, weil ich unbedingt wieder zu Thea will. „*Thea hat doch auch einen Engel*", fängt sie erneut an und ich nicke ihr zu, denn das ist klar. Jeder hat einen, fragt sich nur, welche Farbe er hat. „*Sie kann ihn jetzt ebenfalls sehen*", schluckt Elea schwer als die Worte über ihre Lippen kommen.

„War Thea tot?", platze ich heraus, denn davon hat der Arzt nichts gesagt.

„*Nein, es ist von deinem Blut, was jetzt durch ihre Adern läuft*", schüttelt Elea den Kopf, aber ich finde das gar nicht dramatisch.

„Das ist doch kein Unheil. Warum bist du darüber so betrübt?", zucke ich nur mit den Schultern.

„*Das sollte aber nicht sein. Wenn das passiert, dann durch die Hilfe des eigenen Engels und nicht durch fremde Hand*", versucht Elea mir zu erklären.

„Das verstehe ich nicht. Sie kann ihren Engel sehen, na und?", werde ich ungeduldig.

„*Sie hat von dir wahrscheinlich auch deine Fähigkeiten übertragen bekommen und die sind bei dir nur auf den Blitz zurückzuführen. Sonst haben die Menschen keine solche Auswirkungen von einem Unfall, nur das sie ihren Engel sehen können*", erläutert sie und wirkt wegen diesen Zustand aufgeregt.

„Diese Fähigkeiten helfen mir. Wenn ich sie nicht hätte, wäre ich bestimmt schon in Selors Falle getappt und tot", sage ich und schaue Elea finster an.

„*Aber genau damit bist du anders und kannst auch angefeindet werden. Oder du wirst zur Außenseiterin, egal ob sie dir gegen Selor helfen, denn du wendest sie automatisch nicht nur bei ihm an"*, hält Elea stur dagegen.

„Ich komme wirklich klar und Thea weiß doch alles. Außerdem kann sie garantiert selbst damit gut umgehen", runzele ich die Stirn.

„Genau das hat dazu geführt, weil du ihr alles erzählt hast", beschuldigt mich Elea.

„Aber sie ist meine Freundin und du selbst hast mir das doch geraten", sage ich und bin nun komplett durcheinander.

„Sie ist dadurch zur Gefahr für Selor geworden. Je mehr gegen ihn agieren, umso unberechenbarer wird er."

„Also hat er damit etwas zu tun. Er wollte Leon und Thea umbringen", bestätigt sie fast meine Vorahnungen.

„Ich denke schon", gibt Elea kaum hörbar zu.

„Es liegt doch am Ende allein an Lucas und mir. Wir dürfen uns nicht nähern, zumindest nicht mehr als unbedingt nötig ist."

„Schon, aber Selor wird jetzt noch viel wütender sein. Und glaube mir, er wird es bereits wissen", zittert Eleas Stimme.

„Das denke ich auch, denn er hat mich ja direkt davon abhalten wollen. Er wusste bestimmt schon vorher, was mein Blut in Thea auslöst. Aber am Ende geht es doch nur um mich", stelle ich klar.

„Thea wird dir immer helfen und an deiner Seite sein. Jetzt ist jedoch noch ein weiterer weißer Engel dabei", meint Elea ernst.

„Zwei weiße Engel gegen einen schwarzen", lache ich, schlucke aber gleichzeitig, weil ich wirklich keinen Grund dazu habe.

„So ist es und das wird ihn zu noch mehr Gemeinheiten drängen und er wird euch viel mehr Fallen stellen."

„Sollte ich etwa Thea sterben lassen? Außerdem wusste ich gar nicht, dass mein Blut ihr Leben so verändern würde."

„Nein, das sehe ich doch ein, aber wir müssen jetzt unbedingt auf Leon aufpassen. Ihn könnte er in einen weiteren Unfall verwickeln, wodurch er seine Seite stärken würde. Und mit zwei schwarzen Engeln möchte ich absolut nichts zu tun haben", kommt sehr zurückhaltend und fast ängstlich von Elea.

„Leon weiß ebenfalls alles über dich und Selor. Und die Veränderungen seines Bruders gehen ihm auch echt an die Nieren. Zudem steht er voll auf unserer Seite, warum sollte er dann einen schwarzen Engel haben", halte ich dagegen.

„Das ist mir nicht bekannt, aber vielleicht kann ich es irgendwie herausbekommen", zwinkert mir Elea wieder aufmunternd zu und macht Platz für jemanden, dass es mir augenblicklich die Sprache verschlägt.

Neben Elea erscheint ein weiterer weißer Engel. Jede einzelne Feder ihrer Flügel flimmert unbeschreiblich schön in der Sonne. Sie leuchten in Farben, die ich noch nie gesehen habe und meine Sinne, die schon auf das Äußerste angespannt sind, fast überfordern.

„Das ist Amia, Theas Schutzengel", lächelt Elea und nun entfalten sich auch ihre Flügel wieder. Der Anblick der beiden lässt meinen Atem stocken und ich kann mir plötzlich nicht mehr vorstellen, dass es irgendjemand gibt, der so mächtig ist, um uns gefährlich zu werden. Aber so ist es nicht.

„Du solltest zu Thea gehen, sie wartet auf dich. Sie fühlt sich unsicher und braucht deine Nähe. Zudem muss sie mit ihrer Sensibilität, die sie von dir hat, erst umgehen lernen. Und dir obliegt es jetzt, sie vorsichtig darauf vorzubereiten, sie überhaupt zu haben", bittet mich Amia mit einer lieblichen Stimme.

„Sie hat dich noch nicht gesehen?", frage ich Amia.

„Nein, ich möchte sie nicht erschrecken oder überfordern. Wenn du es ihr erklärst, kann sie bestimmt besser damit umgehen", erwidert Amia mit einem verhaltenen Lächeln.

„Mich hat auch keiner vorbereitet. Ich dachte, ich bin im Himmel gelandet, als ich Elea gesehen habe", bemerke ich und denke kurz daran zurück.

„Bei dir war es doch ganz anders. Wer hätte dich denn darauf vorbereiten sollen?", geht Elea dazwischen.

„Thea hat die letzte Zeit so viel erlebt und mit dir durchgemacht, dass du die einzige Person bist, die es ihr einfühlsam beibringen kann, dass sie ab heute genauso ist wie du", zwinkert mich Amia an und ich stelle mir vor, wie Thea reagieren wird. Sie hat sich gewünscht, wie ich zu sein, und nun ist sie es. Ob es gut ist, weiß wohl im Moment keiner zu sagen, aber in unserer Situation kann es nur von Nutzen sein.

„Ja, schon gut. Sie wird zumindest nicht so geschockt sein wie ich und schlechte Auswirkungen hat es bei ihr ja auch nicht", sage ich und schaue auf mein Mal.

„Nein, ab heute werden wir zusammenhalten und ihm die Stirn bieten", kommt ernst von Amia, wobei sie vermeidet, seinen Namen zu nennen.

„Bis später", sage ich und stehe auf. Ich wende mich ungern von den Schönheiten ab, aber Thea braucht mich jetzt und ich darf sie nicht mehr allein lassen. Keiner vermag zu wissen, was Selor noch alles einfällt.

Kapitel 18

*I*ch gehe wieder auf unser Zimmer. Ganz vorsichtig, um Thea nicht zu stören, weil sie vielleicht eingeschlafen ist, öffne ich die Tür.

Thea steht am Fenster und scheint nach mir zu suchen. Leise schließe ich hinter mir die Tür und beobachte sie, wie sie sich krampfhaft an den Krücken festhält. Sie wird wohl die Schwester danach gefragt haben, denn als ich gegangen bin, hatte sie noch keine.

„Wo bist du? Warum kommst du nicht zurück?", höre ich sie in meinem Kopf fragen und mir ist sofort klar, dass sie nun ebenfalls telepathische Fähigkeiten hat.

„Ich bin hier", sende ich zu ihr und prompt dreht sie sich zu mir um. Sie starrt mich an und schwankt gefährlich hin und her. Augenblicklich bin ich bei ihr und halte sie fest.

„Was war das? Das klang so komisch", sagt sie aufgeregt.

„Ich habe es dir in Gedanken gesendet", lächele ich sie an, aber ihr ernster Gesichtsausdruck bleibt bestehen.

„Was bedeutet das?", hakt sie sichtlich unsicher nach.

„Komm, lege dich erst einmal hin. Ich werde dir alles erklären", fordere ich sie auf und sie lässt sich zurück zu ihrem Bett führen.

Ich warte, bis sie bequem liegt. Sie schaut immer noch fragend und so setze ich mich auf mein eigenes Bett und suche nach den richtigen Worten.

„Thea, durch das Blut von mir hast du jetzt auch Fähigkeiten wie ich und Lucas", beginne ich und sie sieht mich mit offen stehendem Mund an. „Was bei dir alles möglich ist, kann ich nicht sagen. Telepathie bringst du bereits, hast du ja gerade bewiesen, aber was noch ...", halte ich inne, denn Thea hat plötzlich Tränen in den Augen. „Warum weinst du jetzt?", fahre ich fort und greife nach ihrer Hand.

„Ich habe mir schon immer gewünscht, so etwas zu können und dich darum auch beneidet, aber nun soll es echt so sein?", schluchzt sie und ich bin mir sicher, dass die Fähigkeiten bei ihr an der richtigen Stelle angekommen sind.

„Du musst lernen, damit umzugehen, und es wird Zeit dauern", erwidere ich und will ihre Euphorie etwas dämpfen.

„Du hilfst mir doch?", fragt sie lächelnd.

„Ja sicher. Aber da gibt es noch was", sage ich leise.

„Was? Kann da auch Schlechtes auftreten?", will sie sofort wissen.

„Nein, ganz im Gegenteil. Du wirst deine schon immer dagewesene Begleitung jetzt sehen können", versuche ich irgendwie zu erklären, dass sie nun ebenso eine Sehende ist.

„Du meinst nicht echt, dass ich auch einen Engel habe?", kombiniert Thea augenblicklich und ihr Blick schweift durch das Zimmer.

„Jeder hat einen. Und deiner heißt Amia", antworte ich und sehe ein wunderschönes Leuchten in Theas Augen aufflammen. Sie sind an etwas gefesselt und ich kann nicht sagen, ob sie meine letzten Worte überhaupt noch wahrgenommen hat.

Mitten im Zimmer ist Amia erschienen und erfüllt den Raum mit einem unbeschreiblichen Licht. Ich selbst bin wieder fasziniert, aber Thea scheint vollkommen weggetreten zu sein.

„*Hallo Thea*", schwebt die zarte Stimme von Amia zu uns herüber und ich sehe Theas Mundwinkel nur kurz zucken. „*Amy hat dir ja schon gesagt, wer ich bin und ich werde immer für dich da sein. Wenn du mich bedarfst, brauchst du nur an mich denken*", fährt sie fort und Thea

141

beugt sich, so weit es ihr möglich ist nach vorn und versucht Amia zu berühren.

„Das geht nicht. Sie sind reine Energie", halt ich sie zurück, damit sie nicht aus dem Bett fällt.

„Wunderschöne Energie", piepst Thea und blinzelt ihre Tränen weg.

„Ja, so ist es und sie werden uns stets helfen", erwidere ich und nun erscheint auch noch Elea.

Thea schnappt sichtlich nach Luft und ihr Körper beginnt zu zittern.

„Wird dir das zu viel?", frage ich sie deshalb und sitze jetzt neben ihr und nehme sie in die Arme.

„Nein", flüstert sie. „Und das ist Elea", stellt sie sicher fest und ich kann nur nicken.

„Du solltest Thea alles erklären, denn euer Leben wird ab heute noch mehr Gefahren für euch bereithalten", kommt ernst von Elea und ich weiß, dass ihre Worte auf Selor hinweisen.

„Das werde ich", gebe ich von mir und schon bei dem Gedanken an ihm sträuben sich meine Nackenhaare.

„Wir lassen euch wieder allein. Thea braucht viel Ruhe", wispert Amia und strahlt uns trotz aller Widrigkeiten herzlich an. Die Ruhe und Sicherheit, die die beide haben, sollten sich auf uns übertragen, um das, was auf uns zukommen könnte, durchzustehen. Am Ende vielleicht sogar von dieser Last zu befreien, aber das funktioniert eher nicht. Wir müssen all unseren Mut zusammennehmen und gegen ihn kämpfen, jedoch immer mit der Gewissheit, sie hinter uns zu haben. Sie können nun mal nicht in unser direktes Tun eingreifen, aber gegenüber Selor werden sie sich schützend vor uns stellen. Dessen bin ich mir sicher.

Ich reiß mich von den Gedanken an Selor los und sehe, wie sich die Engel praktisch in Luft auflösen.

„Wo sind sie hin?", seufzt Thea und ihre Augen suchen nach ihnen.

„Sie sind immer da", will ich sie beruhigen.

„Und das kann ich alles von deinem Blut, was jetzt in mir ist?", fragt Thea und fällt wieder zurück in ihr Kissen.

„Ja, so ist es. Ich habe damit aber auch etwas anderes ausgelöst", flüstere ich, weil ich ihn jetzt nicht auf den Plan rufen will.

„Was denn? Ist es schlimm? Irgendwie haben die Engel da schon etwas angedeutet", schaut mich Thea nun ängstlich an.

„Dein Unfall", beginne ich und überlege, ob ich ihr wirklich alles sagen soll.

„Leon konnte nichts machen. Da hat was mit dem Auto nicht gestimmt. Das wäre dir vielleicht auch passiert. Die haben bestimmt in der Werkstatt einen Fehler gemacht", schnattert Thea drauf los und ich schüttele nur den Kopf.

„Nein. Mit dem Auto war alles in Ordnung", fange ich noch einmal an. „Den Unfall hat Selor verursacht", lege ich nach.

„Der Engel von Lucas. Wie sollte er das denn gemacht haben?"

„Ich weiß es nicht. Er hat wohl andere Fähigkeiten als unsere Engel."

„Weil er schwarz ist", poltert Thea los und will sich schon wieder hochrappeln, ich kann sie jedoch zurückhalten.

„Wir müssen noch einmal mit Leon reden. Selor wollte verhindern, dass ich dich rette. Er hat sogar Lucas auf mich losgehen lassen, aber Leon hat ihn aufgehalten", sage ich, das Selor mir jedoch bedrohlich nahe war, um mich abzuhalten, verschweige ich lieber.

„Er hat Lucas beeinflusst. Das meint wahrscheinlich Leon damit, dass er sich so verändert hat", schlussfolgert Thea.

„Ja, er ist eben anders. Er ist böse", brummele ich, würde es aber am liebsten in den Raum schreien.

„Warum wollte er, dass ich sterbe?", will Thea wissen.

143

„Weil du mir hilfst und dich vor mich stellst, wenn Lucas mir zu nahe kommt. Du bist für ihn ein Hindernis auf dem Weg zu seinem Plan", erklär ich ihr.

„Und dann haben wir ihn auch noch das Leben gerettet. Du hast deine Fähigkeit zu heilen durch mich auf Lucas übertragen", nickt mir Thea verstehend zu.

„So ist es. Also musstest du verschwinden, damit der Weg frei ist, das Lucas mich irgendwann berühren kann", sage ich und spüre das Verlangen nach ihm und das aufkommende Kribbeln in meiner Hand.

„Das ist ein echtes Arschloch. Ihr habt euch so gern und dürft euch nicht einmal in den Arm nehmen", nuschelt Thea und ballt gleichzeitig ihr Fäuste.

„Wir müssen ab jetzt noch vorsichtiger sein", nehme ich ihre Hände und zeige ihr damit, dass uns Wutausbrüche und unüberlegte Taten nicht weiterbringen.

„Er wird es noch einmal versuchen", sieht mich Thea prüfend an.

„Ja, und jetzt sollten wir auf Leon aufpassen, denn er stellt sich auch immer wieder zwischen mir und Lucas. Oder er hält ihn davon ab, mir oder dir zu schaden", betone ich und bin mir sicher, dass das nicht einfach wird, da Thea und Leon sich jeden Tag mehr ineinander verlieben. Ich sehe und fühle es und beneide sie dafür.

„Da ist es schon gut, dass ich bei dir wohne. Wir müssen zusammenhalten und jeder sollte auf den anderen ein Auge haben. Leon eingeschlossen", entgegnet mir Thea und bin sicher, dass ich mich stets auf sie verlassen kann, genauso wie andersherum. „Aber wo ist eigentlich Luna?", kommt plötzlich von ihr.

„Die habe ich zur Nachbarin gebracht. Mit Futter und ihrem Bettchen. Dort ist sie gut aufgehoben", antworte ich beschämend, weil ich ihr das nicht schon längst gesagt habe, aber Thea lächelt zufrieden.

Langsam zieht wieder Ruhe ein, Thea liegt mit geschlossenen Augen da, jedoch sehe ich innerlich, dass sie nicht schläft. Ihre Mundwinkel zucken und ich kann mir nur zu gut vorstellen, was ihr jetzt alles durch den Kopf zu gehen scheint. Ich wurde mit all den Fähigkeiten überrascht. Jeden Tag erkannte ich noch etwas und versuchte, es zu beherrschen. Aber sie weiß, was es da alles gibt, muss jedoch abwarten, welche Fertigkeit sich bei ihr zeigt.

„Ich gehe mal zur Schwester", sage ich, bekomme aber keine Antwort. Thea ist in ihren Gedanken gefangen und ich kann es gut nachfühlen. Also schleiche ich mich aus dem Zimmer und suche nach einer Krankenschwester oder einen Arzt.

Auf dem Gang ist kaum jemand unterwegs, nur ein Pfleger, der mit einer älteren Dame das Laufen übt. Ich will sie nicht behindern und gehe rasch an ihnen vorbei. Vor dem Schwesternzimmer bleibe ich stehen und beobachte zwei bei ihrer Arbeit. Auch da möchte ich nicht stören, aber ich wurde schon längst bemerkt.

„Frau Wegener, haben Sie etwas auf den Herzen? Oder stimmt was mit Frau Ziegler nicht?", kommt eine sofort auf mich zu.

„Nein, alles in Ordnung. Ich wollte nur fragen, ob ich diese Nacht auch noch hierbleiben darf. Ich möchte Thea ungern allein lassen", kommt von mir und die Schwester schaut mich schief an.

„Sie ist hier in guten Händen. Ihr wird nichts passieren", erwidert sie und ich weiß, dass sie es nur gut meint, aber sie würde mir ja niemals die Wahrheit glauben.

„Natürlich, aber wir sind eben unzertrennlich", versuche ich zu lächeln, wobei die Angst um sie, mir die Kehle zuschnürt. Ich kann und will sie nicht allein lassen.

„Das sind die richtigen Worte. Jetzt fließt ja auch Ihr Blut in Frau Ziegler", zwinkert die Schwester mir zu. „Ich werde notieren, dass sie ebenso noch überwacht werden müssen, weil es eine sehr große Menge Blut war, die sie gespendet haben. Sie können dann morgen früh gemeinsam nach Hause. Ich mache Ihre Entlassungsbriefe dementsprechend fertig", redet sie weiter und ich kann mich nur still dafür bedanken.

Zurück bei Thea, sitzt diese im Bett und grinst mich an. Wie ein kleines Kind, das irgendetwas angestellt hat.

Ich schaue sie schräg an und dann sehe ich ihre Hand, die auf dem Nachttisch liegt und das Glas Wasser beginnt zu rutschen. Auf ihr zu bis sich die Finger darum schließen.

„Hast du das gesehen?", kichert Thea.

„Das darfst du nicht so in der Öffentlichkeit machen. Wir müssen verdammt vorsichtig sein", schimpfe ich in meinem Kopf und schicke es ihr telepathisch.

„Spaßverderber", grummelt sie, aber ein verschmitztes Lächeln kann sie sich nicht verkneifen.

„Nein, echt jetzt. Das kannst du alles zu Hause machen. Und vielleicht können wir es sogar so perfektionieren, dass wir es irgendwann zu unserem Schutz einsetzen können", sage ich und stellen mir vor, mit so einem fliegenden Glas, jemanden von mir fernzuhalten.

„Wo warst du eigentlich?", wechselt Thea das Thema.

„Fragen, ob ich heute Nacht mit hierbleiben darf", antworte ich.

„Und darfst du?"

„Ja, und morgen früh gehen wir zusammen nach Hause."

„Schön, dann kann ich noch mehr probieren", lacht Thea mich schelmisch an, aber ich sehe es genauso. Wir müssen unsere Fähigkeiten gut trainieren und dass auch so schnell wie möglich. Wir können nicht wissen, wie viel Zeit bleibt, bis wir uns der nächsten Gefahr erwehren müssen.

Kapitel 19

*D*as Taxi, was uns vom Krankenhaus nach Hause gefahren hat, hält vor meiner Einfahrt. Während ich aussteige, hilft Leon bereits Thea aus dem Auto. Er hat schon auf uns gewartet und hätte uns auch gern selbst abgeholt, aber seit dem Unfall hat er Probleme, sich in einen Wagen zu setzen. Was da passiert ist, weiß ich immer noch nicht genau, nur dass wahrscheinlich Selor seine Finger im Spiel hatte.

Im Haus macht es sich Thea auf meiner Couch bequem und Leon versucht, ihr jeden Wunsch von den Augen abzulesen. Ihr gefällt das offensichtlich, denn sie scheucht ihn hin und her. Ein Kissen, etwas zu trinken, und dann hat sie natürlich auch hunger. Ich beobachte die beiden mit einem Schmunzeln auf den Lippen und erst, als Thea den Fernseher anschaltet, ohne die Fernbedienung zu berühren, greife ich ein. Aber zu spät. Leon hat es sofort mitbekommen.

„Sag bloß, du kannst jetzt auch solche abgefahrenen Dinge?", fragt er und starrt auf den Fernseher.

„Ja, und das ist echt klasse", grinst Thea und ich schüttele nur mit dem Kopf.

„So abgefahren ist das gar nicht. Es kann uns auch das Leben verdammt schwer machen", gehe ich dazwischen und Leon nickt mir fast unbemerkt zu.

„Vor allem wenn man sie nicht kontrollieren kann", knurrt er vor sich hin.

„Wie meinst du das?", will Thea wissen.

„Redest du von Lucas?", hake ich neugierig nach.

„Ja, wer denn sonst. Da fliegen schon mal Dinge durch das Zimmer. Ihr müsstet mal unser Haus sehen. Da ist nichts mehr an seinem Ort und die Hälfte davon ist bereits kaputt", erzählt er mit bedrückter Stimme.

„Kannst du ihn nicht aufhalten?", fragt Thea und ich kenne längst die Antwort.

„Er ist meistens dabei nicht er selbst. Und ich gehe den Situationen am liebsten aus dem Weg. Ich will ja noch eine Weile leben", erwidert er und schaut uns beide mit traurigen Augen an.

„Das ist alles die Schuld des schwarzen Engels", kommt zornig von Thea.

„Ach ja, die Schuld", beginne ich und setze mich den beiden gegenüber in den Sessel. Mit verschränkten Armen vor der Brust schaue ich sie aufmerksam an. Leon sitzt bei Thea auf der Couch und hält auf einmal ziemlich krampfhaft ihre Hand fest. „Was genau ist bei dem Unfall passiert?", frage ich weiter und sie sehen sich gegenseitig an. Keiner will das erste Wort sagen, um wahrscheinlich nichts Falsches zu äußern.

„Leon?", fordere ich ihn auf zu reden.

„Ich weiß nicht, wie ich es sagen soll. Ich war nicht schuld", verteidigt er sich sofort.

„Das habe ich auch nicht gesagt. Ich will wissen, warum mein Auto kaputt gewesen sein soll", entgegne ich ihm.

„Ich weiß, dass es erst in der Werkstatt war. Aber es ließ sich plötzlich weder lenken noch bremsen", erklärt er, das habe ich jedoch schon gehört.

„Anscheinend hast du es zur Seite gezogen und so seid ihr gegen die Wand geprallt", meine ich skeptisch.

„Ja, es gab einen Ruck. Der Wagen zog nach rechts und dann ging nichts mehr. Geradeaus wäre er einfach stehen geblieben, ohne irgendwo anzuecken", bestätigt mir Leon.

„Und auf der Straße war nichts, kein Stein oder so?", frage ich, um alles auszuschließen was irgendwie sonst zu dem Unfall hätte führen können.

„Nein, da war absolut nichts. Das haben die Polizisten auch kontrolliert", kommt leise von Leon und ich merke, wie er den Unfall in jeder Einzelheit noch einmal durchgeht.

„Du kannst dich also an nichts Ungewöhnlichen erinnern?", hake ich nach.

„Was genau meinst du? Was soll ich übersehen haben?" Leon schaut mich nervös an.

„Ich würde da mal was probieren wollen", schaue ich ihn prüfend an. Ich kann in die Zukunft sehen, aber kann ich das auch in die Vergangenheit? Was er erlebt hat, ist ganz sicher in seinem Kopf gespeichert. Ist es mir möglich, es abzurufen? So geben seine Erinnerungen nichts preis, aber wenn ich durch seine Augen das Geschehen sehen könnte, finde ich vielleicht etwas. Dann besinne ich mich an den Hund im Tierheim, da habe ich meine Hand auf sein Köpfchen gelegt und alles gesehen oder gespürt, praktisch sein ganzes bisheriges Leben. Also müsste es jetzt doch auch klappen.

„Was willst du tun?", wendet sich nun Thea an mich und ich sehe ihre Neugierde, auf das was ich mir vorstelle machen zu können.

„Ich würde mir gern deine Erinnerungen ansehen", beginne ich und schaue in zwei paar mich fixierenden Augenpaare. „Es ist alles in deinem Kopf abgespeichert", erkläre ich den beiden.

„Und wie willst du an sie herankommen?" Leon klingt skeptisch, aber seine Haltung zeigt mir, dass er nicht dagegen ist.

„Ich möchte in deinen Kopf hineinschauen", lächele ich ihn an.

„Ja, genau", zwingt er sich ebenso ein Lächeln ab.

„Ich kann praktisch in die Zukunft schauen, warum dann nicht zurück in die Vergangenheit", versuche ich die Idee zu formulieren.

„Meine Erinnerungen zeigen mir aber nicht mehr", bemüht sich Leon die Ruhe zu bewahren, denn er scheint sich nicht sicher zu sein, mir einen Zugang in seinen Kopf zu gewähren.

„Du brauchst keine Angst zu haben", halte ich dagegen und will seiner Unsicherheit entgegenwirken. „Entweder ich sehe was oder nicht. Ich weiß selbst nicht, ob es überhaupt klappt. Aber wir können es ja mal probieren. Wenn du es nicht schaffst etwas abzurufen, heißt das nicht, dass es mir nicht gelingt. Du kannst ja auch nicht unsere Engel sehen", rede ich weiter.

„Dann los, ehe ich es mir anders überlege", knirscht Leon mit den Zähnen und ich spüre seine Angst, uns und den Fähigkeiten ausgeliefert zu sein.

„Setz dich bitte auf den Boden", sage ich und er tut, was ich von ihm verlange. Ich nehme ihm gegenüber platz, drücke meinen Rücken durch und beginne mich zu konzentrieren.

„Was soll ich tun?", fragt Leon ganz leise, um mich anscheinend nicht zu stören.

„Bleib einfach locker sitzen und denke an gar nichts."

„Leichter gesagt als gemacht", lacht Leon.

„Deine Gedanken könnten mich blockieren. Also schiebe alles beiseite", fordere ich ihn auf und lege meine Hände an seinen Kopf. „Schließe bitte die Augen, so kann dich nichts aus dem Jetzt beeinflussen", rede ich weiter und denke damit nicht nur an Thea, die interessiert zuschaut, sondern auch an seine blauen Augen. Dieselben wie sie Lucas hat und mich von Anfang an fasziniert haben, die würden mich ablenken.

Ich versuche, den Fokus voll auf Leon zu lenken, aber bekomme es nicht richtig hin. Was mache ich falsch? Oder kann ich es doch nicht?

„Deine Hand wird warm", flüstert Leon und ich ziehe die Hände wieder weg. Ich schaue auf mein Mal, was sich schon dunkel verfärbt hat.

„War es zu heiß?", frage ich, denn verbrennen möchte ich ihn auf keinen Fall.

„Nein, angenehm warm", lächelt Leon. „Also noch einen Versuch?" Er sieht mich mit schief haltenden Kopf an.

„Ja, ich werde es jetzt anders machen. Aber wenn es zu heiß wird, meldest du dich", antworte ich und er nickt mir zu.

Er schließt wieder die Augen und nun bin ich mir sicher, dass er es einfach über sich ergehen lässt. Diesmal lege ich nur die rechte Hand auf seine Stirn und schon wird sie abermals warm. Durch mein Mal bekomme ich den Zugang zu Leons Erinnerungen. Also wieder einmal etwas Positives, was Selor garantiert nicht so vorhergesehen hat.

Ich gehe in meinen Gedanken an den Tag des Unfalls zurück. Zuerst empfange ich die eigenen Erinnerungen und ich muss schnell Selor daraus entfernen. Dann ist der Weg frei und plötzlich sehe ich durch Leons Augen. Ich bin selbst darüber überrascht und versuche, den Zugang auf keinen Fall zu verlieren.

Ich beobachte den Unfall und wie sie gerade Thea aus dem Auto befreien. Ich muss noch weiter zurück und wie ich nach den Bildern forsche, merke ich, wie Leon nun komplett loslässt und mir damit erleichtert, die Bilder zu sehen. Er hat das Vertrauen zu mir gefunden und gewährt mir jeglichen Zugriff auf seine Erinnerungen.

Dann bin ich vor dem Kino und erkenne, wie Leon nach Theas Hand greift. Sie lächelt ihn verliebt an und gemeinsam gehen sie zu meinem Auto. Sie fahren los und kurz darauf ist die Situation da. Ich schaue genau hin, denn ich vermute etwas Bestimmtes. Und so ist es auch. Sie reden und lachen, sind einfach fröhlich und ausgelassen, als eine schwarze Hand, kaum sichtbar, weil sie aus reiner Energie ist, Leon ins Lenkrad greift. Er dreht es leicht nach rechts und im selben Moment spüre ich die Panik, die in Leon aufsteigt. Er versucht alles um den Wagen zurück in die Spur zu bringen, aber es gelingt ihm nicht. Wie die Bremsen blockiert wurden, kann ich mir nur vorstellen, denn das ist für mich nicht sichtbar. Jedoch ist da noch etwas, was mir das Blut in den Adern gefrieren lässt. Selor steht nach dem Aufprall unweit der Mauer, wo das Auto einschlägt, und sieht mit einem hämischen und genüsslichen Lachen zu wie sie Thea retten. Leons Gemütszustand zu diesem Zeitpunkt ist kaum zu beschreiben. Angst, Wut und Verzweiflung überschlagen sich gegenseitig und am liebsten würde ich die Erinnerungen löschen, aber das ist mir nicht möglich. Und das sollte ich wohl auch nicht, denn dann würde ich zu sehr in Leons Leben eingreifen. Langsam entferne ich mich von dem Ort, wo sie gespeichert sind, und automatisch blenden sich die Bilder aus.

Ich ziehe die Hand zurück und lasse Leon aus meinem Zugriff frei. Er reibt sich die Stirn, als würde er versuchen, den Zugang den ich geschaffen habe wieder zu verschließen. Nur noch ein roter Fleck markiert die Stelle.

„Alles in Ordnung?", möchte ich wissen, wobei ich nicht einmal sicher bin, dass es mir selbst gut geht. Ich muss die mir offengelegten Bilder sortieren und in meinem Kopf abspeichern, weil ich Angst habe sie genauso schnell wieder zu verlieren, da sie doch nicht meine Eigenen sind. Aber das zufriedene Gesicht von Selor hat sich längst festgesetzt.

„Geht schon", antwortet mir Leon und quält sich hoch, zurück auf die Couch zu Thea.

„Was hast du gesehen? Konntest du überhaupt etwas sehen?" Thea klingt aufgeregt.

„Ja, habe ich", fange ich an und Leons Blick fordert mich auf, es endlich zu sagen. „Mein Auto war nicht defekt. Es war Selor, der dir ins Lenkrad gegriffen hat", rede ich weiter und beide schauen mich nicht gerade überraschend an.

„Hast du ihn in meinen Erinnerungen echt gesehen?", fragt Leon und runzelt die Stirn. „Wie kann er nur so sehr in unser Leben eingreifen?", legt er noch nach.

„Er kann es. Unsere weißen Engel sind dazu nicht fähig. Sagen sie zumindest. Aber Selor kommt woanders her, genauso wie er Lucas auch absichtlich zu dem Blitz geführt hat", erkläre ich den beiden.

„Und wenn du nicht dagewesen wärst, würden wir jetzt nicht mit den ganzen Problemen hier sitzen", stellt Thea sichtlich verärgert klar.

„Dann hätten wir uns aber auch nicht kennengelernt", wispert Leon ihr zu und zaubert doch wieder ein Lächeln auf ihre Lippen. „Wie konntest du das sehen?", wendet er sich abermals an mich.

„Ich habe durch deine Augen geschaut und jeden Schritt von euch und von ihm beobachtet. Und am Ende stand er an der Mauer und seinen Gesichtsausdruck werde ich wohl nie wieder vergessen", schlucke ich die Worte fast hinunter.

„Krass. Ich habe nur gespürt, wie meine Erinnerungen versuchten, sich wieder in den Vordergrund zu drängen, aber ich konnte nichts weiter erkennen, nur was wir erlebt haben", murmelt Leon.

„Ja, weil du keine Engel sehen kannst, und auch ihre Energie spürst du nicht", versuche ich ihm zu erklären. „Wir sind Sehende und können somit die kleinste Energie wahrnehmen. Engel können jedoch entscheiden, ob sie für uns sichtbar sind oder wir ihre Gegenwart spüren. Selor hat das in seinem Wahn wohl nicht bedacht und sich vor mir nicht verborgen. Warum auch, er wird nicht damit gerechnet haben, dass ich dazu in der Lage bin, dass zu tun was ich eben gemacht habe", erläutere ich weiter und bin über meine Fähigkeiten selbst überrascht.

„Vielleicht auch gut so. Ansonsten würde ich am Ende so rumlaufen wie mein durchgeknallter Bruder", rollt er mit seinen Augen.

„Er kann nichts dafür. Und irgendwie werden wir ihm helfen, ich weiß nur noch nicht wie", sage ich und wünsche mir, ich hätte Lucas auch anders kennengelernt.

„Für heute reicht es mir. Könnten wir das Thema wechseln?", kommt leise von Leon, der inzwischen an der Terrassentür steht und ins Nichts starrt. Ich kann ihn verstehen, denn er ist jetzt der Einzige, der von außen zusieht und keinem von uns richtig helfen kann.

„Einverstanden. Wer hat hunger?", versuche ich die Stimmung aufzulockern.

„Gute Idee. Wir sollten etwas bestellen, denn keiner von uns verlässt heute noch einmal das Haus", dreht sich Leon wieder zu uns um. „Und könnte ich diese Nacht bei euch bleiben? Ich habe genug erlebt und keine Lust auf Lucas", fragt er weiter und ich habe nichts dagegen. Thea sollte das jedoch entscheiden und sofort zwinkert sie mir zu.

„Du kannst ja hier auf der Couch schlafen", sagt Thea und erstaunt mich dann doch. Hätte nicht gedacht, dass sie ihn nicht ganz bei sich haben möchte.

„Danke, ich nehme an", lacht Leon, denn für ihn war bestimmt klar, das er froh sein kann überhaupt hierbleiben zu dürfen.

„Dann werde ich mal ein paar Pizzen bestellen", sage ich und lasse die beiden allein im Wohnzimmer. Ich gehe in die Küche und genieße die Ruhe, die mich plötzlich umgibt. Der Trubel der letzten Tage hat Spuren hinterlassen und ich kann nur hoffen, dass irgendwann unser Leben wieder ganz normal verläuft.

Kapitel 20

*E*s ist spät geworden und nachdem wir die Pizzen genossen haben, sollten wir ins Bett gehen.

„Ich hole dir eine Decke und dann werden wir das für heute beenden", sage ich und beide stimmen mir zu.

Mit der Decke unter dem Arm, die ich von oben aus dem Gästezimmer geholt habe, stehe ich wieder vor Thea. Sie müht sich, in eine Sitzposition zu kommen, und verzieht vor Schmerzen ihr Gesicht.

„Kannst du nicht etwas mit deiner Hand machen. Die Schmerzen sind ja unerträglich", jammert Thea und sieht mich flehend an.

„Ich kann es ja mal probieren", entgegne ich ihr und lege die Decke beiseite.

Ich knie mich vor ihr hin und platziere meine Hand auf ihren Verband. Ob es durch ihn hindurchgeht, kann ich ebenso nicht sagen, wie ob es überhaupt einen Effekt hat. Wieder konzentriere ich mich auf das Mal und sofort ist die Wärme spürbar, die sich entwickelt. Zugleich merke ich aber auch, wie mir die Kräfte langsam schwinden. Meine Energie ist fast verbraucht, für Thea sollte es jedoch noch reichen.

Sie lässt ihren Kopf nach hinten fallen und ihre tiefen Atemzüge zeigen mir, dass sie die Wärme wahrnimmt. Ob es hilft, kann keiner sagen, zumindest scheint es ihr für den Moment gutzutun.

Dieses Mal spüre ich wieder etwas Neues. Mit dem habe ich nun echt nicht gerechnet. Ich übernehme den Schmerz von Thea. Mein Bein beginnt zu schmerzen, genau an derselben Stelle wie bei ihr. Automatisch ziehe ich die Hand weg, denn ich bin total erschöpft und der Schmerz, den ich übernommen habe, nimmt mir fast die Luft.

„Warum hörst du auf?", schaut mich Thea traurig an.

„Tut mir leid, ich kann nicht mehr", erwidere ich ohne ihr zu sagen, was ich gerade fühle.

„Du siehst auch so aus. Aber es war richtig gut. Ich habe keine Schmerzen mehr", freut sich Thea sichtlich.

„Ja, die habe ich jetzt", knurre ich vor mich hin und reibe meinen Oberschenkel, um den Schmerz irgendwie wieder loszuwerden oder zumindest zu mildern.

„Das ist nicht gut", sagt Thea mit brüchiger Stimme. „Das alles scheint zu viel für dich zu sein. Du musst dich unbedingt ausruhen", fährt sie fort und spricht mir aus dem Herzen.

„Das ist auch mein Plan", entfährt mir schwerfällig und ich mühe mich hoch.

Ich stehe auf wackeligen Beinen, als plötzlich das Licht flackert und dann ganz aus geht. Es ist stockdunkel und ich versuche, mich irgendwo festzuhalten. Meine Hand findet die Lehne des Sessels und ich habe zumindest wieder etwas Halt.

„Bleibt, wo ihr seid", hören wir Leon und genau das hatte ich auch vor und Thea käme allein sowieso nicht weit.

Während ich überlege, wo vielleicht eine Taschenlampe sein könnte oder eine Kerze, leuchtet Leons Handy auf. Das reicht aus, um uns zu orientieren, wo wir sind. Thea liegt wie vermutet noch auf der Couch und bewegt sich nicht ein Stück genau wie ich.

„Geh zurück bis zur Anbauwand", fordert mich Leon auf. Ich tu es ohne zu fragen warum, aber in dem Moment beginnt meine Hand schon wieder sich zu erwärmen. Es sind nur Sekunden und sie brennt. Lucas! Er muss hier sein. Hat er etwas damit zu tun, dass das Licht aus ist? Will er sich etwa so an mich anschleichen? Die Fragen bleiben in der Luft hängen, denn er taucht plötzlich neben Leon auf.

„Was machst du hier?", fährt Leon Lucas an.

„Ich wollte Amy sehen", stammelt Lucas.

„Ohne Licht? Warst du das?", hält Leon seinen Bruder am Arm fest, da er Anstalten macht auf mich zuzukommen. „Hast du versucht uns so zu überrumpeln und mich zu berühren?", frage ich ärgerlich, denn er scheint schon genauso hinterlistig wie Selor zu sein.

„Mach das Licht wieder an", schnauzt Leon los und zieht Lucas weiter von mir weg.

Lucas schaut ihn böse an, aber der Griff hält ihn vorerst zurück.

„Schon gut", kommt von Lucas und dann schließt er seine Augen. Er konzentriert sich auf etwas und uns wird klar, dass er sogar aus der Ferne den Hauptschalter in meinem Sicherungskasten bedienen kann. Mit viel Training lässt sich Telekinese gut anwenden. Nur Sekunden später ist das Licht wieder an und Lucas reißt sich von Leon los.

Jetzt sehe ich Lucas erst richtig. Ich habe ihn seit Tagen nicht gesehen und ich erkenne ihn kaum wieder. Er hat dunkle Augenringe und sieht irgendwie abgemagert aus. Was ist mit ihm passiert? Setzt ihn Selor so sehr zu? Was geht nur bei ihnen zu Hause ab? Will deshalb Leon bei uns übernachten?

„Bleib dort stehen", knurre ich Lucas in Gedanken an, denn ich habe meine Sprache bei seinem Anblick verloren und er spürt sofort die Drohung, die ich in die Worte gelegt habe.

„Ich habe dich so vermisst. Ich brauche dich", raunt er mir ebenfalls telepathisch zu.

„Aber du kannst mich doch nicht so hintergehen. Denkst du etwa, dass du so meine Liebe bekommst", sende ich ihm traurig zu, denn ich würde auch gerne, trotz aller Widrigkeiten, mit ihm zusammen sein.

„Wir können für immer vereint sein, wenn ...", beginnt er, hält dann jedoch inne.

„Du weißt, dass wir dazu sterben müssten."

„Selor hat gesagt, dass wir ein schönes Leben nach dem Tod hätten."

„Auf seiner Seite gibt es keine Liebe", halte ich dagegen, obwohl ich es nicht genau weiß.

„Aber hier können wir sie auch nicht leben."

„Selor ist gemein und hat nur seine eigenen Ziele vor Auge."

„Ich weiß, dass du ihn nicht magst."

„Er hat versucht, Thea umzubringen", blaffe ich ihn an.

„Woher willst du das wissen? Er wollte dich nur daran hindern ihr zu helfen."

„Hast du dich nie gefragt warum? Er hat den Unfall verursacht. Ich habe es in Leons Erinnerungen gesehen", fauche ich jetzt verärgert.

„Du hast was?"

„Könntet ihr vielleicht damit aufhören und ordentlich und laut miteinander reden", schallt Theas Stimme und unterbricht uns.

Ich atme tief durch und lass die Anspannung los, die sich durch das telepathische Gespräch aufgebaut hat. Lucas dagegen starrt erst Thea an und dann mich.

„Deshalb wollte Selor nicht, dass du ihr hilfst", platzt er heraus.

„Er hat wahrscheinlich vermutet oder gar gewusst, dass ich ihr durch mein Blut auch die Fähigkeiten übertrage und sie ebenfalls zu einer Sehenden wird", gebe ich zu.

„Er hat sie als Gefahr gesehen. Das wusste ich ja, und das er sie weg haben will, hat er mir sogar gesagt. Aber das er sie wirklich umbringen wollte?", sagt Lucas ungläubig.

„Das hat er und damit auch Leon in Gefahr gebracht. Er hat ja das Auto gefahren. Selor ist unberechenbar und wir müssen uns etwas einfallen lassen wie wir ihn loswerden", sage ich und werfe Lucas einen zornigen Blick zu.

„Es ist mein Engel. Wenn er verschwinden soll, Muss ich auch gehen", kommt verstört über meine Aussage von Lucas.

„Genau, ich bin dein Engel und du solltest dich langsam entscheiden, was du willst", geht Selor Lucas an, der plötzlich neben ihm steht.

„Ich werde mich nicht umbringen. Wenn ich gehe, dann nur mit Amy zusammen", kontert Lucas.

„Das bringst du ja auch nicht auf die Reihe. Also werde ich eben Amy allein zu mir holen", entgegnet Selor und kommt auf mich zu.

„Das wirst du nicht. Lass sie in Ruhe", schreit Lucas und versucht sich zwischen mir und Selor zu stellen. Aber es bleibt bei dem Versuch. Selor schnippt nur einmal mit dem Finger und Lucas fliegt durch den halben Raum. Leon ist sofort bei ihm und schaut mich mürrisch an. Er kann nicht eingreifen oder uns gar schützen, er kann nur beobachten wie wir irgendjemanden gegenüberstehen, der hier für alle eine Gefahr werden kann. Nur für ihn nicht, denn auf ihn hat er keinen Einfluss. Zumindest nicht jetzt und hier.

Ich gehe widerwillig zwei Schritte auf Selor zu, aber nur um Thea zu schützen, die sich zitternd in die Kissen auf der Couch drängt.

„Du gehörst mir", kommt drohend von Selor und all meine Aufmerksamkeit ist wieder bei ihm.

„Nein, ich gehöre niemanden! Nur die Liebe könnte Lucas und mich vereinen. Aber Liebe scheinst du nicht zu kennen", sage ich mit starker Stimme, weil ich Elea hinter mir spüre und sie mir Kraft gibt, die ich genau jetzt brauche. Sie scheint sich jedoch nicht zu zeigen, denn Selor reagiert nicht auf sie. Oder weiß er, dass sie nichts gegen ihn tun kann wie ich. Ich kann ihn nur mit einem sicheren Auftreten bedrängen, mehr nicht.

„Doch die kenne ich, aber vielleicht nicht so wie du. Ich kann sie dir aber gerne zeigen", flüstert Selor und ich kann mit seinen Worten nicht viel anfangen.

„Wie willst du das machen?", frage ich und runzel die Stirn.

„Komm du mit zu mir. Dir würde es an meiner Seite sehr gut gehen. Es wäre schön, so eine starke Frau als Gefährtin zu haben. Und ein paar Flügel würden dir sicher sehr gut stehen", grinst Selor süffisant und mir bleibt für einen Moment fast die Spucke weg. Habe ich richtig verstanden? Er will mich als Engel neben sich? Ich wäre dann wohl so etwas wie die Herrscherin der dunklen Seite. Wie kann er nur denken, dass ich mit zu ihm käme?

„Das kannst du vergessen", zische ich. „Ich dachte, du willst Lucas und mich zusammen", lege ich noch nach und riskiere einen kurzen Blick zu ihm. Er liegt immer noch am Boden, kann ihn jedoch nicht genau sehen, da Leon über ihm gebeugt ist.

„Ja, das war eigentlich der Plan", antwortet Selor nachdenklich.

„Da musst du eben noch warten. Wenn du ständig dazwischen gehst, Lucas zu irgendetwas zwingst und Intrigen spinnst, dann können wir uns nicht näher kommen und uns aufeinander einlassen", erkläre ich und lege zwar widerwillig, aber zu meinem Plan gehörend ein zartes Lächeln auf.

„Hm", kommt von Selor und es scheint, dass er sich das alles noch einmal überlegt. *„Ihr sollt noch etwas Zeit haben, aber denkt ja nicht, dass ihr mich austricksen könnt"*, warnt er uns. *„Ansonsten wirst du dann doch meine Gefährtin, egal wie du auf meine Seite kommst"*, wispert er mir zu.

„Niemals", kommt von mir und blitzartig hebe ich meine Hand, um Selor abzuwehren, der von einer Sekunde auf die andere seine eigenen Worte über den Haufen schmeißt und auf mich zukommt.

Ich kann nur hoffen, dass Elea mir jetzt hilft, aber so ist es nicht. Vertraut sie mir und der Kraft von meinem Mal? Kann das wirklich klappen? Ich denke eher nicht oder doch?

Ehe ich mich versehe, weicht Selor erschrocken zurück. Erst da merke ich, dass mein Mal brennt. Hat diese Hitze ihn zurückweichen lassen, oder die kleinen Blitze, die wieder aufgetaucht sind?

„Was soll das?", stiert mich Selor zornig an.

„Was war denn?", stelle ich mich dumm, kann aber ein Grinsen nicht verhindern.

„Das Mal", faucht er und zeigt auf meine Hand.

„Das habe ich von dir bekommen", entgegne ich ihm und es ist schon komisch, dass er mir selbst diese Waffe gegeben hat, die ich nun gegen ihn verwende.

„Das speit Feuer und Blitze." Selor verzieht vor Wut so sein Gesicht, dass es zu einer Grimasse wird.

„Sicher, das ist das Feuer der Liebe und die Blitze? Na ja, die hast du mit dem Megablitz selbst verursacht", grinse ich ihn an und mir wird gleichzeitig klar, warum es gerade jetzt so ist. Ich habe es nicht beabsichtigt, sondern es ist wegen Lucas. Er liegt am Boden und ich mache mir Sorgen um ihn. Und ich weiß, dass an dem, was ich gesagt habe, sogar etwas Wahres dran ist. In mir macht sich wirklich schon ein Funken Liebe breit und die Anziehungskraft wird immer stärker.

„Liebe, was ist schon Liebe? Eine reine Einbildung", stößt Selor hervor.

„Aber auf der baut sich doch dein Plan auf und wieder sind wir bei diesem Thema. Warum willst du dann, dass wir uns lieben?", frage ich verärgert und hebe erneut meine Hand. „Verzieh dich", schnaube ich noch zusätzlich zu der Geste.

„Leg ihm deine Hand auf, damit er wieder auf die Beine kommt. Das kannst du doch so gut", schnurrt Selor fast und ich zeige ihn jetzt echt einen Vogel.

„Das hättest du wohl gern."

„Ein Versuch war es wert. Ihr Menschen seid manchmal ziemlich einfach zu manipulieren", nuschelt er.

„Aber das klappt nicht bei mir", halte ich dagegen.

Nun schwingt er mit seinen Flügeln. Ein eiskalter Hauch schwebt durch mein Wohnzimmer und dann hat er sich wirklich davon gemacht. Er wird nicht weit sein und uns sicher beobachten, aber im Moment erwärmen Elea und Amia den Raum. Ich schaue in zwei Gesichter, die mich erstaunt und zufrieden zugleich ansehen. Sie haben nicht eingegriffen, weil sie sich sicher waren, dass ich das ganz allein schaffe. Und das habe ich auch und bin echt stolz auf mich. Aber es wird immer gefährlicher mit Selor und ich könnte mir vorstellen, das er das nächste Mal garantiert eine Antwort und Gegenreaktion auf mein Tun hat.

Diese Gedanken schiebe ich jedoch beiseite, sehe zu Thea, die einfach nur glücklich abwinkt, das Geschehen überlebt zu haben, und dann geh ich zu Lucas hinüber. Er sitzt inzwischen mit dem Rücken an der Wand.

„Du bist echt gut", sagt er leise und versucht aufzustehen. Leon hilft Lucas auf die Beine und ich sehe, dass ihm der Rücken zu schmerzen scheint.

„Ich würde dir ja gern helfen, aber du weißt schon", zucke ich mit den Schultern.

„Ich lege mir selbst die Hand auf", lächelt er verhalten.

„Das wird kaum funktionieren", erwidere ich, obwohl ich es besser weiß, denn bei mir selbst hatte es ja auch geholfen.

„Ich muss nur an dich denken und schon wird das Mal heiß. So hilfst du mir sozusagen indirekt", grinst er und seine Augen leuchten wieder und bringen mich fast um den Verstand. Ich muss mich zwingen, da stehenzubleiben, wo ich bin.

„Wir sollten gehen", kommt von Leon und greift seinem Bruder unter die Arme.

„Du wolltest doch hierbleiben", schaut Thea enttäuscht über die Lehne der Couch.

„Ich bringe Lucas nach Hause. So angeschlagen wie er ist, will ich ihn nicht allein lassen", antwortet Leon und lächelt Thea an.

„Du kannst jeder Zeit herkommen", zwinkere ich ihm zu und nicke in Richtung Thea.

„Ich auch?" Lucas neigt seinen Kopf zur Seite und schaut mich flehend an.

„Wenn du ihn nicht mitbringst und ganz normal durch die Tür kommst, dann ja", versuche ich zu scherzen.

„Das ist kaum möglich. Er klebt mir förmlich an den Fersen", entgegnet mir Lucas und lässt das Gesagte kurz im Raum stehen.

Dann bekomme ich doch noch ein zauberhaftes Lächeln von ihm, was über sein ganzes Gesicht strahlt und in mir Gefühle auslöst, die ich bis heute nicht kannte. Fast das Gleiche spielt sich zwischen Thea und Leon ab. Dann schließt sich hinter ihnen meine Haustür und ich schnappe merklich nach Luft. Wie kann ein Mann mir so dermaßen den Kopf verdrehen? Ist das wirklich Liebe? Fühlt sich das so an? Ich möchte mehr davon, aber es ist uns untersagt und wir können nichts dagegen tun. Oder doch?

Ich weiß es nicht und für heute habe ich auch keine Kraft und Energie mehr, mir darüber Gedanken zu machen.

Ich helfe Thea nach oben, wobei ich bemerke, dass die Schmerzen in meinem Bein weg sind und wahrscheinlich zu ihr zurückgewandert sind, denn sie humpelt wieder mehr.

Kaum einen fühlbaren Moment später liege ich auf dem Bett und meine Augenlider werden schwer. Mit der Gewissheit, das Elea und Amia über uns wachen, falle ich in einen tiefen und erholsamen Schlaf.

Kapitel 21

*D*ie Woche zieht sich und jeder Tag ist für mich ein Kampf. Ich muss Thea allein zu Hause lassen und ich kann nie sicher sein, dass Selor sich ihr nicht wieder nähert. Es ist zwar Amia bei ihr, aber sie kommt genauso wenig gegen Selor an wie Elea.

Thea sieht das nicht so verbissen. Sie hat den ganzen Tag zeit, ihre Fähigkeiten zu testen und zu lernen damit umzugehen. Sie beherrscht die Telekinese hervorragend, und das merke ich jedes Mal, wenn ich nach Hause komme. Stets ist irgendetwas verrückt oder umgestellt und sie hat immer nur ein Lächeln als Antwort.

Endlich ist Wochenende und ich habe während den Hausputz die Möbel wieder alle an ihren richtigen Ort gestellt. Am Mittag will Leon kommen und mit Thea einen kleinen Ausflug machen. Ihre Wunde ist fast verheilt, dank meiner Hilfe des Handauflegens, und kann so mit einer Krücke schon eine gute Strecke laufen.

„Können wir dich wirklich allein lassen?", fragt Thea und schmiegt sich an Leon.

„Ja klar, ich werde noch etwas im Garten Unkraut zupfen, Blumen verschneiden oder so", erwidere ich und mir ist klar, dass es damit nicht getan ist. Der Garten sieht echt überholungsbedürftig aus. Ich hatte die letzten Wochen weder die Zeit noch die Muse dazu, ihn in Ordnung zu bringen. Außerdem habe ich weniger Angst um mich, als um die beiden.

„Wir werden nicht zu lange unterwegs sein", kommt von Leon und dann sind sie auch schon weg.

Nun stehe ich mitten im Wohnzimmer und überlege, was ich jetzt tun könnte. Gartenarbeit? Wirklich? Ich habe dazu echt keine Lust und wollte die beiden damit nur sagen, dass ich sicher allein bleiben kann. Ich hole mir ein Glas Wasser und dann sitzt plötzlich Luna vor mir und wedelt aufgeregt mit ihrem Schwanz. Die zwei haben sie nicht mitgenommen und so muss ich mich jetzt um sie kümmern.

„Komm Luna, wir gehen in den Garten", sage ich zu ihr und öffne die Terrassentür. Sie flitzt sofort hinaus und tollt ausgelassen auf der Wiese herum. Sie kommt mit ihrem kleinen Ball im Maul zu mir und ich werfe ihn wieder weg. So geht es eine ganze Weile, bis sie sich erschöpft und den Tisch in den Schatten legt.

Jetzt hoffe ich, den Rest des Tages in Ruhe zu verbringen. Ich mach es mir bequem und beginne ein Buch zu lesen.

Total in der Geschichte vertieft, Luna schlafend zu meinen Füßen, höre ich es wie durch einen Nebel klingeln. Erst beim zweiten Mal lege ich das Buch beiseite und gehe zur Tür. Ich öffne sie und schrecke zurück. Vor meinen Augen erscheint ein riesiger Blumenstrauß. Ich muss mich auf die Zehenspitzen stellen, um zu sehen, wer eigentlich dahinter steht. Lucas!

„Darf ich dir die Blumen schenken?", grinst er mich an und seine leuchtenden Augen bringen mich durcheinander. Ich sollte verneinen und schleunigst die Tür wieder schließen, aber ich trete trotz der inneren Warnung ein Stück zur Seite.

„Komm doch rein", wispere ich ihn zu und erkenne mich selbst nicht.

„Möchtest du nicht erst einmal die Blumen nehmen?"

„Lege sie bitte in der Küche auf den Tisch", erwidere ich, denn ganz vernebelt bin ich nicht und will jegliche Berührung verhindern. Wenn es auch nur durch die Blumen ist.

„Gerne, du bist ja ziemlich vorsichtig", lacht Lucas und geht vor mir in die Küche. Dort legt er den Strauß auf den

Tisch und sieht mich verschmitzt an. „Ich wollte einfach nur mit dir reden. Hast du etwas Zeit für mich?", redet er weiter und ich versuche, ihm auf keinem Fall den Rücken zuzudrehen.

„Das können wir gerne machen", sage ich und stelle die Blumen in eine Vase. Sie sind wunderschön und der Duft der Blüten erfüllt den Raum. Lucas steht am Schrank gelehnt, die Hände in den Hosentaschen und beobachtet mich. Das er seine Hände versteckt ist ein gutes Zeichen für mich, dass er nicht vorhat mir zu schaden. Komisch ist nur, dass mein Mal nicht brennt, nur etwas kribbelt, aber dafür mein Herz ins stolpern kommt.

„Möchtest du etwas trinken?", frage ich ihn und unterbreche damit die knisternde Stimmung, die sich zwischen uns aufgebaut hat. „Ich habe jedoch kein Bier im Haus", lege ich schnell nach.

„Das muss auch nicht sein. Wenn du ein Glas Cola hast, bin ich zufrieden", zwinkert er mir zu und ich öffne eine Flasche.

„Lass uns nach draußen gehen", meine ich, schiebe ihm das Glas auf dem Tisch entgegen, wo er es ohne Kommentar nimmt. Dann laufen wir hintereinander durch das Wohnzimmer. Ich behalte ihn und seine Bewegungen stets im Blick. Im nächsten Moment kommt Luna um die Ecke geflitzt und ich warte darauf, dass sie Lucas sofort anknurrt. Aber ganz im Gegenteil sie wedelt wieder aufgeregt mit dem Schwanz und hüpft neben ihm her. Kaum hat er sich gesetzt, holt sie ihr Bällchen und will, dass er mit ihr spielt. Beruhigend schaue ich zu, denn es zeigt mir, dass er wahrscheinlich ganz von sich aus zu mir gekommen ist. Selor hat ihn nicht dazu gedrängt, aber er ist sicher in unserer Nähe und wartet auf einen Fehler von uns.

„Was treibt dich zu mir?", will ich wissen, nachdem Luna endlich wieder völlig platt ist und sich abermals in den Schatten verzogen hat.

„Die Liebe", lächelt er mich an und ich verdreh die Augen. Irgendwie stimmt es schon, aber er hätte es auch anders ausdrücken können. „Ich komme einfach nicht mehr klar", redet er weiter und nun klingt er sehr bedrückt. „Unser Leben wurde auf den Kopf gestellt, mir geht es da nicht anders", entgegne ich ihm.

„Ich mache Dinge, die ich oftmals nicht kontrollieren kann, und dann bring ich sogar Leon in Gefahr", murmelt er und fühlt sich mit seinem Tun schuldig.

„Du meinst die Fähigkeiten, die wir durch den Unfall haben?", frage ich vorsichtig nach, denn jetzt brauche ich keinen Ausbruch von ihm.

„Ja, du hast doch auch welche. Wie gehst du damit um?"

„Ich gebrauche sie kaum, höchstens zu Hause."

„Ich verwende sie auf Arbeit, das kann schon ein Vorteil sein, aber unsere Einrichtung gibt es fast nicht mehr."

„Wie meinst du das?"

„Na ja, ich habe beinahe alles zerstört. Was denkst du denn, warum Leon bei euch leben möchte", sagt er und senkt vor Scham seinen Kopf.

„Da ist aber auch noch Thea", will ich ihn aufmuntern.

„Wir haben fast keine Möbel mehr und ich kann dir nicht sagen wie und warum ich es gemacht habe", stammelt er vor sich hin und übergeht das Thema Thea.

„Das ist Selor. Er beeinflusst dich", versuche ich ihm die Schuld etwas zu nehmen.

„Du machst nur gute Sachen. Du hast ja auch einen anderen Engel", flüstert er, als hätte er Angst, dass Selor gleich auftaucht.

„Ich kann in meinem Beruf die Fähigkeiten nicht ausüben. Ich stehe voll in der Öffentlichkeit und Kinder sind da sehr aufmerksam auf das, was du tust. Ihr seid unter euch und somit meistens allein und da fällt es nicht so auf, wenn du es in deine Arbeit einbindest", versuche ich Lucas zu erklären.

„Stimmt, und Kinder sind da wirklich anders. Heißt es nicht auch, Kinder können Geister sehen", lacht Lucas und ich weiß nicht, ob er mich auf die Schippe nehmen will.

„So ist es. Das können die meisten, aber dann verlernen sie es wieder. Als Erwachsener hast du dafür keinen Sinn mehr. Kinder haben manchmal einen imaginären Freund und die Eltern tun das als Spinnerei ab. Nachdem was uns passiert ist, denk ich durchaus anders darüber und ich bin sehr vorsichtig irgendetwas vor den Kindern zu machen."

„Du denkst jetzt anders? Kannst du etwa Geister sehen?", wird Lucas ernst.

„Nein, kann ich nicht. Und ich möchte es auch nicht", wehre ich sofort ab.

„Warum nicht? Dann könntest du vielleicht noch einmal mit deinen Eltern reden?", fragt Lucas zaghaft.

„Gerade das möchte ich nicht. Ich weiß, dass es ihnen jetzt gut geht, wo auch immer sie sind", erwidere ich, mache eine abwehrende Handbewegung und will damit dieses Thema beenden.

„Hat dir das dein Engel gesagt?"

„Ja", knurre ich, weil ich einfach nicht darüber reden mag.

„Hast du Angst davor?"

„Wovor? Meine Eltern noch einmal zu sehen? Ja, habe ich", murre ich und schaue Lucas finster an. „Ich würde wahrscheinlich daran zugrunde gehen. Für mich ist das Thema abgeschlossen und es reicht, wenn ich bei jedem Gang auf dem Friedhof an das Unglück erinnert werde", rede ich weiter und muss mich bemühen, trotzdem die Ruhe zu bewahren.

„Schon gut, ich möchte dich nicht aufregen", beschwichtigt Lucas und knaupelt nervös an seinen Fingern herum.

„Was ist denn eigentlich mit deinen Eltern?", schlage ich einfach mal zurück, denn ich vermute, das auch sie gestorben sind.

„Die sind vor fünf Jahren ausgewandert", bekomme ich zur Antwort und schaue nicht schlecht.

„Wohin?", frage ich verdutzt.

„Nach Spanien. Sie wollten immer ihre Rente da verbringen und das machen sie jetzt. Wir haben das Haus bekommen und ich darf mir gar nicht vorstellen was sie sagen würden, wenn sie es in dem Zustand sehen würden", kommt abermals sehr bedrückt von Lucas.

„Das wird sich wieder ändern", sage ich, ohne zu wissen wie das gehen soll.

„Und wann? Wenn ich nicht mehr da bin, weil ich mich umgebracht habe und Leon es allein hat, oder die Engel wieder weg sind und wir zusammen dort leben können?" Ich muss erst einmal die Worte sortieren. Er nicht mehr da oder wir zusammen in seinem Haus. Keines von beiden steht zur Debatte.

„Wir können nicht zusammen sein, weder hier noch auf Selors Seite", flüstere ich, um ihn nicht gleich wieder auf den Plan zu rufen.

„Stimmt, und er will dich ja zur Gefährtin. Erst da habe ich ihn wirklich durchschaut. Von wegen wir werden uns bei ihm immer lieben können. Haben wir überhaupt eine Chance, da wieder herauszukommen?", fragt er und bemüht sich nun seinerseits ruhig zu bleiben.

„Schön das du es endlich erkannt hast. Wir müssen gemeinsam versuchen, einen Weg zu finden. Die Erfahrung von gestern mit meiner brennenden Hand ist der erste Schritt dahin. Man könnte damit vielleicht probieren, ihn dazu zu bringen uns freizulassen", denke ich laut und Lucas schaut mich mit offen stehenden Mund an.

„Ich hatte das nicht mitbekommen, aber Leon hat es mir erzählt. Ich glaube jedoch nicht, dass mein Mal etwas gegen ihn ausrichten könnte. Er ist mein Engel und was wäre, wenn ich selbst ihm schade? Kann man auch ohne leben?"

„Das müssen wir herausbekommen."

„Aber wie?"

„Mit meinem und Theas weißen Engel" nicke ich Lucas aufmunternd zu.

„Es sollte nur nicht mehr zu lange dauern, ich kann nämlich fast nicht mehr", sagt Lucas traurig und schaut mich auch so an.

Sein Blick trifft mich tief im Herzen und es fängt an zu bluten. Wie kann ich ihm nur helfen? Meine Beine zucken, als würde sie aufstehen wollen und die Hand versucht, über den Tisch zu greifen. Beides verhindere ich nur mit einem starken Willen, denn Lucas scheint es genauso zu gehen und er kommt mir schon fast zu nahe. Meine Augen hängen an seinen Lippen, die mich einladen ihn zu küssen. Ein Blitzen in seinen Augen, die sie noch mehr strahlen lassen, nimmt mir beinahe den Verstand. Meine Gefühle schreien, endlich befriedigt zu werden, und mich beschleicht ein Gedanke. Einmal! Nur einmal mit Lucas alles Vergessen und sich lieben. Wirklich nur einmal! Mein Blick geht immer wieder zwischen seinen Augen und den Lippen hin und her. Sämtliche Härchen stellen sich auf und mein Körper wird von einer wohligen Wärme durchflutet. Das stellt schon alles Erlebte in den Schatten. Ich hatte Beziehungen und dachte, ich wäre verliebt, aber das hier ist mit nichts vergleichbar. Ist das Liebe? Kann es wirklich so fesselnd sein? Es ist einfach unfassbar schön und ich will mehr. Jetzt! Sofort!

Die Vorstellung ist unbeschreiblich, aber ich bekomme plötzlich kaum noch Luft, da mein Herzschlag meinen Brustkorb zu sprengen droht. Ich spüre einen heftigen Windhauch und taumel zurück, wobei mir nicht einmal bewusst ist, dass ich aufgestanden bin.

„Seid ihr verrückt!", brüllt mich Elea an und ich begreife nicht gleich, was eigentlich passiert ist.

„Amy, alles in Ordnung", fragt Lucas, der mitten auf der Wiese liegt. Wie ist er denn dort hingekommen.

„Was machst du da?", stoße ich überrascht hervor und sehe Amia neben ihm stehen.

„Deine Engel haben uns gerade gerettet", stammelt er niedergeschlagen. Elea gibt mir mit einem Flügelschlag einen kleinen Schubs, der mich ebenfalls auf die Wiese drängt. In einem gewissen Abstand zu Lucas bleibe ich stehen und sehe, warum das Elea getan hat. In der Terrassentür ist Selor erschienen und seine Augen versprühen so viel Wut, dass sogar Elea und Amia vor ihm zurückweichen.

„Ach du Scheiße", murmelt Lucas und müht sich auf die Beine.

„*Du bist so was von nicht zu gebrauchen*", faucht Selor in unsere Richtung. „*Warum hast du nicht zugepackt. Sie stand genau vor dir*", flucht er weiter.

„Ich werde Amy nicht für dich mit in den Tod ziehen. Da kannst du machen, was du willst", schallt die Stimme von Lucas durch meinen Garten.

„*Ihr ward nur ein winziges Stück davon entfernt*", knurrt Selor. „*Aber die beiden guten Engelchen haben es ja wieder einmal verhindern können*", sagt er mit einer Grimasse, die uns seine tiefe Abscheu gegen Elea und Amia zeigt.

„Und ich bin glücklich darüber", schmeißt Lucas wütend seinem Engel entgegen und ich bin mir nicht sicher, ob er das wohl noch bereuen wird.

„*Du bist einfach zu blöd, eine Frau zu küssen*", wettert Selor und verschwindet zurück in mein Haus.

Was hat er vor? Ist er ganz verschwunden? Lucas folgt ihm, bleibt aber an der Tür abrupt stehen.

„Bist du wahnsinnig? Hör auf damit", schreit er in den Raum hinein und dann höre ich nur noch Gepolter.

Sofort wird mir klar, dass Selor mein Wohnzimmer verwüstet. Ich will natürlich eingreifen, aber Elea postiert sich vor mir.

„Mein Haus", wimmere ich und versuche, irgendwie an ihr vorbei zu kommen, erhalte jedoch keine Chance dazu.

„*Du kannst ihn nicht aufhalten*", hält sie mich zurück und wendet sich dann zu Lucas. „*Geh, und das sofort. Er wird dir garantiert folgen.*"

„Und was wird er mit Lucas machen?", frage ich entsetzt.

„*Darauf haben wir keinen Einfluss. Aber wir können ihn damit vielleicht von hier vertreiben*", kommt von Elea.

„Ich will das auch alles nicht mehr. Hätte ich doch den letzten Schritt gemacht", schluchze ich vor Angst um Lucas.

„*Das ist Unsinn. So darfst du nicht denken. Du würdest bei ihm nie diese Liebe erfahren*", rügt mich Elea. „*Warte hier*", fährt sie ernst fort und winkt Amia zu sich.

Zusammen schweben sie ins Haus und dann ist es plötzlich still. Zu still! Langsam bewege ich mich auf mein Haus zu. In der Terrassentür bleibe ich stehen und glaube nicht, was ich da sehe. Das Wohnzimmer ist praktisch zerlegt. Die Möbel sind zum größten Teil kaputt und nichts ist mehr an seinem Ort. Mir steigen die Tränen in die Augen und ich kann es einfach nicht fassen. Kurz zuvor hat uns die Liebe fast den Kopf verdreht und jetzt habe ich kein Wohnzimmer mehr. Mit einen verschwommenen Blick schaue ich mich um und bemerke, dass ich ganz allein bin. Alle sind weg. Lucas und Selor sowie auch Elea und Amia. Wo sind sie hin? Was ist mit Lucas? Ich wage einen Schritt nach innen, als Luna winselnd sich an meine Beine drückt. Ich nehme sie auf den Arm und vergrabe mein Gesicht in ihr weiches Fell. Ich weine und kann mich kaum beruhigen. Erst als mich Arme umschlingen komme ich wieder zu mir. Thea sieht mich ernst aber auch mitleidig an. Egal wie sie schaut, ich bin froh, dass sie da ist.

Kapitel 22

Mein Wohnzimmer bot einen schrecklichen Anblick. Nach dem ersten Schock habe ich mit Leon und Thea begonnen alles wieder so gut es ging, in Ordnung zu bringen. Das Sideboard hat einige Schrammen abbekommen, der Fernseher ist kaputt und die Couch mussten wir erst einmal wieder auf die Beine stellen. Der Stoff hat ein paar Risse, aber es wird noch seinen Dienst tun. Ich werde mir eine Neue kaufen, nachdem dieser Wahnsinn vorbei ist. Wer weiß was alles noch passiert und Selor vielleicht ein weiteres Mal seine Wut bei mir auslässt.

Seitdem ist wieder eine Woche vergangen, in der sich nichts Ungewöhnliches ereignet hat. Es ist schon komisch, an einem Tag überschlagen sich die Ereignisse und dann tagelang kein einziger Hinweis darauf, dass irgendetwas nicht stimmt.

Leon ist bei uns praktisch eingezogen. Ich habe ihm das zweite, aber winzige Gästezimmer hergerichtet, was für ihn jedoch absolut kein Problem ist. Er ist einfach glücklich, bei uns zu sein und den Unberechenbarkeiten seines Bruders weitgehend aus dem Weg gehen zu können. Arbeiten geht er jedoch weiterhin zusammen mit Lucas. Und da blieb ebenfalls seit Tagen alles im Rahmen. Lucas nutzt zwar seine Fähigkeiten, aber der Drang sich mir zu nähern hält sich in Grenzen. Mich beruhigt das jedoch nicht. Ich warte jeden Tag darauf, dass die nächste Katastrophe kommt.

Damit Thea wieder mit auf der Arbeit gehen kann und eine Regelmäßigkeit in unser Leben zurückkommt, habe ich jeden Abend für ein paar Minuten meine Hand auf Theas Wunde gelegt, und somit die Heilung beschleunigt. Die

Ärzte waren von der schnellen Genesung überrascht, aber wir haben natürlich die Wahrheit verschwiegen. Zudem dürfen wir weiterhin zusammen unsere Schichten machen und jeder ist darüber froh, denn wir sind im Kindergarten durchaus sicherer, als wenn einer allein zu Hause wäre. Außerdem lenken mich die Kinder von den schlechten Gedanken ab, aber wenn ich heimkomme, holen sie mich schneller ein, als mir lieb ist.

Thea hat mittlerweile auch eingesehen, dass uns die Fähigkeiten im Alltag nicht besonders helfen, denn wir können und dürfen sie außerhalb meines Hauses nicht anwenden. Das Einzige, was uns zu Gute kommt, wir spüren schnell Gefahren und können denen aus dem Weg gehen. Also übt Thea zu Hause ihre telekinetischen Fähigkeiten und sie wird immer besser. So kommt es schon mal dazu, dass ich nach etwas greifen will und sie es vor meinen Augen verschiebt oder es zu sich selbst teleportiert. Ich hole es mir jedoch schneller, als sie schauen kann zurück, denn mein Mal verstärkt die Anziehungskraft sowie das Abstoßen gegenüber Gegenständen. Am Anfang sahen wir das als Spiel, aber langsam wird es zu einem Wettkampf, wobei Thea leider ständig den Kürzeren zieht. So lenken wir uns gegenseitig ab und Spaß macht es auch. Was natürlich noch mehr ihre Aufmerksamkeit bedarf, ist das Hellsehen. Das wollte sie schon immer können und jetzt nutzt sie jede Gelegenheit, mir zu sagen was ich gleich tun werde. Ich versuche, es mit Gelassenheit zu nehmen, aber langsam komme ich, mich rundum beobachtet und durchleuchtet vor.

Heute habe ich mich auf einen ruhigen und gemütlichen Abend eingestellt, aber es soll anders kommen. Gerade als ich meinen neuen Fernseher anmachen will, erscheint Elea. Ich habe sie die letzten Tage ebenfalls nicht gesehen, was mich jedoch nicht nervös gemacht hat, weil ich weiß, dass sie stets bei mir ist.

Aber jetzt kommt auch Amia dazu und ich sehe ihnen an, dass sie uns etwas Wichtiges zu sagen haben. Thea sitzt ganz dicht bei mir und ich spüre, dass sie nicht so entspannt ist wie ich. Sie ist immer wieder aufgeregt, wenn sich die Engel zeigen.

„Es wird Zeit, dass wir Lucas aus den Fängen seines Engels befreien und ihr alle endlich wieder in Frieden leben könnt", sagt Amia und spricht mir aus dem Herzen.

„Wie soll das gehen, er ist doch viel zu stark", entgegnet Thea kopfschüttelnd.

„Wir haben uns mit dem Rat getroffen", beginnt nun Elea und ihre Stimme klingt ehrfürchtig.

„Was für einen Rat?", frage ich erstaunt, denn jetzt bekommen wir etwas zu hören, was wohl niemand anders erfahren würde.

„Das sind die oberen und ältesten Engel. Sie haben zudem schon alles gesehen und gehört und somit immer einen Rat oder gar eine Lösung", erklärt mir Elea und ihre Augen leuchten und zeigen mir den Stolz darauf, dass sie mit ihrem Anliegen bei ihnen vorsprechen durften.

„Können sie uns helfen?", will ich wissen und spüre innerlich schon meine Freiheit.

„Amia, gehst du bitte schauen, dass uns niemand belauscht", wendet sich Elea an Amia. Sie nickt darauf hin und schwebt nach draußen in meinen Garten und hält Ausschau. Nach wem ist uns klar und bedarf keinerlei Erklärung.

„Weiß der Rat etwas von schwarzen Engeln?", frage ich leise und schaue mich ebenfalls in meinem Wohnzimmer um.

„Sie wissen alles. Über eure Situation, die von Lucas und das wir uns ständig Selor erwehren müssen", antwortet Elea.

„Auch über unseren Unfall?",

„Ja, sie überwachen die Menschen und ihre zugeordneten Schutzengel. So wissen sie ebenfalls, wie

Lucas zu Selor gekommen ist ", hält Elea kurz inne und nach einem Blick zu Amia, redet sie weiter. *„Schwarze Engel sind sehr schwer, in die Schranken zu weisen. Nicht nur weil sie viel mehr Kräfte haben als wir, sie haben ihre eigenen Pläne und sind überaus hinterlistig und somit gefährlich."*

„Also kriegen wir ihn nicht los?", geht Thea zweifelnd dazwischen.

„Doch, da gibt es eine Möglichkeit, aber sie ist sehr riskant", meint Elea nachdenklich, als ob sie noch einmal überlegt, ob sie uns das zumuten kann.

„Risiko heißt momentan mein Leben. Also sag, was wir tun können", fordere ich Elea auf, die mögliche Lösung unseres Problems offenzulegen.

„Wir haben einen Plan, aber da ziehen wir eine weitere Person mit in das Geschehen hinein." Elea sagt das stockend und schaut dabei zu Leon. Er sitzt ganz ruhig neben Thea und hält ihre Hand. Er weiß, dass unsere Engel da sind, versteht jedoch nur die Hälfte.

„Es geht um Leon?", frage ich und augenblicklich wird er hellhörig.

„Redet ihr von mir?", stößt er hervor und ich kann nicht einschätzen, ob ihm das nur interessiert oder Angst macht.

„Ich denke, wir brauchen deine Hilfe", entgegne ich ihm und schaue dann wieder zu Elea. „Was muss Leon machen?", richte ich mich an sie.

„Ich will es mal so erklären", fängt Elea abermals an. *„Wir sind zwei weiße Schutzengel gegen einen schwarzen Engel. Unsere Kräfte reichen nicht aus, ihn dazu zu bringen, euch wieder freizugeben. Wir brauchen noch einen, um Selor zum Rückzug zu bewegen"*, erläutert sie und ich verstehe sofort.

„Aber wie soll das gehen? Leon kann doch nicht für unseren Plan ...", ich spreche es nicht aus, denn es ist für mich nicht akzeptabel.

„Er müsste nicht sterben, nur zu einen Sehenden werden", hält Thea dagegen und ich sehe, wie Leon die Farbe aus dem Gesicht weicht.

„Ich würde euch ja gerne helfen und ich liebe meinen Bruder sehr, aber für ihn an die Grenzen des Lebens zu gehen?", geht er dazwischen und verdreht die Augen. Damit will er seine nun doch aufgekommenen Angst verschleiern.

„Wir würden ihn nie in Gefahr bringen. Wir haben da schon eine andere Idee", sagt Elea schnell und fordert mich auf, ihm das zu sagen.

„Wie soll es dann gehen?", frage ich weiter, während Thea Leon versucht zu beruhigen.

„So wie bei Thea. Er bräuchte dein Blut, um seinen Engel auf den Plan kommen zu lassen", erklärt Elea ruhig und ich überlege schon wie wir das hinbekommen könnten.

„Hätte er dann auch die ganzen Fähigkeiten?", will Thea wissen und Leon ist sofort wieder aufmerksam bei der Sache.

„Die wären überhaupt nicht relevant für unseren Plan. Wir brauchen nur die Hilfe seines Engels", meint Elea ernst.

„Könnt ihr nicht einen anderen Engel darum bitten?", überlege ich laut, denn ich will Leon auf keinen Fall wegen mir schaden.

„Das geht nicht. Sie können nur in die Sachen von Menschen eingreifen, wenn sie involviert und von seinem Schützling, der seine Hilfe braucht, sichtbar sind", erläutert Elea.

„Kann Leons Engel denn nicht hier sein, ohne das er zum Sehenden wird?", will ich weiter wissen.

„Nein. Sein Engel kann nur mit diesen Bedingungen auf Erden helfen und direkt um euch kämpfen. Andere Auseinandersetzungen sind unter uns und die bekommt ihr gar nicht mit", erklärt Elea und fährt dann ernst fort. *„Eigentlich dürften wir auch nicht gemeinsam gegen Selor antreten, da wir nur bei unseren eigenen Schützling*

eingreifen dürfen, aber der Rat hat bei euch eine Ausnahme gemacht. Ihr solltet euch dessen bewusst und darüber glücklich sein. Also müsst ihr alles geben, damit der Plan gelingt", endet sie und bringt uns zum überlegen.

„Lassen wir mal beiseite, wie wir das machen wollen. Aber zu dritt hätten wir dann eine Chance gegen Selor?", frage ich daraufhin weiter und Elea nickt mir zu.

„Das ist unser Plan. Zu zweit könnten wir versuchen, mit ihm zu verhandeln, was sicherlich nicht klappen würde, aber zu dritt hätten wir die Macht, ihn in die Knie zu zwingen", sagt Elea sicher.

„Und wenn der Plan am Ende dann doch nach hinten losgeht?", halte ich immer noch dagegen.

„Das denke ich nicht", erwidert Elea.

„Vielleicht hat Leon auch einen schwarzen Engel. Was dann?", geht Thea dazwischen, die nebenbei damit beschäftigt ist, ihm alles weiterzugeben, was Elea von sich gibt.

„Nein, hat er nicht", kommt von Elea und mir ist klar, dass sie das schon in Erfahrung gebracht haben. *„Außerdem hätte der Rat uns dann nie eine Zustimmung gegeben. Sie würden niemals nur einen Engel aufs Spiel setzen"*, legt sie noch nach.

„Hat der Rat auch bedacht, dass Selor Lucas zu sich holen kann, anstatt sich uns zu beugen?" Es lässt mir einfach keine Ruhe, allem zuzustimmen und am Ende doch zu verlieren.

„Sollte das geschehen und Lucas wie auch immer sterben, werden drei Engel ihn vor dem Licht wiederholen. Und das kannst du mir glauben, ist ganz sicher. Denn an diesem Ort hat er die geringste Kraft, weil allein der Mensch über seinen Weg entscheidet, und das müsstest du ja am besten wissen. Ansonsten hättest du Lucas nie mit zurücknehmen können", hält Elea standhaft dagegen und nimmt mir etwas die Angst, Lucas zu verlieren und Leon mit in die Sache reingezogen zu haben.

„Also gut, aber wie soll Leon einer von uns werden?",
möchte ich nun genau wissen.

„Es ist erforderlich, dass er dein Blut bekommt, wie es bei Thea war", antwortet mir Elea.

„Wir können ihn doch nicht so verletzen, dass er eine Bluttransfusion bekommen muss", sagt Thea empört und Leon schüttelt abwehrend den Kopf.

„Nein, es müsste nur ein geringer Teil in seine Blutbahn kommen", schlichtet Elea.

„Da brauchen wir trotzdem jemanden dazu, der das kann", halte ich nochmals dagegen.

„Das könnt ihr selbst machen. Ihr werdet doch wohl eine Ader bei ihm finden", lächelt Elea.

„Ich nicht", platzt Thea heraus und mir ist klar, dass es wieder an mir hängen bleibt.

„Okay, ich könnte Spritzen aus der Apotheke holen", denke ich nach und unterdrücke die aufkommende Übelkeit, denn ich muss bei mir selbst zuerst das Blut abnehmen.

„Bist du sicher, dass du das machen willst?", fragt mich Thea stockend.

„Sie wird es schon schaffen", kommt plötzlich von Leon und nickt mir aufmunternd zu. „Zudem bekomme ich dann auch Fähigkeiten, finde ich echt cool", lacht er uns beide an.

„Also gut. Aber eins noch. Lucas darf absolut nichts davon erfahren. Wenn er etwas von diesem Plan erfährt, dann auch Selor", warnt uns Elea inständig.

„Leon wohnt doch hier und auf Arbeit darf er sich halt nichts anmerken lassen", erwidere ich und er bestätigt sofort meine Aussage.

„Es sollte nur noch wenig Zeit vergehen. Wir wollen Lucas nicht länger diesen Qualen durch Selor aussetzen", sagt Elea, redet aber gleich weiter. *„Da gibt es jedoch weiterhin etwas."*

„Was denn noch?", werde ich ungeduldig.

„Wenn alles gut läuft und ihr wieder frei seid, werdet ihr uns nicht weiter sehen können und die Fähigkeiten

werden ebenfalls weg sein. Ihr seid dann keine Sehenden mehr und lebt ein ganz normales Leben wie alle Menschen auch", erklärt Elea und wir schauen uns gegenseitig an. Niemand kann im Moment antworten, und ich selbst vermag nicht sagen, ob ich darauf verzichten möchte. Wenn jedoch nicht, dann bleibt mir nichts anderes übrig, als mit der Strafe von Selor weiterzuleben. Will ich das? Immer mit der Angst leben, sterben zu müssen und stets eine Liebe im Herzen zu tragen, die ich nicht zulassen darf. Ich werde nie mit Lucas zusammen sein, das ist sicher.

„Wir werden euch erst einmal allein lassen", unterbricht Elea meine Gedanken. *„Überlegt gut, wie und was ihr machen wollt, aber denkt daran, das Risiko das Lucas stirbt und Amy kein glückliches Leben mehr haben wird, ist riesengroß. Wir denken jedoch, dass ihr die richtige Entscheidung treffen werdet. Wir sind wie immer stets in eurer Nähe"*, spricht Elea ruhig und im nächsten Augenblick sind wir wieder allein.

Beide sind weg und uns hüllt eine unheimliche und erdrückende Stille ein.

Kapitel 23

*A*uch zehn Minuten später, sitzen wir immer noch wie erstarrt nebeneinander. Jeder ist in seinen Gedanken versunken und muss für sich entscheiden, wie es weitergehen soll.

Für mich stehen einige Fragen im Raum. Angefangen von dem Blut was wir übertragen sollen. Dabei ist es nötig, mir selbst welches abzunehmen. Schaffe ich das? Thea wird es auf keinen Fall tun, denn sie fällt bei dem kleinsten Tropfen Blut schon fast in Ohnmacht. Und wie bekommen wir es in Leon hinein? Ich weiß doch nicht, wie man eine Spritze setzt. Sollte er sich dafür entscheiden, muss ich mich unbedingt belesen. Ob es ausreicht, werde ich sehen, wenn er schreiend davon läuft.

Sollte trotz meiner Bedenken alles klappen, was ist in diesem Fall mit Lucas? Wird er dem Plan zustimmen? Oder ist Selor schneller als wir? Dann haben nur unsere Engel noch die Chance, ihn vor dem Licht abzuholen. Aber wie soll er dahin kommen? Was wird Selor mit ihm machen, dass er des Todes verurteilt ist? Und was ist, wenn wir ihn retten konnten?

Wir werden unsere Fähigkeiten verlieren, damit kann ich leben, aber auch das Mal wird weg sein. Das ist jedoch der Zugang zu unserer Liebe. Sie ist allein durch diese Male entstanden. Werden wir danach das Gleiche füreinander empfinden? Wird Lucas mich noch lieben, oder einfach aus meinem Leben verschwinden? Werden wir am Ende wie vor dem Unfall unbekannt nebeneinander einher weiterleben? Würde ich ihn noch lieben? Werden meine Gefühle für ihn bestehen bleiben?

Können mir die Engel oder der obere Rat diese Fragen beantworten?

„Das kannst du sie alles fragen, wenn wir uns entschieden haben", flüstert Thea mir ins Ohr und ich bin nicht einmal überrascht darüber, wie gut sie mir in den Kopf schauen kann.

„Ich will mein altes Leben, aber wird es auch so wie früher sein? Vielleicht werde ich trotzdem nie wieder glücklich, weil ich so eine tiefe Liebe niemals mehr wiederfinde", sage ich und meine Zweifel werde ich wohl mit wilden Gedanken nicht besiegen können.

„Warum sollst du nicht glücklich werden? Bist du es denn jetzt?", fragt Leon und trifft den richtigen Punkt.

„Nein, ich liebe Lucas, aber muss alles dagegen tun. Und nach dem Plan darf ich es vielleicht, und dann liebt er mich nicht mehr, weil die Anziehungskraft unserer Male verschwunden ist", erkläre ich den beiden und sie wissen genau, was ich für Bedenken habe.

„Er wäre echt dumm, wenn er es nicht mehr tun würde", grinst Leon, kann mich damit aber nicht recht aufmuntern.

„Du wirst es nicht wissen, wenn wir es nicht versuchen. Das Risiko müssen wir eingehen. Und sollte es wirklich dazu kommen, dann werde ich dir helfen, zurück in dein Leben zu finden und Lucas gegebenenfalls auch wieder zu vergessen", kommt sacht von Thea, hält ihren Kopf schräg zur Seite und wartet auf eine Antwort.

„Wenn er dich nicht mehr kennt, dann wird es bestimmt bei dir nicht anders sein", zuckt Leon mit seinen Schultern und fängt einen bösen Blick von Thea ein.

„Und wir kennen uns dann auch nicht mehr?", fährt sie ihn etwas forsch an.

„Wir haben uns doch ganz anders gefunden als die beiden", wispert er Thea zu und gibt ihr ein Küsschen, was sie aufkichern lässt.

„Ich glaube, wir sollten eine Nacht darüber schlafen. Mein Kopf ist vernebelt und so kann und will ich keine

Entscheidung treffen", sage ich, stehe auf und gehe ohne auf eine Antwort zu warten in die Küche. Ich brauche unbedingt etwas zu trinken, um wieder klar denken zu können.

„Amy, wir wollen noch etwas frische Luft schnappen", steht Thea einen Moment später neben mir und streicht sacht die Haare aus meinem gesenkten Gesicht. „Mach dir nicht so viele Gedanken Liebes, es wird alles wieder gut", fährt sie fort und ich kann ihr nur zunicken. Vielleicht hat sie recht, vielleicht aber auch nicht. Ich vermag es nicht einzuschätzen und für heute ist es genug.

„Passt auf euch auf", flüstere ich und bekomme ein Lächeln von ihr.

Als sie weg sind, gehe ich in den Garten. Frische Luft kann auch mir guttun. Ich setze mich mitten auf die Wiese und versuche, tief und gleichmäßig zu atmen. Luna ist augenblicklich bei mir. Sie kuschelt sich an meine Beine und ich fahre, ohne hinzusehen, durch ihr weiches Fell. Meine Augen schließen sich und ich genieße die Ruhe, die mich umgibt sowie die Wärme die von Luna ausgeht und durch meinen Körper wandert.

Ich weiß nicht, wie lange ich so dasitze, als Luna plötzlich aufheult und ins Haus rennt. Ich will ihr folgen, aber da bemerke ich, dass mein Mal fast glüht. Die Hitze hat sie wohl aufgeschreckt. Hoffentlich habe ich sie nicht verletzt. Ich kann mich jedoch jetzt nicht um sie kümmern, denn ich spüre Lucas, der in meiner Nähe sein muss. Wie erstarrt bleibe ich sitzen, ohne zu wissen, aus welcher Richtung er auf mich zukommt. Sollte es von hinten sein, habe ich schlechte Karten, denn dann kann er mich berühren und ich habe keine Möglichkeit zu reagieren. Aber warum ist es nicht zu schaffen, mich zu bewegen? Hat Selor etwas damit zu tun? Will er uns holen? Haben wir unsere Chance vertan, weil wir zu lange gewartet haben?

„Amy", höre ich hinter mir und versuche vergebens, nach ihm zu schauen.

183

„Lucas", sage ich, ohne mich nur einen Zentimeter zu rühren.

„Darf ich mich zu dir setzen?", fragt Lucas und ich bin erstaunt, dass er plötzlich vor mir steht und auf mich heruntersieht.

„Sicher", bekomme ich nur heraus und bin glücklich darüber, dass er es nicht gewagt hat, mich mit sich ins Unglück zu reißen.

„Was machst du hier allein mitten auf der Wiese?", lächelt er und verzaubert mich augenblicklich. Seine Augen leuchten trotz der dunklen Ringe darunter. Und seine Lippen laden mich wieder ein, etwas Verbotenes zu tun. Er setzt sich mir gegenüber im Schneidersitz hin und legt seine Hände auf seine Oberschenkel. Es sieht aus, als wäre er die Ruhe selbst.

„Ich genieße die Stille", antworte ich und muss dabei nicht einmal lügen. Trotz allem bin ich hellwach und beobachte jedes einzelne Zucken von ihm. Ich bin so auf Alarm gebürstet, dass ich die Schmerzen, die mir das Mal einbringt nicht merke. Aber es hält mich auch zurück und ich hoffe darauf, dass Lucas jetzt keine Dummheiten macht.

„Ich fühle mich verdammt einsam so allein zu Hause", kommt traurig von Lucas und er senkt verlegen darüber es zugegeben zu haben den Kopf.

„Würdest du nicht so ein Auftreten haben, das Leon sogar Angst vor dir hat, wäre er nicht bei mir und Thea", entgegne ich ihm vorsichtig, denn ich will ihn auf keinen Fall provozieren.

„Thea wohnt auch bei dir? Sie ist doch wieder gesund", schaut er mich verdutzt an.

„Wir beschützen uns gegenseitig und das geht nur, wenn wir zusammen wohnen. Außerdem wäre dann Leon ja nicht hier", meine ich und schaue ihn schief an, denn er scheint nicht mehr richtig denken zu können.

„Aber jetzt ist sie mit Leon unterwegs", hält er dagegen.

„Er wird schon gut auf sie aufpassen."

„Das hat man ja gesehen."

„Woher weißt du das eigentlich? Beobachtest du uns und hast darauf gewartet, dass ich allein bin?", frage ich skeptisch.

„Ich brauche dich nicht zu beobachten. Ich spüre es. Deine Angst, deine Freude, einfach alles", versucht er mir zu erklären. „Aber seit Theas Unfall und du sie gerettet hast, habe ich nur noch mehr Probleme", legt er weiter nach und sein Kampf dagegen sieht man ihm körperlich an. Seine Erscheinung ist von unwiderstehlich zu unbegreifbar miserabel gewechselt.

„Wieso du? Selor trachtet nach uns. Du bist nur Mittel zum Zweck", sage ich, trotz das ich ihm sein Unwohlsein ansehe.

„Ja, und das ist kaum noch auszuhalten", antwortet er so leise, dass ich ihn fast nicht verstehe.

„Deshalb bist du jetzt hier. Und was willst du tun? Mich mit dir reißen?", wage ich, auszusprechen ohne seine Reaktion vorhersehen zu können.

„Nein, dazu liebe ich dich zu sehr", wispert er mir zu und ich werde verlegen. Ich habe ihm etwas unterstellt, was für ihn nie in Frage käme.

„Warum dann?", will ich nun echt wissen, denn er versucht nicht die kleinste Annäherung.

„Ich wollte dich noch einmal sehen", flüstert er und ich verstehe im ersten Moment seine Worte nicht, aber ich sortiere sie schnell in meinem Kopf.

„Wenn wir weiterhin auf Abstand bleiben können, musst du nicht gehen", schlucke ich und spüre wie sehr er mit sich und seiner Entscheidung kämpft.

„Ich will es aber so nicht mehr. Ich will dich und weil das nicht möglich ist, werde ich dem ein Ende setzen", sagt er und bemüht sich, trotzdem die Ruhe zu bewahren.

„Das kannst du nicht machen", platze ich heraus und er bestätigt mir somit meine Gedanken. Dann wäre auch unser Plan sinnlos, was ich ihm jedoch keinesfalls sagen darf. Ich muss ihn unbedingt aufhalten. Aber wie? Und warum bin ich wieder allein mit ihm? Leon und Thea könnten mir bestimmt helfen.

„Zwingt dich Selor etwa dazu?", frage ich, denn ich will in jeder Hinsicht eine Möglichkeit bekommen, ihn noch ein paar Tage zurückzuhalten.

Ich habe meine Entscheidung genau jetzt getroffen und werde alles tun, dass Lucas bei uns bleibt, jedoch brauche ich dafür Zeit. Ich muss ihn aufhalten.

„Auch, aber ich habe einfach keine Kraft mehr", murmelt er und schaut sich um.

„Wir sind allein", kommt von mir, denn ich habe schon längst meine Antennen ausgefahren. Ich würde spüren, wenn die negative Energie von Selor in unserer Nähe wäre.

„Das kannst du nie wissen", schaut er mich verdutzt an.

„Ich fühle es, wenn er sich uns nähert und ansonsten kommt Elea dazu. Also wirst du es rechtzeitig erfahren", entgegne ich Lucas. „Aber hast du auch mal an mich gedacht? Wie soll ich denn mit diesem Mal alleine weiterleben?", rede ich einen Moment später weiter und bringe ihn zum überlegen.

„Es bringt aber auch nichts, dich mitzunehmen. Dann würdest du ihm gehören", seufzt er und ich spüre, wie ihm jedes Wort was er sagt, im Tiefsten schmerzt.

„Das kannst du nicht für mich entscheiden", sage ich und bin etwas sprachlos.

„Amy, ich liebe dich, aber kann dich hier nicht haben und da wo auch immer ebenso nicht. Was soll ich denn tun? Ich komme schon so selten zu dir, weil es mir stets fast das Herz zerreißt", kommt stockend jedes einzelne Wort von ihm.

„Mir geht es genauso, aber ich werde wohl deine Entscheidung akzeptieren müssen", sage ich leise und merke wie mir die Tränen in die Augen steigen.

„Dann sage mir, was ich tun soll", fordert er mich auf und auch seine Augen beginnen zu glänzen.

„Warte bitte ein paar Tage, ich muss das alles erst einmal sacken lassen. Ich weiß noch nicht wie ich damit umgehen soll, dass du auch über mein Leben entscheiden willst", kämpfe ich mit den Tränen.

„Egal ob heute oder in einer Woche, ich werde gehen, weiß nur noch nicht wie", erwidert er und ich erkenne eine kleine Chance die Zeit, die ich brauche, zu bekommen.

„Lass uns beiden zwei oder drei Tage und uns nächste Woche noch einmal darüber reden. Vielleicht habe ich bis dahin einen Weg gefunden, damit umzugehen", schlage ich ihm vor und er sieht ziellos an mir vorbei.

„Was für einen Weg willst du denn finden?", fragt er und seine Stimme hat sich irgendwie verändert. Habe ich mich etwa verraten? Oder ist Selor in ihm und ahnt, was ich vorhabe?

„Wie ich mein weiteres Leben mit der drohenden Last schaffen will", lenke ich wieder auf das ursprüngliche Thema und zeige gleichzeitig auf mein Mal, um das zu unterstreichen.

„Damit zu leben ist doch immer noch besser, als zu sterben", kontert er trocken und ich bin mir einfach nicht mehr sicher, wer mir hier gegenübersitzt.

„Ich glaube, du solltest jetzt gehen", sage ich deshalb, denn meine Sinne haben mich anscheinend im Stich gelassen und ich möchte jede Gefahr, die jetzt von ihm ausgehen könnte, umgehen.

„Wie du meinst", kommt von ihm und er steht auf. „Wir sehen uns", knurrt er und schaut finster von oben auf mich herab. Ich kann mich nicht erheben da meine Beine noch nicht das machen, was sie sollten.

Lucas oder wer auch immer verschwindet genauso unauffällig, wie er erschienen ist. Einen Ausgang aus meinem Garten gibt es nicht also muss er durch die Haustür gekommen sein. Wie er das gemacht hat, verstehe ich nicht, aber irgendeinen Weg hat er anscheinend gefunden, vielleicht hat er einen Zweitschlüssel, woher kann ich jedoch nicht sagen.

Sich darüber den Kopf zu zerbrechen ist zwecklos, denn momentan geht es nur noch ums blanke Überleben.

Kapitel 24

*I*ch höre wie durch einen Nebel hinter mir eine Tür zuschlagen. Dann erkenne ich Theas Lachen und atme tief durch. Es ist nicht Lucas, der seine Meinung geändert hat. Die beiden sind unversehrt wieder angekommen. Ein neues Auto habe ich noch nicht und so mussten sie laufen. Das Kino ist nicht weit weg von uns und ihre Ausgelassenheit zeigt mir, dass es ihnen Spaß gemacht hat. Trotzdem bin ich froh das sie wieder da sind und jetzt spüre ich, wie sich in mir eine ganz besondere Sicherheit ausbreitet, die ich habe, wenn wir drei zusammen sind. Wir haben in den letzten Tagen und Wochen zwischen uns ein Band gesponnen, was uns zusammenhält und beschützt. Nur bei Leon klappt es nicht so ganz, weil er unsere Fähigkeiten nicht hat, aber das wird sich wohl bald ändern, wenn auch nur für kurze Zeit.

„Amy, alles in Ordnung?", fragt Thea leise und legt von hinten ihre Arme um mich. Ich sitze immer noch auf der Wiese und die Abendsonne scheint mir ins Gesicht.

„Er war hier", flüstere ich und kann es kaum glauben, da wieder einmal heile herausgekommen zu sein. Ich blinzele der Sonne entgegen und vermisse trotz der Gefahr die Nähe von Lucas.

„Lucas?", kommt forsch von Leon.

„Ja, wir haben geredet", erwidere ich getäuscht emotionslos, damit sie meinen Herzschmerz nicht merken.

„Er ist dir nicht zu nahe gekommen", stellt Thea fest und sie sitzt nun ganz dicht neben mir.

„Dann wäre sie ja kaum noch da", schüttelt Leon wütend über seinen Bruder mit dem Kopf.

„Was hat er gewollt?", will Thea wissen und auch Leon schaut neugierig auf mich herunter.

„Er wollte mir nur sagen, dass er keine Kraft mehr hat und nicht mehr leben möchte", schlucke ich schwer bei diesen Worten, denn ich weiß nicht, ob ich ihn wirklich aufhalten konnte.

„Ich muss sofort zu ihm. Er kann nicht einfach Schluss machen", stammelt Leon.

„Nein, bleibe hier. Er wartet noch ein paar Tage", halte ich ihn auf.

„Bist du sicher?", hakt Leon nach.

„Man kann nie sicher sein, aber er hat mir versprochen mir ein paar Tage Zeit zu geben, damit ich mich auf mein weiteres Leben ohne Liebe vorbereiten kann", erkläre ich den beiden und mir wird automatisch angst und bange, wenn ich nur darüber nachdenke.

„Wird er sich daran halten?", fragt Thea mehr Leon als mich, denn er sollte seinen Bruder kennen.

„Normal kann man sich auf sein Wort verlassen. Aber momentan ist doch nichts normal", antwortet er und ich kann ihn innerlich nur zustimmen.

„Wir müssen den Plan schnellstens umsetzen", meint Thea ernst.

„Ja, aber wir haben keine Instrumente dafür und eine Apotheke hat nicht mehr auf. Es ist Sonnabend Nachmittag", stelle ich fest.

„Es gibt doch einen Bereitschaftsdienst", zuckt Leon mit den Schultern.

„Aber die werden Fragen stellen, warum wir genau jetzt Spritzen brauchen", sagt Thea und wir wissen sofort, was sie damit meint.

„Lasst mich überlegen", erwidere ich, stehe auf und gehe ins Haus. Plötzlich beschleicht mich eine Angst, die ich kaum greifen kann. Ich soll mir selbst Blut abnehmen und dann auch noch Leon die Spritze in eine Vene setzen. Schon der Gedanke daran nimmt mir die Luft. Ich gieße mir ein Glas Wasser ein und trinke es hastig, um der aufkommenden Übelkeit entgegenzuwirken. Ich kann das nicht! Thea muss das machen. Kann sie es? Wahrscheinlich nicht.

„Was überlegst du?", steht Thea plötzlich neben mir.

„Ich kann das nicht", antworte ich mit zitternder Stimme.

„Was kannst du nicht?", hakt sie nach.

„Das Blut abnehmen und es Leon spritzen."

„Und wie soll es dann gehen?"

„Du", kommt von mir und ich sehe sie eindringlich an.

„Niemals", schreckt sie wie erwartet zurück. „Auch wenn es hier hauptsächlich um dich geht, kann ich das ebenso nicht", legt sie nach und entschwindet ins Wohnzimmer.

„Und was wollen wir dann machen? Wir können niemand anders mit in die Sache reinziehen", sage ich vor Aufregung ziemlich laut, während ich ihr folge.

„Doch, ich wüsste da jemanden", geht Leon dazwischen, der anscheinend unserem Gespräch zugehört hat.

„Wem denn? Habt ihr es etwa einer weiteren Person erzählt?", drehe ich mich entsetzt zu ihm.

„Nein. Es ist meine Tante. Sie war damals auch im Krankenhaus, nachdem ich sie über den Unfall von Lucas angerufen habe", hebt er abwehrend die Hände, als hätte er Angst, dass ich auf ihn losgehe.

„Sie weiß also nichts von unserer Verbindung, geschweige davon, wie es Lucas jetzt geht und das wir Sehende sind?", hake ich hartnäckig nach.

„Nein, sie weiß wirklich nichts davon", bestätigt er nochmals.

„Und warum kann sie uns nun helfen?", unterbricht uns Thea.

„Sie ist Krankenschwester", sagt Leon und freut sich, nun endlich einmal etwas beitragen zu können.

„Hat sie das veränderte Verhalten von Lucas noch nicht bemerkt?", frage ich, denn ich bin von dem Ganzen nicht überzeugt.

„Sie hat nur meine Telefonnummer und ich rede meistens mit ihr. Ich gebe es Lucas nur, wenn er ohne jeglichen Einfluss mit ihr sprechen kann. Er weiß es und ist damit einverstanden. So konnten wir bis heute alles verheimlichen", erklärt uns Leon und gibt mir mit einer Geste zu verstehen, dass wir ihm glauben können.

„Können wir ihr vertrauen?", frage ich, möchte jedoch nicht respektlos wirken, aber ich muss eindeutig sicher sein.

„Sie kann schweigen und ich würde dafür sogar bürgen. Das ist für sie selbstverständlich als Krankenschwester", zuckt Leon irritiert mit den Schultern.

„Auch gegenüber euren Eltern? Familie ist etwas anderes als fremde Leute, die man vom Beruf her pflegt", bleibe ich hartnäckig.

„Ja, und am Ende hat sie doch keine Beweise mehr, um was zu erzählen. Dann ist alles wieder normal und wir können weiterleben wie vorher, oder?" Leon schaut mich mit seinen blauen Augen an und ich sehe plötzlich Lucas in ihnen. Sie strahlen genauso wie seine und zeigen mir, wie ähnlich sie sich sind. Sie sind mehr verbunden wie Thea und ich. Gleichzeitig spüre ich Vertrauen, das Lucas mir durch ihn übermittelt und ich kann es nur annehmen. Obwohl Leon kein Sehender ist und solch eine Fähigkeit mir nicht bekannt ist, geschweige das ich sie habe, hinterfrage ich mein Gespür nicht, denn dann müsste ich mich auch fragen, wann Lucas hier auftaucht und unseren Plan vereitelt. Oder will er uns auf Distanz sogar helfen und hat mir deswegen die Zeit gegeben? Aber wenn er alles weiß, was ist dann mit Selor? Oder hat Lucas gelernt, vor ihm seine Gedanken zu verbergen? Wir werden es erfahren und deshalb müssen wir uns beeilen.

„Wir wollen es hoffen", sage ich und versuche, mich wieder von seinen Augen und meinen Gedanken zu lösen. Sie halten zwar mein Unterbewusstsein wach und das bereitet mich darauf vor, sofort auf Angriff gehen zu können, aber garantiert nicht heute und nicht jetzt.

„Ich hoffe, sie hilft uns", murmelt Thea und zupft mich am Ärmel, weil ich wie weggetreten mitten im Zimmer stehe.

„Da bin ich mir sicher. Sie liebt uns und hat unseren Eltern versprochen, auf uns aufzupassen", versichert Leon.

„Denkst du, du kannst sie heute noch anrufen?", versuche ich, jetzt Druck aufzubauen, denn wir wissen nicht, ob Lucas die Nerven behält.

„Klar, mach ich. Wenn sie keinen Wochenenddienst hat, wird sie bestimmt sofort kommen", antwortet er und sucht dabei nach seinem Handy.

„Wo wohnt sie denn?", ist Thea neugierig.

„Sie müsste zwei Stunden mit dem Auto fahren. Aber wir geben ihr diese Adresse. Wenn sie unser Haus sieht, dreht sie vielleicht gleich wieder um", schaut mich Leon verlegen an.

„Das ist Okay, aber rufe sie doch erst einmal an", stimme ich zu.

Erschöpft lasse ich mich auf die Couch fallen und beobachte Leon, der zum Telefonieren nach draußen gegangen ist. Ein Lächeln zeigt mir, dass er anscheinend Erfolg hat.

„Seid ihr euch sicher, dass ihr das Richtige tut?", vernehme ich die liebliche Stimme von Amia.

„Ja, das tu ich, denn ich kann mir nicht selbst eine Spritze in den Arm jagen", antworte ich etwas forsch, aber ich habe mich entschieden, und auch keine Lust mehr darüber zu diskutieren.

„Jetzt müssen wir noch eine Person schützen", bekomme ich zu hören, aber bevor ich etwas dazu sagen kann, kommt Leon wieder in das Zimmer.

„Sie ist praktisch unterwegs", lächelt er uns an. „Sie hat frei und packt gleich ein paar Sachen zusammen. In etwa drei Stunden ist sie hier", redet er weiter.

„Du hast ihr meine Adresse gegeben?", hake ich nach und sehe das ernste Gesicht von Amia.

193

„Sicher", nickt mir Leon zu.

„Was für Sachen packt sie denn zusammen in einer Stunde? Sie soll doch nur ein oder zwei Tage bleiben", lacht Thea und übersieht den Mimikaustausch zwischen mir und Amia.

„Sie hat mal eine ganze Weile Hausbesuche getätigt und hat da so eine Tasche, wo einige Instrumente drin sind. Ich habe ihr gesagt, die soll sie mitbringen und ohne eine umfangreiche Kontrolle wird sie nicht kommen", entgegnet er Thea.

„Hat sie das nicht stutzig gemacht und gefragt, wofür du das brauchst?", schaue ich ihn nun doch wieder zweifelnd an.

„Ich habe da etwas gelogen im Zusammenhang mit dieser Adresse. Sonst hätte ja eine Frage die andere gejagt", sagt Leon und presst schuldig die Lippen zusammen.

„Hauptsache sie kommt und dann können wir ihr hier alles erklären", versuche ich ihm die Schuld zu nehmen und muss innerlich lächeln, denn ich hätte es bestimmt ebenso gemacht.

„*Du bleibst hier und ich werde diese Frau auf den Weg hierher unsichtbar begleiten*", sagt Elea, die genauso einen ernsten Blick aufgelegt hat, aber anscheinend mit unserem Vorhaben einverstanden ist. Ansonsten hätte sie schon längst eingegriffen. „*Ich brauche nur noch den Namen*", wendet sie sich direkt an mich.

„*Wie willst du sie denn beschützen? Du hast keinen Zugriff auf sie*", gibt Amia skeptisch von sich.

„*Ich werde ihren Engel suchen und um Hilfe bitten*", entgegnet Elea.

„*Noch einer, der am Ende alles weiß*", knurrt Amia und ist damit gar nicht einverstanden.

„*Ich muss es tun, sonst gewinnt Selor und wir verlieren unsere Schützlinge*", tritt Elea resolut Amia entgegen.

„*Dann tu, was du für richtig hältst. Ich versuche, hier die Stellung zu halten*", sagt Amia und senkt den Kopf, damit wir wahrscheinlich ihre innerliche Wut nicht sehen können.

„Wenn hier etwas passiert, bin ich da, denn auch er kann dann nicht an zwei Orten sein. " Das sind Eleas letzten Worte und sie sieht uns fragend an.

„Wie heißt eigentlich deine Tante?", fragt Thea Leon, die Eleas Blick sofort versteht und zwinkert mir gleichzeitig zu.

„Rosi, warum?"

„Weiter. Sie bekommt Schutz und frage jetzt nicht von wem", geht Thea ihn an.

„Berger", knurrt Leon und verdreht die Augen.

Kaum das Elea den Namen gehört hat, ist sie wieder verschwunden und geht wohl als Erstes auf die Suche nach Rosis Engel. Amia schwebt hin und her und beobachtet genaustens, mit was jeder von uns beschäftigt ist. Mich macht sie nervös, aber zum Glück bekommt Leon das nicht mit. Ganz im Gegenteil ist er erstaunlicherweise die Ruhe selbst.

„Ich werde oben das kleine Zimmer räumen, damit Rosi da schlafen kann", sagt er und ich schaue ihn anscheinend unverständlich an, denn er redet einfach weiter. „Ich werde hier unten auf der Couch bleiben, wenn du nichts dagegen hast", grinst er mich wieder an und ich kann ihm nicht widersprechen.

„Sollte sie es annehmen", nuschele ich, aber es steht außer Frage, dass sie in ein Hotel geht. Ich will sie unter Kontrolle haben genauso wie die Engel uns.

„Ich gehe mal nach oben", entgegnet mir Leon und ich bin sicher, dass er das mit Rosi schon geregelt hat.

Ein paar Minuten später folge ich ihm und hole noch einmal neues Bettzeug. Dann richte das Zimmer für den, uns sehr wichtigen Gast, ein.

Kapitel 25

*W*ir können es kaum beeinflussen was als Nächstes passiert und werden versuchen, die Ereignisse zu leiten, aber wer wann, wo und wie eingreift und ob es am Ende für uns gut ist oder nicht, ist nicht vorhersehbar. Wir müssen mit allem rechnen, ob zu unserem Vorteil oder schlechtestens zum Nachteil.

So sitze ich hier auf der Couch und habe all meine Sinne geschärft. Es wird nicht mehr lange dauern und die Tante von den Brüdern wird hier eintreffen.

In meinem Kopf geht alles drunter und drüber. Aber an einem bleibe ich immer wieder hängen. An Leons Augen und den Zugang, den sich Lucas ausgesucht hat. Kann er das wirklich? Dann sieht er genau, was wir machen. Aber er ist ja auch in der Lage meine Gefühle zu spüren und weiß angeblich, was ich wann tue, das hat er mir selbst gesagt. Weiß das eigentlich Selor? Ich denke nicht, ansonsten hätte er schon manchmal eher eingegriffen, aber dessen kann ich mir nicht sicher sein. Ich bin kurz davor die anderen zu warnen, dass vielleicht Selor auch mitbekommt, was wir vorhaben. Aber ich tu es nicht, denn ich selbst weiß nicht, wie ich mit seinen Fähigkeiten mir gegenüber umgehen soll und kann nur hoffen, dass Lucas sie unter Kontrolle hat.

Es klingelt an der Tür und ich springe auf. Leon und Thea sind draußen und haben es nicht mitbekommen. Also werde ich allein der fremden Frau gegenübertreten.

Vor mir steht eine ziemlich große und kräftige Frau, so wie ich es erwartet habe. Ein warmes Lächeln liegt auf ihren Lippen und die Augen strahlen ebenso blau wie die von den Brüdern. Das muss in der Familie liegen und auch hier spüre ich sofort, dass ich dieser Person absolut vertrauen kann.

„Hallo, ich bin Amy. Danke das Sie gekommen sind", begrüße ich sie und sie sieht mich aufmerksam an. Wie eben eine Krankenschwester, die gelernt hat, Gefühle zu lesen.

„Ich bin Rosi, aber das wissen Sie ja schon", lächelt sie ununterbrochen, schaut jedoch nun an meinem Haus hoch. „Warum hier? Was ist los mit meinen Jungs?", redet sie weiter und jetzt ist ihr Lächeln verschwunden.

„Kommen Sie doch bitte herein. Leon ist auch hier und wir werden Ihnen die Fragen alle beantworten", nicke ich Rosi zu und trete zur Seite.

Sie kommt der Aufforderung nach und stellt ihre Tasche auf der ersten Treppenstufe ab, die ins Obergeschoss führt. Ich zeige ihr den Weg und gerade als wir im Wohnzimmer sind, kommen Thea und Leon dazu. Er schaut Rosi an und ich kann nicht sagen, ob er sich freut oder die Verlegenheit überwiegt. Sie nimmt ihn jedoch in die Arme und drückt ihn an sich. Ihre Augen funkeln ihn an und übermitteln ihm, wie viele Fragen sie hat und das sie auf jede Einzelne eine Antwort haben will.

„Wo ist Lucas?", fragt sie Leon als Erstes und schaut sich im Zimmer um.

„Er ist nicht hier. Aber lass mich dir Thea vorstellen. Amy, ihr gehört dieses Haus hast du ja schon kennengelernt", entgegnet Leon und Thea legt ein zartes Lächeln auf und drückt Rosis Hand. Auch ihr ist ein gewisses Unbehagen anzumerken, aber wir alle drei werden gleich jemanden die Wahrheit sagen müssen und wir wissen nicht wie diese Frau darauf reagiert.

„Ja, das habe ich. Und Thea ist deine Freundin", stellt Rosi fest und ich muss mir das Grinsen verkneifen, denn sie bestätigt damit wie aufmerksam sie ist und Menschen sehr gut einschätzen kann.

197

„Ja, das bin ich", meint Thea, weil es Leon anscheinend die Sprache verschlagen hat, aber er müsste doch Rosi am besten kennen.

„Wir sollten uns setzen", unterbreche ich die Situation, wo jeder versteift dasteht, und auf irgendetwas wartet. „Darf ich Ihnen etwas zu Trinken anbieten?", lege ich nach und Rosi nickt mir dankend zu.

„Ein Wasser bitte, Alkohol würde wohl meine Sinne trüben und anscheinend brauche ich diese jetzt ganz besonders", lacht sie mich an, setzt sich auf die Couch und deutet Leon an, sich neben sie zu setzen. Ohne ein Wort tut er, was ihm befohlen wurde, und ich verschwinde erst einmal in die Küche.

„Bitte Ihr Wasser. Und Alkohol gibt es zwar in meinem Haus, aber nur für spezielle Anlässe", sage ich und reiche ihr das Glas.

„Ist es das nicht?", erwidert sie mir und nun werde auch ich unsicher. Rosi scheint uns zu durchschauen, bevor wir überhaupt was sagen können. „Ich möchte erst einmal etwas feststellen. Ich bin Rosi und das Sie können wir gerne weglassen", fügt sie hinzu und schaut uns mit ihren leuchtenden Augen an.

„Okay, ich bin also Amy", beginne ich und sofort legt Thea nach. „Und ich bin Thea."

„Prima, da wäre das auch geklärt", sagt sie und mustert uns aufmerksam. „Also warum hier und wo ist Lucas?", fragt sie ernst, lehnt sich zurück und verschränkt ihre Arme vor ihrer Brust.

„Ich weiß nicht, wo ich anfangen soll. Es geht hier um Lucas und Amy", stottert Leon und schaut verlegen und ängstlich zu Boden.

„Hm, weiter", fordert sie uns auf und ihr Blick wandert von Leon, wo sie wohl weiß, dass sie von ihm nicht mehr erfährt, zu Thea und bleibt letztendlich an mir hängen.

Ich sitze ihr gegenüber im Sessel, sehe in ihre fordernden Augen und atme tief durch. Ich sollte ganz am

Anfang beginnen, denn schon da hat sie nicht die gesamte Wahrheit erfahren, obwohl sie an Lucas Bett war und ihre Hilfe angeboten hatte. Ich versuche nichts zu vergessen und erzähle nicht nur von Lucas, sondern auch von mir und Thea, verschweige jedoch vorerst, dass Lucas nahe dran ist sich umzubringen und wir praktisch keine Zeit mehr haben. Ich rede leise und überlege mir jedes Wort, wobei ich stets die Mimik von Rosi beobachte, aber da tut sich nichts. Ich kann nur ihre große Aufmerksamkeit spüren und das sie alles in sich aufsaugt. Sie unterbricht mich nicht einmal, und so kann ich ihr das bis heute Geschehene ohne Bedenken erzählen.

Ich ende damit, dass wir sie für unseren Plan benötigen und ich glaube, ohne das ich schon etwas Spezielles gesagt habe, weiß sie worum wir sie beten werden. Langsam schließt sich Rosis offen stehender Mund. Nach einem Schluck Wasser wendet sie sich an Leon. „Und eure Eltern wissen bis jetzt ebenfalls nichts von alle dem?"

„Nein, und du darfst ihnen auch nichts sagen. Es wäre nur eine unnötige Aufregung, denn wenn alles klappt, dann ist praktisch kein bisschen passiert", fleht Leo Rosi an.

„In Ordnung, ich werde es nicht tun", beschwichtigt sie Leon, überlegt kurz und redet weiter. „Ihr seid also sogenannte Sehende und wollt es nicht mehr sein", stellt Rosi nun fest und schaut in die Runde.

„Das wir Sehende sind, ist nicht das Problem, sondern das", erwidere ich und zeige ihr nun mein Mal.

„Das hat Lucas auch. Ich habe es im Krankenhaus gesehen und gedacht das es die Austrittswunde des Blitzes war", bleibt Rosi ganz ruhig.

„Das dachte ich am Anfang auch, aber das Mal verbindet mich mit Lucas und es kann uns umbringen", sage ich und sehe ihr an wie sie alles in ihrem Kopf kombiniert.

„Ihr wisst schon, dass ihr euch hättet viel eher an mich wenden können. Ihr habt gar keine Ahnung, was ich alles in meinem Leben und meinem Beruf bereits erlebt und gesehen habe, mich kann nichts mehr schocken", bekräftigt sie ernst. Dabei greift sie Leon am Kinn und schaut ihm tief in die Augen.

„Ja, das wissen wir, aber dann wärst du auch in Gefahr gewesen, so wie Thea", nuschelt Leon, weil sein Kiefer zusammengedrückt wird.

„Und bin ich es jetzt etwa nicht?", wirft sie Leon entgegen.

„In gewisser Weise ja, aber wir werden gut auf dich aufpassen. Und wenn du uns hilfst, dann haben wir drei Engel an unserer Seite", gehe ich dazwischen und sie lässt ihre Hand wieder sinken.

„Und wie genau wollt ihr an einen weiteren Engel kommen?", fragt sie und wendet sich nun mir ganz zu.

„Unser Plan ist, dass wir durch mein Blut Leon ebenso zu einem Sehenden machen", antworte ich leise und schau mich noch einmal um. Ich sehe Elea draußen auf der Wiese schweben, lass es mir aber nicht anmerken. Ich bin mir sicher, dass wir reden können, denn Amia kann auch nicht weit weg sein.

„Thea ist durch dein Blut so geworden, wenn ich das richtig verstanden habe", schlussfolgert sie aus meiner Erzählung und ich nicke ihr bestätigend zu. „Dann müsste also Leon ebenso dein Blut bekommen", beendet sie ihre Gedanken.

„Genau so ist es", murmele ich.

„Und keine von euch traut es sich zu, es selbst zu machen", lächelt sie mich an.

„Auf keinen Fall", sagt Thea energisch.

„Ich wollte es erst machen, aber jetzt glaube ich, dass ich es doch nicht schaffe. Und wir haben keine Zeit mehr", kommt von mir und ich kann wohl meine innere Aufregung nicht ganz verbergen.

„Da ist doch noch etwas. Ich merke es dir an", beginnt sie und mustert mich. „Eure Liebe dürft ihr nicht ausleben, also muss das Mal weg, was euch daran hindert. Aber warum haben wir keine Zeit mehr?", fragt Rosi und ich finde kaum noch einen Weg, ihr auszuweichen.

„Amy", schüttelt Leon mit dem Kopf und bekommt sofort einen Schubs von der Seite.

„Lucas kann damit nicht mehr leben. Selor beeinflusst ihn zusätzlich negativ und wenn er ihn zu sich nehmen würde, bleibe ich zurück. Ich würde ein Leben lang das Mal behalten und nie wieder eine Liebe finden", erkläre ich Rosi und sie schnappt sichtlich nach Luft.

„Dieser Schutzengel bestraft euch also beide und kein Weg hätte einen Sinn, außer Lucas würde von ihn befreit werden", überlegt Rosi laut und sehr intensiv. Zudem sehe ich ihre Sorge um Lucas in ihren Augen. Sie sind plötzlich trüb geworden und strahlen Schmerz aus.

„Ja, und dazu brauchen wir den dritten Engel. Selor ist zu stark für unsere beiden", sagt jetzt Thea und schaut mich ängstlich an.

„Deshalb sollte ich meine spezielle Tasche mitbringen", wendet sie sich an Leon und dieser zuckt nur mit den Schultern. „Ich soll dir Amy Blut abnehmen und es Leon spritzen. Verstehe ich das richtig?", fragt sie und wir alle drei nicken gleichzeitig und lösen wieder ein kleines Lächeln bei Rosi aus.

„Wenn dir die Durchführung überhaupt erlaubt ist", zweifelt Leon plötzlich.

„Warum hast du mich dann angerufen?", kufft sie ihm nochmals in die Seite. „Darf dieser Selor das mit euch machen? Der hat doch auch keinen gefragt und um eine Erlaubnis gebeten, oder? Ich hoffe, ihr könnt ihn durch meine Hilfe so richtig in den Hintern treten", meint sie und lacht, wobei wir wirklich voller Hoffnung mit einstimmen.

„Also machst du es?", hakt Leon nach.

„Ja, und wenn ihr ehrlicher gewesen wärt, hätten wir das Problem vielleicht schon längst geklärt", bekräftigt Rosi noch einmal. „Okay, ich würde es noch heute Abend machen, denn ihr werdet dadurch geschwächt sein. Dann schlaft ihr eine Nacht drüber, Erholung danach ist wichtig", redet sie weiter und steht auf.

„Prima, was sollen wir tun?", fragt Leon und springt ebenfalls auf.

„Ihr holt euch beide ein Glas Wasser, das braucht euer Körper, um sich zu regenerieren, und ich hole meine Tasche." Mit diesen Worten verlässt sie den Raum und ist kurz darauf schon wieder da. Sie öffnet die Tasche und ich erblicke unzählige Spritzen, Ampullen und jede Menge Verbandsmaterial.

Ich sitze einfach da und bin erstaunt über diese resolute Frau. Währenddessen hat Thea zwei Gläser und eine Flasche Wasser geholt. Ich komme erst aus meiner Trance heraus, in die ich gefallen bin und mir das Leben nach all dem schon einmal ausmale, als Thea mir ein gefülltes Glas unter die Nase hält.

„Wie viel soll ich abnehmen?", fragt Rosi, während sie die unterschiedlichen Reagenzröhrchen auf den Tisch legt.

„So viel, wie es möglich ist, ohne das es uns schadet", bin ich wieder voll bei der Sache und zucke kurz mit den Schultern, denn die Menge, die sie mir im Krankenhaus abgenommen haben, ist mit hier nicht zu vergleichen. Damals musste es das Leben von Thea retten, heute soll sich nur mein Blut, mit dem von Leon mischen.

„Gut, zehn Milliliter werden bestimmt zu minimal sein, um sich zu vermischen. Also nehmen wir mal ein großes Röhrchen. Hundert werden wohl reichen und ist immer noch weniger als bei einer Blutspende", erklärt sie und ich hoffe, sie hat es richtig eingeschätzt.

„Wie viel wird denn bei einer Spende entnommen?", will Leon wissen und beobachtet Rosi wie sie jetzt die Kanülen herausholt.

„Da sind es bis zu fünfhundert Milliliter", antwortet sie und redet gleich weiter. „Wir können natürlich mehr abnehmen. Bei einer solchen Blutspende passiert den

Menschen ja auch nichts. Aber ich denke, das reicht aus. Nur Ruhe braucht es danach."

„Dann machen wir hundert Milliliter. Im Krankenhaus war es viel mehr", bemerke ich und krempel mir schon den Ärmel hoch.

Leon hat sich ebenfalls wieder gesetzt und seine Farbe ist aus dem Gesicht gewichen. Er presst seine Lippen zusammen und ich fühle seine Angst, schon bevor er beginnt leicht zu zittern. Thea hat es anscheinend auch gespürt, denn sie setzt sich neben ihn und legt beruhigend ihren Arm um ihn.

„Männer haben immer Angst vor Spritzen", kichert sie, gibt Leon aber gleich ein Küsschen, damit er es sich nicht noch anders überlegt.

Dann geht es los. Rosi setzt bei mir die Kanüle und kurz darauf läuft mein Blut schon in das Reagenzröhrchen. Ich habe das Setzen der Spritze nicht im Geringsten gemerkt und lächele, aufmuntert zu Leon hinüber. Er verdreht nur die Augen und wendet den Blick von dem Röhrchen, was sich stetig füllt, ab. Nach wenigen Minuten ist Leon dran. Rosi führt ihm ganz langsam mein Blut zu und am Ende lächelt er ebenfalls wieder.

„So, jetzt ist Ausruhen angesagt. Besser noch ihr legt euch schlafen", meint Rosi resolut, während sie alles zurück in ihre Tasche räumt.

„Und wenn es uns irgendwann nachts schlecht geht?", murmelt Leon.

„Ich werde hier nur etwas ruhen und wie jede Krankenschwester, die ganze Nacht über euch wachen", erwidert sie und will uns aus dem Zimmer scheuchen.

„Du schläfst oben in meinem kleinen Gästezimmer. Leon bleibt hier unten", sage ich und ziehe Rosi hinter mir her die Treppe hinauf.

„Solche Umstände ...", beginnt Rosi.

„Die hast du wegen uns und nicht andersrum", unterbreche ich sie und zeige ihr den Schlafplatz.

„Na, dann bis morgen früh. Und wenn was ist, ruft ihr nach mir", meint sie und freut sich wahrscheinlich über ein richtiges Bett und nicht eine Couch. „Ach, und bevor ich wieder fahre, will ich auch noch etwas von euren Fähigkeiten sehen, ehe sie verschwinden", legt sie nach und macht mit einem Grinsen die Tür zu.

„Aber sicher", kommt von mir und dann liege ich auch im Bett. Der Tag war lang und verdammt anstrengend. Es ist so viel passiert, dass ich es im Schlaf vielleicht gar nicht schaffe, alles zu verarbeiten. Darüber zerbreche ich mir jetzt jedoch nicht mehr den Kopf. Sowie ich diesen auf das Kissen lege, bin ich praktisch schon eingeschlafen.

Kapitel 26

*M*ir ist warm und ich schiebe im Schlaf die Bettdecke weg. Aber es bringt nicht viel ganz im Gegenteil, meine Wange brennt wie Feuer. Ich spüre, wie Lucas immer näher kommt und mir sein Atem entgegenschlägt. Er legt seine Hand auf mein Gesicht und augenblicklich rast ein unbeschreiblicher Schmerz durch meinen Kopf und er droht zu explodieren. Warum tut er das? Was will er hier? Haben meine Worte bei ihm nichts bewirkt? Mein Unterbewusstsein wehrt sich jedoch dagegen zu sterben, geschweige den Traum zu realisieren, und reißt mich aus dem Schlaf.

Plötzlich sitze ich putzmunter im Bett und ziehe mir die Decke wieder über den Körper. Die Hitze an meiner Wange ist weg, aber meine Hand brennt lichterloh.

Ich zittere und versuche, hektisch etwas im Zimmer zu erkennen. Meine Augen müssen sich an das Dunkel der Nacht gewöhnen und bis dahin beschleicht mich die Angst, dass Lucas wirklich bei mir ist. Der Mond spendet nur wenig Licht, aber langsam kann ich alles abchecken. Ich bin allein, meine Hand sagt mir jedoch etwas anderes. Vorsichtig tappe ich zum Fenster und schaue hinunter auf die Straße. Da sehe ich Lucas aber auch nicht. Was ist hier nur los?

„Lucas wo bist du?", frage ich in meinem Kopf und versuche es ihm zu senden.

„Zu Hause", höre ich, kann es aber nicht glauben.

„Bist du in meiner Nähe? Sag mir bitte die Wahrheit", fordere ich ihn energisch auf und drehe mich nochmals im Kreis nur, um zu sehen, dass er nicht wirklich hinter mir steht.

„Nein, nur ein paar Häuser entfernt, aber meine Sehnsucht scheint bis zu dir zu reichen", antwortet er und ich höre eine tiefe Traurigkeit in seinen Worten.

„Meine Hand brennt wie Feuer und das auf so einer Entfernung?", frage ich fast mich selbst, aber die Verbindung besteht immer noch.

„Meine auch und da siehst du, wie sehr ich dich mag. Ich kann an nichts anderes mehr denken, als dich in die Arme nehmen zu dürfen", seine Stimme klingt verzweifelt.

„Mir geht es doch genauso, aber wir müssen noch etwas warten", versuche ich ihn zu beschwichtigen und mich selbst zu beruhigen. Mein Herz rast und in mir macht sich ebenso die Sehnsucht breit.

„Auf was warten? Das wir zusammen sterben oder ich dich allein mit einem Fluch zurücklasse?", fragt er ernst und ich suche nach einer Möglichkeit, ihm zu sagen, dass er noch ein paar Tage aushalten muss.

„Wir werden nicht sterben", sende ich ihn nur kurz.

„Und was passiert dann? Ich kann so nicht leben und das habe ich dir auch schon gesagt", kommt fast bockig von ihm.

„Bitte vertraue mir. Du musst durchhalten", flehe ich ihn an.

„Vertrauen ist gut. Das habe ich, aber was soll noch auf uns zukommen?", hakt er hartnäckig nach.

„Du wirst es bald erfahren", halte ich eisern dagegen.

„Okay, ich werde es versuchen, aber ob ich es schaffe, kann nicht versprechen", sagt er und dann ist kurz Stille, die mich unruhig macht. „Wir sollten aufhören. Ich glaube, ich bin nicht mehr allein. Ich werde mich anstrengen, nicht immerzu so intensiv an dich zu denken, damit du schlafen kannst", fährt er fort und ich kann nur hoffen, dass Selor unser Gespräch nicht mitbekommen hat. Er könnte sich sicher einen Reim darauf machen und den Plan vernichten, bevor wir eine Chance haben ihn auszuführen, obwohl wir schon damit angefangen haben.

„Schlaf gut", sind die letzten Worte, die ich sende, und dann verschwindet auch der Schmerz. Meine Hand fühlt sich wieder ganz normal an und das Zittern meines Körpers lässt allmählich nach. Trotzdem kuschel ich mich ins Bett und ziehe mir die Bettdecke fast über den Kopf, um mich vor Selor zu verstecken oder nur um die Gedanken an ihn und Lucas zu verdrängen. Beides gelingt mir erstaunlich schnell und ich schlummer wieder ein. Erst am Morgen werde ich merken, dass ich nichts Weiteres geträumt habe. Ich hatte einen tiefen und erholsamen Schlaf.

Ich liege im Bett und die ersten Sonnenstrahlen kitzeln mein Gesicht. Aber sogleich machen sich wieder Fragen in meinem Kopf breit.

Hat Leon die Nacht gut überstanden? Wie lange wird es dauern, bis mein Blut bei ihm wirkt? Wird es überhaupt anschlagen, oder war die Menge zu wenig? Müssen wir es noch einmal probieren? Und wenn alles geklappt hat, wie wird sein Engel aussehen? Wird er zusammen mit Elea und Amia Selor bezwingen können? Ich suche nach Antworten, bekomme sie aber noch nicht, stattdessen spüre ich, dass jemand auf dem Bett sitzt, und ich schlage ängstlich die Augen auf. Es ist Rosi und sie lächelt mich an.

„Alles in Ordnung?", fragt sie leise und fühlt nach meinem Puls.

„Ja, und ich habe auch gut geschlafen", antworte ich, verschweige jedoch das Erlebte dieser Nacht.

„Dein Puls ist etwas schnell", kommt von Rosi und sie schaut mich intensiv an.

„Ich bin nur aufgeregt, weil ich nicht weiß, was alles auf uns zukommt", sage ich und schiebe es darauf, was ich außerhalb oder zusätzlich zu meinem Traum erlebt habe. Aber Rosi scheint es zu reichen, denn sie nickt mir zu und tätschelt meine Hand.

„Das glaube ich dir und das, was ich vorhin gesehen habe, macht das alles nicht leichter", grinst sie mich an und ich kann ihr nicht folgen.

„Was?", bekomme ich nur heraus und hoffe, dass Lucas nicht hier aufgetaucht ist.

„Leon übt schon seine Fähigkeiten", lacht sie und ich bin erstaunt, dass es so schnell gewirkt hat.

„Wir gehen hinunter", sage ich, stehe auf und werfe mir meinen Morgenmantel über. „Aber leise, denn ich will etwas ausprobieren", fahre ich fort und für Rosi ist das anscheinend alles spannend und macht deshalb auch das, was ich ihr sage.

Langsam gehe ich die Treppe hinunter und husche fast lautlos in die Küche. Rosi folgt mir wie ein Schatten und ist ebenso geräuschlos. Jetzt lunsche ich um die Ecke und beobachte Leon. Seine Hände wirbeln durch die Luft und der Couchtisch bewegt sich hin und her. Zu meinem Erstaunen lässt er sogar die Blumenvase schweben und ich kann nur hoffen, dass er alles unter Kontrolle hat, denn ich möchte sie nicht missen. Thea schaut plötzlich zu mir und ich bitte sie mit einer Geste den Mund zu halten. Sie scheint mich gespürt zu haben und dreht sich zurück zu Leon. Er hat das Feinfühlige wahrscheinlich nicht ausgebildet und so versuche ich etwas anderes. Ich warte, bis meine Vase wieder auf dem Tisch steht und dann konzentriere ich mich auf ihn.

„Wenn du das noch einmal tust und die Vase kaputt geht, kannst du was erleben", sende ich ihm und Leon erstarrt in seinen Bewegungen. „Hast du mich verstanden?", lege ich scharf nach und nun führt er seine Hände an die Schläfen und beginnt zu reiben. Bekommt er etwa Kopfschmerzen von der Telepathie, oder versteht er gar nicht, was mit ihm passiert?

„Die Nacht hast du anscheinend gut überstanden und die Telekinese kannst du prima, aber auch mit mir reden?", mache ich weiter und er schaut Thea entsetzt an.

„Was ist?", fragt sie ihn und muss sich das Lachen verkneifen.

„Ich habe da etwas gehört", antwortet er und sucht nun das Zimmer ab. Ich verstecke mich jedoch hinter der Küchentür und sehe Rosi verständnislos neben mir stehen. „Ja, mich", sende ich ihm, ohne weiter auf Rosi zu achten. Ich werde es ihr später erklären, denn momentan will ich den Spaß genießen.

„Wer bist du? Amy?", steht Leon jetzt mitten im Raum und sieht verzweifelt aus.

„Versuche, es mal in Gedanken zu sagen", fordere ich ihn auf und spüre seine Anstrengung es auszuprobieren wie Thea wahrscheinlich auch, denn sie schaut ihm anscheinend in den Kopf.

„Du musst an sie denken", sagt sie daraufhin und zwinkert ihn aufmunternd zu.

„Ich kann das nicht", denkt Leon plötzlich und ich muss für mich lächeln.

„Geht doch", entgegne ich ihm und seine Gesichtszüge ändern sich von Unsicherheit zu Freude.

„Was kann ich noch alles?", wirkt Leon aufgelöst.

„Das ist doch schon genug", erwidere ich und gehe auf ihn zu.

„Du konntest mich auch darauf vorbereiten", knurrt er sichtlich verärgert.

„So hat es aber mehr Spaß gemacht", lache ich ihn an und er lässt sich wieder neben Thea auf die Couch fallen.

„Es gibt nicht viel anderes. Nur eine sehr hohe Sensibilität wäre noch denkbar", sagt Thea und nimmt ihn in den Arm. Das Hellsehen hat sie vergessen, dazu wird es sowieso nicht mehr kommen, denn es wird bald alles vorbei sein.

„Schade, aber die Telekinese ist einfach genial", lächelt er nun auch wieder.

„Gewöhne dich nicht zu sehr daran, denn es wird nicht lange andauern", sage ich meine Gedanken bestätigend und winke sie beide in die Küche.

Dort wartet schon Rosi und vor allem mit vielen Fragen.

„Ich ziehe mich nur an. Könnt ihr derweilen das Frühstück vorbereiten?", bitte ich an alle gerichtet und verlasse die Küche.

Wenige Minuten später komme ich wieder und höre schon auf den Weg nach unten, wie die drei sich unterhalten.

„Ziemlich abgefahren, was ihr da so könnt", empfängt mich Rosi. „Aber nicht alltagsfähig", fügt sie noch hinzu und lächelt mich verhalten an.

„Nein, sicher nicht", bestätige ich ihre Aussage.

„Was Lucas aber auf Arbeit macht, ist schon cool", hält Leon dagegen.

„Er bringt sich damit noch um. Sein Körper würde das nicht mehr lange aushalten", widerspreche ich ihn.

„Was macht er denn?", fragt Rosi neugierig.

„Er braucht nicht mehr den Strom abschalten, der rast einfach so durch ihn hindurch und ihn stört es nicht", erklärt Leon Rosi.

„Ich nenne das Aufladen", kichert Thea.

„Das ist überaus gefährlich", protestiert Rosi.

„Er spürt das seit dem Blitz nicht mehr, aber er verändert sich immer weiter dadurch und nicht gerade zum Besten", sage ich und setze mich endlich an den gedeckten Tisch.

„Ich will ihn sehen", fordert Rosi und schaut jeden Einzelnen von uns bitterböse an.

„Da musst du länger dableiben, denn heute wird das sicher nichts mehr, oder?", fragt Leon mich, aber ich kann ihn darauf keine Antwort geben.

„Lasst uns doch erst einmal frühstücken", sage ich und gieße den Kaffee in die Tassen.

Als ich jedoch mein Brötchen aufschneiden will, sehe ich Leon an, der mit weit aufgerissenen Augen an mir vorbeischaut. Ich höre ihn merklich nach Luft schnappen und beobachte, wie Thea ihm die Hand auf die Schulter legt. In dem Moment weiß ich, wo er hinstarrt. Es steht entweder Elea oder Amia hinter mir.

„Da .. da .. ich fasse es nicht. So wunderschön", stottert er und lässt mit einem lauten Pfeifton die gesamte Luft aus seinen Lungen entweichen.

Schnell erkläre ich Rosi leise unsere Situation, in der wir uns befinden und sie kann uns nur staunend beobachten. Gleichzeitig drehe ich mich um und sehe Elea.

„Ich erkenne euren Erfolg. Hätte nicht gedacht, dass es so flott und ohne Probleme klappt", lächelt sie uns an und breitet ihre Flügel zur vollen Größe aus. Leon kippt fast vom Stuhl und ich erinnere mich an meine ersten Sekunden, als ich Elea gesehen habe. So erstaunt über das Aussehen des Engels war ich nicht, eher darüber, dass ich überhaupt einen sehen kann.

„Habe ich auch so einen hinreißenden Engel?", flüstert er fast, aber Thea hat es gehört und sieht auf einmal etwas beleidigt aus.

„Die himmlischen Wesen sehen alle so aus, aber wir sind doch auch hübsch", entgegne ich, trete Leon unter dem Tisch kurz ans Bein und will Thea damit schmeicheln.

„Ja klar, ihr seid ebenso wunderschön", schmeichelt Leon und grinst Thea an, die nur die Augen verdreht.

„Dein Engel ist etwas anders", beginnt Elea und Leon zuckt merklich zusammen.

„Wie anders?", fragt er und verbirgt seine Enttäuschung.

„Dein Engel ist männlich", erwidert Elea und scheint sich deswegen zu amüsieren.

„Die gibt es auch als Mann?", staunt Leon nicht schlecht und wir müssen alle lachen.

„Ja klar, Selor ist doch auch männlich", bekommt er von Thea einen kleinen Schups von der Seite.

„Der Rat hat uns einen der stärksten Engel zugewiesen und darüber könnt ihr nicht nur stolz sein, sondern auch

glücklich, denn nur er kann uns dabei helfen, Selor loszuwerden", sagt Elea wieder ernst und ohne Leons Frage zu beachten.

„Wann kann ich ihn denn sehen?", will Leon aufgeregt wissen.

„Schon bald. Wir müssen sichergehen, dass wir dabei allein sind. Selor darf es nicht möglich sein, sich auf unseren Angriff vorzubereiten. Nur wenn wir ihn mit dem Erscheinen von Arel überraschen, werden wir Erfolg haben", erläutert uns Elea und alle wissen, dass wir auf ihr Wort hören müssen.

„Er heißt Arel", murmelt Leo vor sich hin.

„Ja, es ist ein Feuerengel und einer der Stärksten wie ich schon sagte", entgegnet Elea den vollkommenen in sich gewendeten Leon.

Was mag er jetzt denken? Wie neugierig ist er wohl auf seinen Engel? Wird er überhaupt Zeit mit ihm verbringen können so wie wir mit unseren? Oder wird es zu schnell gehen und wir sind dann alle wieder die Alten?

„Ist er nur für diesen Kampf an meiner Seite? Und wo ist der Engel, den ich bis jetzt hatte?", fragt Leon und ich merke, dass ich nicht die geringste Ahnung von seinen Gedanken hatte.

„Du hattest einen weiblichen Engel an deiner Seite wie jeder andere auch", antwortet Elea.

„Bekomme ich sie danach wieder?", bleibt Leon an dem Thema dran.

„Nein, einen weiteren Wechsel kann man nicht so leicht wieder rückgängig machen, aber du darfst dich glücklich schätzen, ihn für immer erhalten zu haben", lächelt Elea nun doch wieder.

„Und wenn er den Kampf nicht gewinnt?", hält Leon mit einer zitternden Stimme dagegen.

„Dann ist unsere aller Sein in Frage gestellt", antwortet Elea zaghaft.

„Das heißt, Selor würde die Regie übernehmen", gehe ich dazwischen und Elea senkt seicht ihren Kopf.

„Das darf nicht passieren", platzt Leon heraus. „Ich denke, er ist der Stärkste und wir werden vorsichtig sein, dass Selor nichts mitbekommt", legt er nach und seine geballte Faust, die mir etwas Angst macht, liegt auf dem Tisch.

„*Er wird alles geben*", versichert uns Elea und schaut sich plötzlich um.

Ich folge ihrem Blick und sehe Amia im Wohnzimmer, die unser Gespräch verfolgt hat. Sie nickt uns kaum merklich zu und gibt mir die Sicherheit, dass alles in Ordnung ist.

„Ist da jemand?", will nun auch Thea wissen, die sich bis jetzt zurückgehalten hat.

„*Alles in Ordnung*", sagt Elea schneller, als ich reagieren kann. „*Ich lasse euch erst einmal frühstücken. Wir kommen heute Nachmittag wieder und dann besprechen wir den Ablauf von unserem Plan*", fügt sie noch hinzu und schon sind wir allein.

„Der Kaffee ist inzwischen kalt", meint auf einmal Rosi, die bis jetzt nicht ein Wort gesagt hat. Aber was denn auch, sie hat ja nur die Hälfte mitbekommen.

„Soll ich neuen Kaffee machen?", fragt Thea und springt schon fast auf.

„Nein, bleibe sitzen und reiche mir bitte ein Brötchen", kommt von Leon und ich zwinkere ihr zu, denn es ist wirklich nicht nötig. Zu kalt ist der Kaffee nicht geworden und Rosi wollte uns eigentlich damit nur aus der Falle unserer Gedanken holen. Nachdem Elea weg war, hat sich jeder seine eigenen Fragen gestellt und versucht, all das Gehörte zu sortieren. Für den Moment ist erst mal Schluss, denn damit können wir nach dem Frühstück weitermachen, aber auf Antworten werden wir wohl warten müssen.

213

Kapitel 27

Nach einem gemütlichen Frühstück ist Ruhe eingezogen. Still sitzen wir beieinander und gerne würde ich die Gedanken der anderen lesen. Aber ich habe mit den Eigenen genug zu tun, außerdem sollte ich meine Energie sparen.

„Wie wäre es, wenn wir dann mal zu Lucas fahren. Ich würde gern sehen, wie es ihm geht", wendet sich Rosi an Leon und unterbricht damit die Stille.

„Nein, das können wir nicht machen", schaut er erschrocken auf.

„Wieso denn nicht?", fragt Rosi erstaunt.

„Auf keinem Fall", platzt Leon heraus und springt auf. Mit schnellen Schritten verlässt er die Küche.

„Langsam frage ich mich, warum ihr mich hierher gerufen habt. Sollte ich da noch etwas wissen?" Rosi schaut uns fragend an und Thea schüttelt kaum sichtbar mit dem Kopf.

„Ich habe dir doch erzählt, dass es Lucas nicht so gut geht", beginne ich.

„Amy", kommt fordernd von Thea, aber ich kann nicht mehr schweigen. Rosi gehört jetzt dazu und sollte somit alles wissen.

„Weiter", knurrt Rosi sichtlich verärgert.

„Lucas hat gute und schlechte Phasen", fange ich nochmals an. „Er wird manchmal von seinem Engel sehr negativ beeinflusst", sage ich und überlege, wie ich ihr das am besten erklären kann.

„Wie wirkt sich das aus?", will Rosi wissen und ich denke daran, was sie uns gesagt hat. Das sie schon viel gesehen und gehört hat. So wird sie der Zustand von Lucas auch nicht gleich aus den Schuhen werfen.

„Selor bedrängt ihn, sich umzubringen oder zu mir zu gehen und mich mit ihm in den Tod zu reißen. Das macht er, indem er ihn physisch quält. Er kann irgendwie in seinen Kopf eindringen. Lucas hat dann Anfälle voller Wut und Verzweiflung", erläutere ich und hoffe, dass Rosi ihre Schlussfolgerungen ziehen kann.

„Was macht er in solchen Momenten?", fragt sie aber und will es von mir hören.

„In dem Haus von den beiden gibt es praktisch keine Möbel mehr, die nicht irgendwie beschädigt sind", sagt Thea trocken und Rosis Augen werden zu Schlitzen.

„Kann denn niemand den armen Kerl helfen?", schaut uns Rosi entrüstet an.

„Nein, nicht wirklich. Wenn das passiert ist auch immer Selor in der Nähe und somit wird es gefährlich für uns. Zumindest für Thea und mich", versuche ich zu erklären.

„Und für Leon jetzt ebenfalls", murmelt Thea ängstlich.

„Weil ihr Sehende seid?", hakt Rosi weiter nach.

„Ja, dadurch hat er Zugang zu uns erlangt. Er hat gelernt, uns mit seiner Energie zu schaden. Eigentlich können Engel nicht auf andere Schützlinge außer dem eigenen zuzugreifen", antworte ich mit eindringlichen Worten, die anscheinend Rosi zum überlegen bringen, denn sie lehnt sich zurück und schließt die Augen.

„Wie lange kannst du eigentlich bleiben?", frage ich sie und sofort ist sie wieder hellwach.

„Morgen früh nach einem ausgiebigen Frühstück. Ich habe Nachtschicht und würde mich nachmittags noch etwas ausruhen", erwidert sie mir.

Also müsste ich Lucas in den nächsten Stunden hierher holen, damit sie ihn sehen kann. Könnten wir heute schon den Plan umsetzen? Sind unsere Engel dazu bereit?

„Wir brauchen doch nur Elea oder Amia fragen. Was überlegst du da so lange?", fragt mich Thea gerade heraus und es ist erstaunlich, wie gut sie die Fähigkeit anwenden kann, auf die Schnelle meine Gedanken zu lesen.

„Habt ihr zwei etwas Spezielles vor?", meint Rosi und schaut zwischen uns beiden hin und her.

„Vielleicht könnten wir heute schon zuschlagen", flüstert Thea und hat dabei ein Grinsen aufgelegt.

„Da müsste Lucas herkommen", kombiniert Rosi schnell.

„Ja, aber da ist es notwendig, erst Elea zu fragen, nicht, dass der Engel von Leon noch nicht bereit ist", werfe ich etwas zweifelnd ein.

„Sie hat doch gesagt, dass er ihn jetzt hat. Warum sollte es dann nicht heute über die Bühne gehen", hält Thea dagegen.

„Aber Leon wollte seine Fähigkeiten auch noch etwas ausnutzen", sage ich fast entschuldigend, wobei ich den Augenblick entgegensehe wieder normal zu sein.

„Er weiß doch, dass er nur kurze Zeit eine Sehender ist. Außerdem wer sagt denn, dass wir nachdem wir Selor los sind nicht so weiterleben können", entgegnet mir Thea und ihr Grinsen wird noch breiter.

„Das ist nicht in Ordnung und das weißt du auch. Wir sollten alle in unser Leben zurückfinden und dort genauso weitermachen wie vor diesem verdammten Blitz", betone ich meine Meinung und dabei bleibe ich auch.

„Okay, das habe ich ja verstanden, aber cool wäre es schon", murmelt Thea und beginnt den Tisch abzuräumen, wahrscheinlich um dem Thema vorerst aus dem Wege zu gehen.

„Werden das nicht die Engel entscheiden, wie ihr nach all dem weiterleben werdet?", fragt Rosi, die unserer Unterhaltung aufmerksam gefolgt ist.

„Das wissen wir nicht. Aber ich wäre eigentlich nur froh, wenn ich überhaupt noch leben würde. Es kann sich alles ergeben und wir können nicht einmal ahnen, ob unser Plan gelingt. Es ist auch möglich, dass es zu Gunsten von Selor ausgeht", nuschele ich vor mir hin und will mir das gar nicht vorstellen. Denn am Ende werde ich Selors Gefährtin und das löst in mir richtig Panik aus. Aber das muss Rosi wirklich nicht wissen, da sie schon genug Angst um ihre zwei Neffen hat.

„Und wie geht es jetzt weiter?", drängelt Rosi, sie möchte endlich auch Lucas sehen. „Und müsst ihr denn morgen nicht wieder arbeiten gehen?", legt sie noch nach.

„Nein, wir haben uns Urlaub genommen, weil es ja für diese Woche geplant ist", antworte ich.

„Es wäre schon schön, wenn ich morgen fahre, alles wieder in Ordnung ist. Ich möchte euch gern in Sicherheit wissen", sieht uns Rosi an und ein paar Tränen glänzen in ihren Augen.

„Darf ich fragen wie das Verhältnis zwischen dir und den beiden Jungs ist?", wende ich mich an Rosi, vielleicht auch, um etwas über ihre Eltern zu erfahren.

„Die Beziehung ist gut, wobei wir uns nur selten sehen. Aber wir telefonieren regelmäßig und ich bin immer auf dem Laufenden", beginnt Rosi und redet auch gleich weiter. „Ich wollte damals hierherziehen in die Nähe der beiden, aber sie bestanden darauf, dass ich mein Leben für sie nicht zu sehr ändere."

„Und ihre Eltern?", hake ich neugierig nach.

„Die haben sie einfach zurückgelassen. Sie hatten diesen Traum vom Auswandern schon lange, aber soviel ich weiß, wollten die Jungs nie mit. Und so haben sie gewartet bis Lucas achtzehn war, haben ihm das Haus überschrieben und er konnte auch die Fürsorge für Leon übernehmen. Dann hat sie nichts mehr gehalten. Für mich unvorstellbar, aber ich bin wohl da anders in meinem Wesen", erzählt sie uns und muss merklich schlucken. Wir unterbrechen sie nicht und schauen sie nur an. Darauf fährt sie fort. „Sie haben es gut weggesteckt und ihr Leben bis jetzt gemeistert. Zudem war ich ja immer für sie erreichbar. Eigentlich hatte ich die Vermutung, dass es Probleme geben wird, wenn einer von beiden ein Mädchen mit nach Hause bringt. Aber das, was im Moment los ist, damit habe ich nicht gerechnet. Ich kann nur hoffen, dass alles wieder gut wird", erzählt sie uns und wir spüren wie schwer es für sie sein muss. „Nur eines müsst ihr mir versprechen, dass ihr mir bis morgen alles sagt, was hier passiert, denn ich höre ja nur euch und nicht eure Engel", legt sie noch nach und wir nicken ihr gleichzeitig zu.

„Du wirst nichts verpassen, das schwöre ich dir", entgegne ich ihr und lächele sie an.

„Wie kommt es, dass du so jung schon ein Haus hast?", fragt Rosi und sieht mich nun ebenfalls neugierig an.

„Es ist von meinen Eltern", antworte ich kurz und schaue betrübt zu Boden.

„Wo sind sie? Auch ausgewandert?", fragt Rosi weiter, aber ich höre eine gewisse Vorsicht in ihrer Stimme.

„Nein, sie sind nicht mehr am Leben", nuschele ich und stehe auf, um nun auch dieses Thema zu beenden.

„Tut mir leid. Ich wollte nicht ...", sie sieht mich beschämt an.

„Schon in Ordnung, das konntest du ja nicht wissen", erwidere ich kurz.

„Na, dann sollten wir mal Lucas herbeordern", kommt wieder recht resolut von Rosi, wobei sie versucht, ihre Gefühlslage zu überspielen.

„Ja, das ist unser nächster Schritt. Aber erst werde ich mal nach Leon schauen", sage ich und gehe nicht näher auf das für mich erledigte Thema ein. „Und wenn er bereit ist, werden wir Lucas anrufen", fahre ich fort und laufe rasch ins Wohnzimmer hinüber.

Ich brauche nicht lange suchen und finde ihn draußen. Er sitzt auf der Terrasse. Stocksteif und seine Augen fixieren, den vor ihm erschienen Engel.

„Wow", bekomme ich nur heraus und bleibe selbst in der Tür stehen.

Vor uns steht Arel, ein weißer männlicher Engel. Er ist viel größer als Elea und Amia und sieht unheimlich kräftig aus. Sein weißblondes langes Haar fällt ihm über die muskelbepackten Schultern. Erstaunlicherweise hat er kein weißes Gewand an, sondern sein Oberkörper ist nackt und er hat eine ganz normale dunkle Hose an. In Gedanken sehe ich Selor vor mir und er trägt auch Hosen, allerdings mit einem schwarzen Hemd kombiniert. Ich muss jedoch zugeben, dass Arel mir viel besser gefällt, nicht nur weil er einer der Guten ist.

„Das ist doch jetzt nicht wahr", haucht Thea mit einer unbändigen Faszination in ihrer Stimme, die hinter mir steht und mir über die Schulter schaut.

„Ich bin Arel, aber das wisst ihr ja schon", stellt er sich mit einer kraftvollen Stimme vor und Leon löst sich langsam aus seiner Starre. Er steht auf und geht auf Arel zu. Kurz vor ihm bleibt er stehen und muss doch echt nach oben schauen. Arel ist über einen Kopf größer als Leon und lässt ihn dadurch schmächtig erscheinen. Leon streckt seine Hand nach ihm aus und zuckt Sekunden später erschrocken zurück. Ein Lächeln huscht über Arels Gesicht, was ihn noch zauberhafter aussehen lässt.

„Reine Energie. Du kannst mich nicht anfassen", wendet er sich an Leon, der seine Hand anschaut.

„Es kribbelt", meint er leise und geht zurück zu seinem Stuhl. Auf ihn lässt er sich wieder fallen und Thea, die zu ihm gegangen ist, legt ihre Hände auf seine Schultern.

„Und du willst uns also helfen?", frage ich und erwarte nur eine Antwort.

„Alle zusammen sollten wir das doch schaffen", kommt von ihm sehr sicher.

„Was können wir kleinen Lichter schon ausrichten", zweifelt Thea, die eigentlich am wenigsten zu verlieren hat.

„Ihr solltet einfach da sein und eure Stärke zeigen, auch wenn ihr lieber vor Angst davon laufen würdet. Je näher ihr euch seid und euch unterstützt, um so mehr verbindet sich unsere Energie, die wir brauchen, um einen schwarzen Engel zu besiegen", erklärt uns Arel und jeder nickt für sich

und wir sind uns einig, fest zusammenzuhalten, bis dieser Spuk vorbei ist.

„Wärst du schon heute für unseren Plan bereit?", frage ich Arel und er beginnt zu lachen.

„Der Rat hat mich zu euch gesandt und ich werde da sein, wenn es die Situation erfordert. Nur eines müsst ihr beachten, keiner von euch sollte mich bis dahin erwähnen und möglichst auch nicht an mich denken. Denn niemand von uns ist in der Lage zu sagen, zu was Selor alles fähig ist", fordert Arel eindringlich.

„Wir werden uns daran halten", kommt von Leon, der nun endlich seine Stimme wiedergefunden hat.

„Und noch etwas. Auch Lucas darf auf keinem Fall von mir erfahren, denn dann könnte Selor sich im schlimmsten Fall dunkle Unterstützung holen. Wir wissen, dass auch auf seiner Seite Strukturen bestehen, wobei dort jedoch keine Bitten erfolgen, sondern Forderungen ausgesprochen werden", sagt Arel ernst. *„Wir werden uns sehen"*, legt er nach und ist dann plötzlich nicht mehr da.

„Lucas darf das nicht wissen", knurrt Leon und schlägt seine Hände vor das Gesicht.

„Wir müssen uns an die Anweisungen halten, ansonsten könnte alles nach hinten losgehen", kommt von Thea und rüttelt Leon an den Schultern.

„Schon gut, ich werde die Klappe nicht aufmachen", erwidert er und löst sich aus dem Griff von Theas Händen.

„Wir sollten versuchen den Plan schon heute durchzuführen", sage ich vorsichtig und Leon ist sofort auf den Beinen.

„Aber ich weiß nicht wie Lucas drauf ist", entgegnet er mir entsetzt.

„Das werden wir erfahren, indem wir ihn hierher beordern", halte ich dagegen und schaue Leon finster an.

„Warum heute?", fragt Leon nun etwas ruhiger.

„Ersten will ich es hinter mir haben und wieder normal leben und zweitens möchte Rosi gern Lucas sehen. Und das geht nur heute, weil sie morgen früh zurück nach Hause muss", erkläre ich ihm und hoffe auf keinen weiteren Widerstand.

„Rosi", flüstert Leon und senkt den Kopf. „Ich wollte eigentlich verhindern, dass sie ihn sieht", legt er noch nach.

„Das könnte dir so passen. Du hast genug vor mir verheimlicht, nur um mich hierher zu holen. Jetzt will ich alles sehen und wissen. Dazu gehört auch Lucas und sein Zustand", kontert Rosi und Leon zieht merklich den Kopf ein.

„Sein Zustand ist schlecht und das wirst du heute noch merken", gehe ich dazwischen und will damit die Gemüter wieder beruhigen.

„Das hoffe ich", murrt Rosi.

„Leon, du rufst ihn an. Er soll heute Nachmittag herkommen. Nicht ein Wort von Rosi und auch nicht von Arel hast du verstanden! Und auf keinen Fall, dass du jetzt auch ein Sehender bist", rede ich auf Leon ernst ein und er nickt mir nur kurz zu.

„Alles klar", erwidert er mürrisch und geht mit seinem Handy ins Haus, um in Ruhe zu telefonieren.

„Wir müssen alle runterkommen. Auch wenn Lucas herkommt, ist nicht gesagt, dass noch heute die Bombe platzt", sage ich zu Thea, die inzwischen auf einen der Gartenstühle sitzt und Rosi, die unruhig über die Wiese läuft.

„Aber ich kann ihn wenigstens sehen. Was ihr aus der Situation macht, kann ich nicht beeinflussen und will ich auch nicht. Ich habe meinen Beitrag geleistet und wünsche euch, dass das nicht umsonst war", redet Rosi leise aber ernsthaft und wir können ihr eigentlich nur danken.

„Er geht nicht ran", ruft Leon aus dem Inneren des Hauses.

„Gib mir seine Nummer und lass es mich probieren", gehe ich hinein und warte auf seine Antwort.

„Vielleicht ist er gar nicht zu Hause. Oder es ist ihm irgendetwas passiert", sagt Leon und ich spüre, wie ihm die Angst um seinen Bruder packt.

„Wenn ich ihn ebenfalls nicht erreiche, musst du hinfahren. Also bitte die Nummer", fordere ich ihn auf und er diktiert mir die einzelnen Zahlen.

Gleich darauf wähle ich die Nummer, aber auch bei mir führt der Anruf ins Leere. Ich probiere es noch einmal und dann wird mir klar, dass er wohl bei einer unbekannten Nummer erst recht nicht dran geht.

„Ich versuche etwas anderes", sage ich und gehe auf die Wiese. Rosi ist inzwischen ebenfalls im Wohnzimmer und somit bin ich allein. Ich konzentriere mich auf Lucas und sofort beginnt meine Hand zu brennen. Also habe ich eine Verbindung zu ihm und nun muss er nur noch darauf reagieren.

„Lucas, wo bist du? Hörst du mich?", schicke ich ihn die Fragen und schließe dabei die Augen, um die Gedanken noch intensiver zu senden. Aber ich bekomme auch so keine Antwort.

„Lucas", brülle ich jetzt wütend, denn meine Hand sagt mir, dass er mich empfängt.

„Lass mich in Ruhe", höre ich plötzlich und er klingt niedergeschlagen.

„Ich möchte, dass du zu mir kommst", sende ich ihn und vielleicht kann ich ihn damit locken.

„Ich habe aber keine Lust", erwidert er mir und ich bin fassungslos. Was ist mit ihm los. Erst will er mich unbedingt sehen und womöglich sogar berühren und jetzt ist ihm alles egal. Ist Selor in seiner Nähe? Nein, der würde ihm eher zureden zu mir zu gehen. Aber warum ist er dann so betrübt, ja fast depressiv? Ich muss ihn irgendwie ermutigen, aber wie nur?

„Ich habe mich entschieden und will mit dir darüber reden", versuche ich es noch einmal.

„Deine Entscheidung ist nicht wichtig für mich", bekomme ich zu hören und schon wieder macht er mich sprachlos.

„Du wolltest es doch so", entgegne ich ihm.

„Ich muss mich entscheiden und nicht du", knurrt er und meine Hand wird langsam kalt. Er will die Verbindung abbrechen, aber das kann ich nicht zulassen.

„Bitte komm zu mir", wispere ich ihm zu und lege noch etwas Sehnsucht mit hinein, was mir nicht schwerfällt, da sie sich schon längst in mir ausgebreitet hat.

„Wir müssen das beenden", seufzt er und es scheint das meine Worte gewirkt haben.

„Ja, es ist an der Zeit. Deshalb musst du kommen, denn wir werden es zusammen tun", flüstere ich und bekomme die erwünschte Antwort.

„Okay, ich werde gleich bei dir sein. Ich muss nur ... na du weißt schon", raunt er und mir ist klar, dass er sich wahrscheinlich erst einmal sammeln und vielleicht auch ansehnlicher zurechtmachen sollte. Gleichzeitig zu meinen Gedanken läuft mir ein Schauer über den ganzen Körper. Die Hand steht fast in Flammen und zeigt mir, dass er jetzt mit allen Sinnen bei mir ist. Meine Sehnsucht nach ihm ist kaum noch auszuhalten, aber es ist erforderlich, mich zu beherrschen. Ich muss sie unterbinden, um einen klaren Kopf zu behalten und den Plan ausführen zu können.

„Danke", hauche ich ihm zu und diesmal nicht absichtlich, nein, ich kann es kaum abwarten ihn zu sehen.

Die Verbindung ist beendet und ich brauch ein paar Sekunden, um mich endgültig davon zu lösen. Jedoch wird es nicht für lange sein, denn wenn er hier ist, wird alles in mir nach ihm schreien.

„Hast du ihn erreicht?", fragt Thea, die zu mir getreten ist, und ich kann ihr nur still zunicken.

Ich gehe hinein und lasse sie auf der Wiese einfach zurück. Aber sie folgt mir kurz darauf und gemeinsam warten wir auf Lucas.

Kapitel 28

*I*ch mache mir einen Kaffee, ohne zu fragen, ob jemand auch noch einen möchte. Jeder hat sich in einer anderen Ecke verkrochen und wartet auf das, was heute noch passiert. Meine Gedanken kreisen ständig um den Augenblick, wenn Lucas hier auftaucht, und ich wieder versuchen werde, ihm nicht zu nahe zu kommen. Zudem hoffe ich, dass Leon es verbergen kann, dass er ein Sehender ist. Die Reaktion von Lucas kann ich nicht einschätzen und könnte am Ende unseren Plan gefährden. Das darf auf keinem Fall passieren. Und was wird er sagen, wenn er Rosi sieht? Auch den Umstand, weshalb sie da ist, darf er nicht erfahren. Irgendwie ist die Situation verzwickt. Wir beordern ihn hierher und können ihm dann nicht einmal einen richtigen Grund sagen.

„Es wird alles gut werden. Auch wenn sich irgendeiner verplappert oder er es, auf welche Weise auch immer, anders herausbekommt, was hier läuft", lächelt mich Elea an und spricht mir damit Mut zu.

„Dann ist vielleicht Selor schneller und ich will auf keinen Fall sterben sowie nicht mit dem Mal weiterleben", sage ich und nippe an meinem Kaffee.

„Dazu wird es nicht kommen. Wir werden alles versuchen das Lucas nicht stirbt und dich mit der Strafe zurücklässt", kommt energisch von Elea. *„Keiner wird heute sterben"*, legt sie nach und lässt mich erstaunt allein. Es ist selten, dass Engel so ernst sind, deshalb nehme ich ihre Worte als ein Versprechen.

Ich komme nicht mehr dazu, in weitere Gedanken zu fallen, denn meine Hand beginnt zu kribbeln. Das Mal verändert schnell seine Farbe und ich weiß, was das bedeutet.

Ich schaue zum Fenster hinaus und sehe Lucas auf das Haus zukommen. Er läuft behäbig und langsam, als hätte er keine Kraft mehr. Schnell gehe ich zur Tür und öffne sie. Ich möchte nicht, dass er klingelt, denn ich will erst einmal allein mit ihm reden. Rosi sollte später dazukommen. Sie hat sich etwas hingelegt und so soll es vorerst auch bleiben.

Ich stehe in der Tür und Lucas nur einen Meter von mir entfernt. Mein Blick geht an ihm hoch und runter und ich frage mich, was mit ihm geschehen ist. Seine Hose hängt an ihm und wird nur von einem Gürtel gehalten. Zudem hätte sie dringend eine Wäsche nötig wie auch das T-Shirt, was er bestimmt schon einige Tage trägt. Dann bleibe ich an seinen Augen hängen. Normalerweise bringen sie mein Herz zum Stolpern, aber heute sehen sie traurig und trübe aus. Kein Strahlen und auch keine Sinnlichkeit ist zu erkennen. Was ist mit ihm nur passiert? Wie muss ihn Selor nur zusetzen? Langsam verstehe ich, warum er dem ein Ende setzen will.

„Darf ich reinkommen", flüstert er und schaut beschämt zu Boden, denn er hat meine Blicke wohl gedeutet.

„Ja klar", antworte ich kurz und trete zur Seite.

Er schlürft an mir vorbei bis ins Wohnzimmer und lässt sich augenblicklich total entkräftet in den Sessel fallen.

In einem gewissen Abstand stehe ich nun vor ihm und schon wieder stelle ich mir dieselben Fragen. Seine Arme sind auf seinen Oberschenkeln gestützt und sein Kopf liegt in seinen Händen. Ein erbärmlicher Anblick, der mir tief im Herzen weh tut. Noch vor wenigen Wochen war er ein stattlicher und gutaussehender Kerl, von dem jetzt jedoch kaum noch etwas übrig ist.

„Du wolltest mit mir reden?", fragt er, ohne seinen Kopf zu heben.

„Ich hatte erhofft, dass wir uns beide zusammen gegen Selor wehren. Aber so wie es aussieht, hast du wirklich keine Kraft mehr dazu", formuliere ich meine Worte vorsichtig, damit ich ihn nicht zu sehr unter Druck setze, zudem nichts zu verraten, was hier abläuft und das er nicht gleich wieder davonrennt.

„Wir haben gegen ihn doch keine Chance. Er ist viel zu stark", widerspricht er mir und schaut mich irgendwie desinteressiert an.

„Er muss uns freigeben. Ich will nicht sterben", werde ich direkter.

„Wir können doch gemeinsam bei ihm sein", entgegnet er lapidar und ich versuche, nicht die Fassung zu verlieren.

„Das wird niemals so sein. Dann bin ich eher seine Gefährtin und was wäre mit dir?", knurre ich, denn ich will auf keinem Fall auf die dunkle Seite gezogen werden.

„Dir würde es bestimmt besser gehen als mir", grinst er und ich zweifel daran, dass er überhaupt weiß, was er da sagt.

„Das hast du jetzt nicht echt ernst gemeint", steht plötzlich Leon hinter ihm und Thea schüttelt nur mit dem Kopf.

„Du, halte dich da raus. Keiner von euch weiß wie es mir geht und du erst recht nicht", wendet er sich an seinen Bruder und verletzt ihn damit zutiefst.

„Schau dich an, so kannst du doch nicht weitermachen", fährt Leon Lucas an und ich finde es nicht gerade geistreich in unserer Lage.

„Deshalb bin ich hier, um dem ein Ende zu setzen", faucht Lucas zurück.

„Ich denke, wir sollten wieder ruhiger werden. Keinem ist es dienlich, wenn wir uns hier gegenseitig angehen", gehe ich dazwischen.

„Doch Selor. Er wird sich freuen, wenn einer dem anderen an die Kehle springt", sagt Lucas wieder etwas entspannter, aber ich sehe, wie er mit sich kämpft, und ich muss damit rechnen, dass er mich zu jeder Zeit anspringen kann, und dann wäre das Problem wohl gelöst. Um das zu verhindern fordere ich Leon mit Blicken auf, Rosi zu holen, denn nur sie kann den sich anbahnenden Weg unterbrechen. Ich trete zur Terrassentür, um etwas mehr Abstand zwischen uns zu bringen, aber auch um Rosi Platz zu geben. Sie steht mittlerweile in der Tür zur Küche und starrt auf Lucas. Jegliche Farbe ist aus ihrem Gesicht verschwunden und sie sieht genauso leichenblass wie er aus. Sie schluckt schwer und ihre Augen zeigen mir pures Entsetzen.

„Um Gottes willen", zwingt sie die Worte zwischen ihre Lippen hindurch und macht ein paar Schritte auf Lucas zu. Der ist mit einem Satz auf seinen wackligen Beinen und schwankt unsicher hin und her.

„Rosi, was machst du denn hier?", seufzt er und seine Augen füllen sich mit Tränen. Ob es vor Freude ist, seine Tante zu sehen, oder die eigene Scham, die ihn gerade überwältigt, kann ich nicht sagen.

Im nächsten Moment steht Rosi vor ihm und hält sein Gesicht in ihren zitternden Händen.

„Ich wollte einfach sehen, wie es euch nach diesem dummen Unfall geht", antwortet sie leise, aber sie hält sich an unsere Abmachungen, nicht den wahren Grund zu offenbaren. „Was ist mit dir nur passiert? Du siehst furchtbar aus", fährt sie fort und schluckt ihre Tränen der Verzweiflung hinunter.

Hilfesuchend schaut Lucas zu mir und fragt mich ohne Worte, was er wohl jetzt darauf antworten soll. Ich schüttele mit dem Kopf und er erwähnt Selor nicht. Das Rosi schon über alles informiert ist, kann er ja nicht wissen.

„Es hat sich viel in den letzten Wochen ereignet", nuschelt Lucas und versucht, um das Thema herumzureden.

„Seid ihr denn des Teufels? Warum habt ihr mich nicht eher geholt?", kann Rosi nun nicht mehr an sich halten, als sie wieder einen Schritt zurückgetreten ist und Lucas genau gemustert hat. Ich habe währenddessen ein unheimliches Gefühl und halte die Luft an. Ein Blick zu Thea und der sagt mir, dass es ihr genauso geht. Rosis Worte waren nicht gerade gut gewählt, denn damit fordert sie Selor direkt heraus.

„Man hat nach mir gerufen", erscheint Selor mit einem breiten Grinsen. Er stellt sich provokatorisch neben Lucas und schaut in die Runde. Rosi interessiert ihn nicht, aber sein Gesicht verzieht sich zu einer abscheulichen Grimasse, als er Leon sieht. Leon stiert ihn an, da er einen so gewaltigen schwarzen Engel wohl nicht erwartet hat. Thea muss ihn stützen, denn seine Beine drohen nachzugeben und er schnappt sichtlich nach Luft.

Selor dagegen kocht vor Wut. Er schnippt mit dem Finger und befördert damit Lucas auf die Couch. Der weiß gar nicht, was ihm geschieht und schaut mich erschrocken und unverständlich an. Das Selor so mit ihm umgeht, ist er ja schon fast gewohnt, aber sein plötzliches unbeherrschtes Auftreten schockt ihn.

Vorsichtig außer dem Blickfeld von Selor, denn er ist nur auf Leon fixiert, schiebe ich Rosi aus der Gefahrenzone. Bereitwillig geht sie selbst bis an die Tür zurück, denn allein Leons Anblick macht ihr klar was hier gerade passiert.

„Er ist auch ein Sehender?", brüllt Selor los und verliert fast seine Fassung, falls er so etwas überhaupt hat. Seine Stimme klingt in meinen Ohren nach und auch Thea hält sie sich erschrocken zu.

„Was habt ihr gemacht? Denkt ihr etwa, dass das euch noch hilft?", wettert er weiter.

Lucas schaut zu Leon, sagt aber nichts, denn ich habe mich in seine Gedanken geschlichen.

„Konzentriere dich auf dein Mal", fordere ich ihn ohne Worte auf und beobachte Selor, der davon nichts mitbekommt, weil er immer noch mit Leon beschäftigt ist und das müssen wir ausnutzen.

„Warum?", fragt Lucas zögerlich, denn er hat Angst, dass Selor mithört.

„Ich habe schon einmal mit der Energie von meinem Mal Selor zurückdrängen können. Wenn wir es zusammen tun, können wir ihn vielleicht schaden", erkläre ich und meine Hand beginnt zu brennen. Ich verberge sie vor Selor, denn nur wenn wir ihn überraschen, könnten wir Erfolg haben.

„Kann ich mit der Energie gegen meinen eigenen Engel etwas ausrichten? Und was ist dann?" Lucas zögert immer noch, aber sein Mal wird stetig dunkler.

„Los, hebe deine Hand gegen ihn. Jetzt, wir zusammen", schreie ich Lucas in Gedanken an.

Wie von einem Blitz getroffen steht er neben mir und unsere Hände richten sich gegen Selor. Die Energie der Male bündelt sich und trifft Selor mitten auf der Brust. Er schwankt ein Stück nach hinten und seine Augen treffen unsere. Er versucht, Lucas wieder zu unterdrücken, aber es will ihm nicht gelingen.

„Denkt ihr, ihr könnt etwas gegen mich ausrichten? Ihr gehört mir und die zwei da drüben, werde ich auch gleich noch mitnehmen", zischt Selor und die Wut steigt weiter in ihm an, denn er hat durch unserer vereinten Energie nicht mehr den gesamten Einfluss auf Lucas.

Aber er wäre nicht ein schwarzer Engel, wenn ihm nichts einfallen würde. Mit einem Atemzug öffnet er seine Flügel zur vollen Größe und schwingt sie mehrmals. Ich stolpere zurück gegen die Terrassentür und Lucas landet mitten im Zimmer auf dem Boden. Seine Kraft reicht nicht aus, um sich auf den Beinen zu halten. Leon und Thea sind an die Wand gepresst und können ebenfalls nichts mehr tun. Ihnen ist nur noch Entsetzen in die Gesichter geschrieben. Was aber noch schlimmer ist, er hat unseren Energiefluss unterbrochen. Zufrieden macht sich ein hämisches Grinsen in seinem eigentlichen schönen Antlitz breit und ich hoffe nur, dass das nicht unser Ende ist.

Kapitel 29

Es sind nur Sekunden, in denen wir dieser Gefahr ausgesetzt sind. Elea und Amia erscheinen und stellen sich zwischen mir und Lucas. Ich weiche weiter zurück und Lucas zieht sich mit letzten Kräften auf die Couch hoch. Leon oder Thea können ihm nicht helfen, sie kleben förmlich immer noch an der Wand.

Selor jedoch lacht Elea und Amia aus und ich sehe, dass sie in seinen Augen nichts wert sind. Ich versuche, ruhig zu bleiben, und warte darauf, dass Arel erscheint.

„Ihr zwei Hübschen wollt mich doch nicht etwa vertreiben?", spottet Selor an unsere Engel gerichtet.

„Du solltest verschwinden und das so lange du noch kannst", sagt Elea ruhig und ich kann nur über ihre starke Stimme staunen.

„Natürlich könnte ich gehen, aber nur mit meinen beiden Schützlingen", grinst er in die Runde.

„Du lässt sie auf der Stelle frei. Zudem ist Amy nie dein Schützling gewesen und wird es auch niemals sein", fordert Amia mit einer noch kräftigeren Stimme als Elea und die wir bei ihr bisher nie gehört haben.

„Wollt ihr euch mir in den Weg stellen? Ich werde euch die Energie entziehen, und zwar so schnell, dass ihr es nicht einmal bemerkt", droht er Elea und Amia.

„Das schaffst du nicht", hält Elea dagegen und ich kann nicht verstehen, warum sie sich in Gefahr bringen, obwohl wir doch ein Ass im Ärmel haben.

„Dann nehme ich mir eben die Energie eines Menschen. Die soll zudem viel besser sein, habe ich gehört", stößt Selor hervor und steht augenblicklich nur noch Zentimeter vor mir. Ich hole tief Luft, aber meine Lunge gibt nicht

mehr genügend her. Sie ist in einem eiskalten Griff, genauso wie mein Herz, was droht aufzuhören zu schlagen. „Hör auf damit", platzt Leon heraus, der plötzlich neben mir steht. Er denkt anscheinend, dass Selor ihm nichts tun kann, weil es ja nicht sein Engel ist. Aber da er irrt sich. Eine winzige Handbewegung und Leon fliegt durch die Luft und landet vor Rosis Füßen. Erschrocken darüber hilft sie ihm schnell wieder auf die Beine. Wenn mich jedoch jetzt keiner aus der gefährlichen Situation befreit, dann werde ich wohl noch vor Lucas auf der anderen Seite sein.

„Lass Amy in Ruhe. Du solltest es mit jemanden aufnehmen, der dir angemessen ist", höre ich die Stimme von Arel und sehe im Augenwinkel, wie er hinter Selor erscheint. Langsam weicht die Kühle aus meinen Körper und ich kann wieder durchatmen. Arel hat sich echt Zeit gelassen, aber nun zeichnet sich noch etwas ganz anderes in Selors Gesicht ab. Es scheint wie versteinert, nur ein kurzes Zucken eines Mundwinkels kann ich erkennen. Er dreht sich beachtlich langsam zu Arel um. Seine Flügel senken sich ein Stück nach unten und er schaut den weißen Engel schief an.

„Du bist doch nicht etwa Leons Beschützer?", fragt er zögerlich und seine Augen werden zu Schlitzen.

„Ja, das bin ich", antwortet Arel stolz und sicher.

„Ein Feuerengel als Beschützer?", versucht Selor das ins Lächerliche zu ziehen, aber er bekommt nur ein Funkeln von Arels Augen als Antwort. *„Was soll das alles hier? Das geht nicht mit rechten Dingen zu und ich will wissen, wer hier die Finger im Spiel hat"*, legt Selor ärgerlich nach.

„Das kann dir doch egal sein, denn es wird Zeit, dass du Amy und Lucas freigibst", kommt von Arel und er drückt seinen Rücken weiter durch, als er schon gemacht hat, und wirkt noch größer.

„Niemals, sie gehören mir. Willst du mit mir darüber diskutieren?", flucht Selor und seine Flügel sind ebenfalls wieder in voller Pracht angespannt.

231

„Ich bin nicht da, um mit dir zu debattieren. Du gibst sie frei oder ich werde dich eigenhändig dazu bringen", kontert Arel und geht einen Schritt auf den erstaunten Selor zu. Diesen Widerstand hat er garantiert nicht erwartet und er schaut uns alle wütend an.

„Du wirst mich nicht umstimmen", klingt Selors Stimme schon fast hysterisch.

„Lass uns das wo anders regeln", entgegnet ihm Arel und packt ihn an den Schultern. Bei Engeln untereinander scheint das zu funktionieren und ich sehe faszinierend zu.

Einen Wimpernschlag später sind sie in meinem Garten. Sie stehen ganz nahe beieinander und langsam verbinden sich beider Energien. Sie verschmelzen fast miteinander und dann beginnen sie sich zu drehen. Kaum das wir das realisieren können steigen sie rotierend in den Himmel auf und dann zieht eine unheimliche Ruhe ein. Jeder starrt hinaus und wartet darauf, dass sie wieder herunterkommen. Zumindest einer und möglichst Arel. Aber es passiert erst einmal nichts. Nur ein paar Blitze zucken am Himmel und das, obwohl nicht eine Wolke zu sehen ist.

„Was ist, wenn Selor gewinnt?", fragt Lucas irgendwie abwesend.

„Er wird nicht gewinnen, Arel ist stärker als er", mutmaße ich vorsichtig, denn am Ende ist es auch nur ein Wunsch von mir.

„Und was wird, wenn er wirklich Selor besiegen kann? Habe ich dann etwa keinen Schutzengel mehr?", fragt er mit brüchiger Stimme weiter.

Ich schaue fragend zu Elea, denn darüber haben wir nicht geredet. Kann ein Mensch ohne Schutzengel leben? Würde es das Leben von Lucas negativ beeinflussen?

„Keine Angst", wendet sich Amia an Lucas. *„Es gibt schon einen Engel für dich. Er wartet nur noch auf seinen Einsatz"*, fährt sie fort und ehe Lucas weiterfragen kann, senken sich die beiden Engel wieder zu Boden.

Selor befindet sich vollkommen in Arels Fängen und sieht nicht gerade gut aus. Arel lässt ihn los und Selor fällt geschwächt auf die Wiese. Er müht sich allerdings wieder hoch, wobei seine Flügel aber schlapp am Rücken herunterhängen.

„Ich gebe Amy frei", knurrt Selor und schaut verbissen zu uns herüber. Ich glaube meinen Ohren kaum, aber das genügt mir nicht. Was ist mit Lucas? Meine Gedanken bleiben jedoch in der Luft hängen.

„Beide", brüllt Arel und eine Hand hebt sich in Richtung Selor.

„Niemals, den nehme ich mit", blafft Selor zurück und schon entzieht ihm Arel weitere Energie, wobei er abermals in sich zusammensackt.

„Du verziehst dich jetzt und lässt dich nie wieder hier blicken!", droht Arel, aber Selor reagiert nicht darauf. Entweder will er nicht aufgeben oder er hat einfach keine Kraft mehr.

„Lucas gehört mir und er kann ja kaum ohne Schutzengel weiterleben", stammelt Selor am Boden liegend und es scheint, als wäre es sein letzter Versuch.

„Mache dir darüber keine Sorgen. Er hat schon längst einen neuen", hören wir eine weitere männliche Stimme und zugleich erscheint noch ein weißer Engel.

Wir schauen alle nur erstaunt zu und keiner wagt sich, dass Szenarium, was sich vor uns abspielt, zu unterbrechen.

Langsam schwebt auch dieser Engel auf Selor zu und der sieht ihn mürrisch von unten heraus an.

„Das habt ihr ja fein eingefädelt. Zwei der stärksten Engel gegen mich und für was? Zwei unbedeutende Menschenleben", zwingt sich Selor jedes Wort ab.

„Kein Mensch ist unwichtig. Wir sind für alle da und genau diese beiden werden wir besonders beschützen. Ich glaube, es wird sich für dich nicht lohnen wiederzukommen, denn dann sind wir da, alle gemeinsam", sagt der uns noch fremde Engel resolut und duldet keinen Widerspruch.

„Sie werden niemals glücklich werden", grinst Selor zu uns herüber. *„Und das könnt ihr kaum ändern"*, redet er zu den Engeln gewendet weiter.

„Überlass das ruhig uns", kommt von Arel und ich kann nur hoffen, dass Selor nicht recht behält. Er richtet sich mühsam auf, aber der Weg zu uns wird ihm versperrt. Beide schlagen noch einmal mit ihren Flügeln und dann ist Selor mit einem verbitterten Gesichtsausdruck, der uns zeigt, dass er seine Niederlage eingestehen muss, wirklich verschwunden. Ich mache einen langen Hals, um nichts zu verpassen, aber er ist tatsächlich nicht mehr da.

Etwas entspannter drehe ich mich um und sehe Rosi neben Lucas sitzen. Sie hat ihn in den Arm genommen und er scheint froh zu sein, dass sie da ist. Leon und Thea lassen gleichzeitig die angestaute Luft aus ihren Lungen entweichen und eine große Erleichterung ist ihnen anzusehen.

„Wir sind frei", sage ich zaghaft und schaue auf meine Hand. Das Mal ist weiterhin da, aber das kann sich ja noch ändern.

„Das braucht Zeit. Aber auch darum habe ich mich schon gekümmert", höre ich wieder die fremde Stimme hinter mir. Ich drehe mich zu dem weißen Engel um, der ab jetzt an der Seite von Lucas sein wird.

„Das ist Farun. Er ist ein Schutzengel der Menschheit und deshalb liegt es in seinen Händen, alle Auswirkungen von Selor bei euch zu bereinigen", sagt Elea und Farun steht stolz neben ihr.

„Womit habe ich so einen Engel verdient?", fragt Lucas vorsichtig.

„Farun und ich werden euch solange zur Seite stehen, wie es nötig ist. Sollten alle Bedenken ausgeräumt sein, dann gehen wir unseren eigentlichen Verpflichtungen nach", entgegnet Arel Lucas und augenblicklich kommen wieder Fragen auf und das nicht nur bei mir.

Ich will schon Luft holen, um einige zu stellen, da hebt Elea ihre Hand und ich schweige.

„Farun und Arel werden nun gehen und sich um eurer aller Sicherheit kümmern. Die Fragen, die ihr jetzt natürlich habt, werde ich euch beantworten", sagt Elea und nickt den beiden Engeln zu, worauf sie sich einfach in Luft auflösen.

„Ich denke, dass das für euch sehr aufregend war. Ihr braucht jetzt alle Ruhe", kommt von Amia.

„Kann ich Amy endlich in den Arm nehmen?", steht plötzlich Lucas vor mir und ich weiche automatisch zurück.

„Du solltest damit warten. Eure Male sind weiterhin da und wir wissen nicht, ob sie noch mit Selor verbunden sind", geht Elea dazwischen.

„Er kann uns immer noch zu sich holen?", fragt Lucas enttäuscht.

„Wenn es so sein sollte, wobei die Kraft von ihm sehr geschwächt ist, können wir vor dem Licht eingreifen, aber ihr solltet es nicht herausfordern. Bitte schlaft eine Nacht darüber und morgen werden wir weitersehen", bittet uns Amia inständig und ich bin damit einverstanden, obwohl sich meine Sehnsucht kaum noch in Griff halten lässt. Lucas nickt mir zu und Rosi geht mit ihm in die Küche. Sie wird wohl bis morgen nicht mehr von der Seite weichen und ihm jeden Wunsch erfüllen.

„Arel und Farun werden alle noch bestehenden Gefahren heute Nacht beseitigen. Aber wie schon einmal erwähnt, werdet ihr eure Fähigkeiten verlieren, nicht nur die Male und deren Kraft. Und zudem seid ihr dann keine Sehende mehr", redet Elea weiter und sieht uns forschend an.

„Mir ist alles recht, Hauptsache es ist endlich vorbei", ruft Lucas zu uns herüber. Leon schaut etwas enttäuscht, nimmt Thea in den Arm und beide heben den Daumen dann doch zustimmend. Ich weiß nicht, wie ich damit umgehen soll, ich will einfach nur mein Leben zurück.

„Wie wird es zwischen mir und Lucas sein, wenn die Male nicht mehr da sind?", frage ich leise.

„Das kann ich dir nicht sagen. Auch das werden wir erst morgen wissen", antwortet mir Elea und schaut mich mitfühlend an.

„Lucas sollte diese Nacht ebenfalls hierbleiben", unterbricht Leon meine Gedanken und sieht mich bittend an.

„Dann musst du dir mit ihm die Couch teilen. Ich habe leider null Platz mehr", entgegne ich ihm, denn allein will ich Lucas auf keinem Fall wissen.

„Leon kann auch bei mir schlafen", grinst mich Thea an.

„Lieber nicht, ihr solltet Lucas unter Beobachtung halten", kommt von Amia eindringlich.

„Ich werde ihn nicht aus den Augen lassen", erwidert Leon und gibt Thea ein Küsschen auf die Stirn, die enttäuscht zu ihm aufsieht.

„Dann ist wohl alles geklärt. Ich wünsche euch eine ruhige Nacht und das ihr wieder in eure Leben zurückfindet", lächelt uns Elea an und mir ist klar, dass ich sie nie mehr sehen werde. Ich versuche, die Schönheit noch einmal tief in meine Erinnerungen abzuspeichern und da scheine ich nicht die Einzige zu sein.

Erst als das Licht der Engel erlöscht, das den Raum durchflutet hat und wir wirklich registriert haben, dass sie nicht mehr da sind, zieht Stille ein und von allen fällt langsam die Anspannung ab. Jeder versucht, auf seine Weise damit umzugehen. Ich zumindest ziehe mich zurück und lege mich hin. Mit dem Gewissen, dass die anderen auf Lucas aufpassen, nehme ich mir die Ruhe, die mich einhüllt, und nehme Abstand von dem energiezehrenden Tag.

Kapitel 30

*H*eute Morgen lacht die Sonne, und ich überlege, was dieser Tag uns wohl bringen mag. Eine Frage nach der anderen schreien nach Antwort und ich kann nur hoffen, diese auch zu bekommen. Wir haben Lucas gerettet und was ist mit dem Mal? Schnell ziehe ich meine Hand unter der Decke hervor und schaue sie mir an. Es ist nichts mehr zu sehen. Nicht der kleinste Hinweis auf eine Rötung ist zu erkennen. Also das hat schon einmal geklappt. Aber was ist mit der Liebe zueinander, die durch das Mal entstanden und geschürt wurde? Werden wir noch das Gleiche füreinander empfinden, oder war es nur die Strafe von Selor? Wird Lucas mich weiterhin lieben oder aus meinem Leben verschwinden? Liebe ich ihn noch und werden meine Gefühle für ihn weiter so stark sein?

Ich lasse den Kopf zurück in das Kissen fallen, schließe die Augen und fühle in mich hinein. Ich sehe Lucas vor mir und seine strahlenden Augen. Sofort beginnt mein Puls zu rasen und in mir kommt nur ein Wunsch auf, ihn endlich zu berühren und mich von ihm in die Arme nehmen zu lassen. Ich liebe ihn, es hat sich nichts daran geändert. Ist es bei ihm ebenso? Oder wird er einfach gehen und wir werden dann wie vor dem Unfall, unbekannt nebeneinander herleben? Das kann ich mir ehrlich gesagt nicht vorstellen, aber die Engel konnten uns das auch nicht beantworten.

Ich will jetzt jedoch eine Antwort und werde ihn nicht einfach aufgeben. Zur Not kämpfe ich um meine Liebe.

Ich schwinge die Beine aus dem Bett und gehe ins Bad. Wenige Minute später will ich nach unten, aber halte oben an der Treppe inne, setze mich auf die oberste Stufe und lausche den Worten, die zu mir durchdringen.

„Guten Morgen ihr zwei", höre ich Thea sagen, die kurz vor mir hinuntergegangen sein muss.

„Es klappt nicht mehr", knurrt Leon und ich lunsche durch das Geländer, wobei ich darauf achte von ihnen nicht gesehen zu werden. Leon wedelt mit seinen Händen in der Luft herum und ich weiß sofort, dass er versucht, etwas mit der Hilfe von Telekinese zu bewegen. Ich muss schmunzeln, denn auch das hat sich bestätigt, wir haben unsere Fähigkeiten über Nacht verloren. Ich selbst habe es noch gar nicht ausprobiert. Also haben es Arel und Farun wirklich geschafft und wir sind alle frei.

„Lass es, es ist vorbei", kommt von Lucas, den ich jedoch aus diesem Blickwinkel nicht sehen kann.

„Geht es dir gut? Du siehst echt schon viel besser aus", sagt Thea und ich würde mich gern selbst davon überzeugen, aber ich warte ab, wie Lucas sich dazu äußert.

„Ich fühle mich bestens", bekommt sie als Antwort.

„Und wie geht es jetzt weiter?", fragt er nun etwas bedenklich.

„Als Erstes schlage ich vor, dass wir frühstücken", erwidert Leon und ich sehe förmlich, wie er dabei lacht.

„Nein, ich meine mit Amy", murmelt Lucas und schon wieder beginnt mein Herz zu rasen.

„Das musst du allein herausfinden. Was ist eigentlich mit dem Mal?", entgegnet ihm Thea und ich rutsche automatisch eine Stufe tiefer, um Lucas sehen zu können.

„Es ist nicht mehr da", schaut Lucas seine Hand an.

„Und die Gefühle sind die auch weg?", will Thea wissen.

„Nein, ich glaube nicht", sagt Lucas leise und lächelt sie an.

„Glauben ist gut und das werden wir ja bald merken", grinst sie zurück.

„Aber wird sie mich noch mögen?", wirft Lucas die Frage in den Raum und Leon wie auch Thea können darüber nur lächeln.

„Das kriegen wir ebenfalls gleich raus", meint Leon ziemlich überzeugt. „Aber wir sollten uns überlegen, was wir als Nächstes machen. Ich schlage eine Woche Urlaub vor", redet Leon weiter und ihn trifft ein verwirrter Blick von Lucas.

„Warum das denn? Außerdem haben wir einen Auftrag zu erledigen", widerspricht Lucas.

„Du solltest dich wirklich noch etwas erholen und um Frau Göbel kümmere ich mich. Ich rufe sie dann gleich an und sie hatte ja gesagt, dass es nicht so eilig ist", hält Leon dagegen und Lucas stimmt ihm nach kurzem Überlegen zu.

„Wir haben auch Urlaub und so könnten wir euer Haus wieder auf Vordermann bringen", schlägt Thea vor und ich bin in Gedanken sofort damit einverstanden.

„Ihr wisst nicht, was ihr euch da zumutet", knirscht Lucas mit den Zähnen und es scheint ihn mehr als peinlich zu sein.

„Wir haben das alles bis jetzt gemeinsam durchgestanden und so werden wir auch das schaffen", sagt Thea sicher und Leon zieht seine Augenbrauen nach oben. „Schau nicht so, zu viert muss das doch zu bewältigen sein", geht sie Leon an.

„Wir werden sehen", kommt leise und beschämt von Lucas.

„Okay, dann machen wir jetzt was anderes. Leon du gehst bitte zum Bäcker Brötchen holen und ich schaue mal nach Amy", schlägt Thea vor, wobei sie keine Widerrede zulässt.

„Und ich gehe erst mal frische Luft schnappen", lacht Lucas und öffnet dabei schon die Terrassentür.

„Einverstanden", gibt Leon kurz von sich.

„Kannst du Luna mitnehmen, sie muss auch dringend nach draußen", hält Thea Leon auf und reicht ihm die Hundeleine, an der Luna schon aufgeregt zieht.

„Na, dann komm", sagt Leon und nimmt die Leine.

„Sag mal, wo war denn die kleine Maus gestern? Ich habe sie nicht gesehen, wobei ich mir nicht mehr sicher bin, was ich überhaupt alles mitbekommen habe", steht Lucas wieder vor Thea.

„Luna war in meinem Zimmer eingesperrt. Sie hatte so aggressiv auf Selor reagiert, das wollte ich ihr nicht noch einmal zumuten", antwortet sie.

„Ja, Tiere fühlen manchmal viel mehr als wir Menschen", kommt von Lucas und er erstaunt mich wieder einmal, denn er scheint wirklich ein gutes Herz zu haben.

„So ist es", lächelt ihn Thea an. „Ich gehe dann mal Kaffee machen", legt sie nach und Lucas tritt wieder in den Garten hinaus.

Ich sitze immer noch oben auf der Treppe, wobei unten Stille eingezogen ist. Irgendwie hält mich etwas zurück, hinunterzugehen. Ist es die Angst, vielleicht doch enttäuscht zu werden? Obwohl ich diese eigentlich nicht haben muss, denn Lucas hat sich nicht negativ zu mir geäußert. Tatsächlich hat er sich gar nicht richtig dazu ausgesprochen. Nur das er sich fragt, ob ich ihn noch mag. Wir stellen uns gegenseitig die Frage, aber nur eines gibt uns die Antwort darauf. Ich muss runtergehen und wenn wir uns gegenüberstehen, werden wir merken, ob die Gefühle noch da sind.

„Mädchen, was grübelst du schon wieder? Warum sitzt du hier herum?", fragt Rosi hinter mir und legt sanft ihre Hand auf meine Schulter. Einen kurzen Moment denke ich, dass sie meine Mutter sein könnte. Was hätte sie wohl zu alle dem gesagt? Würde sie auch so zu uns stehen, wie es Rosi tut? Ich schüttele den Kopf, denn ich will jetzt nicht an den Verlust erinnert werden. Rosi wird ihren Platz nicht einnehmen können, aber eine gute Freundin habe ich in ihr gewiss gefunden.

„Ich habe etwas gelauscht", antworte ich leise.

„Und jetzt? Hast du was Interessantes gehört?", lächelt mich Rosi an.

„Ich weiß nicht", zucke ich mit den Schultern, während ich aufstehe.

„Du brauchst keine Angst zu haben. Ich kenne meine Jungs, die wären längst nicht mehr da, wenn sie euch aus dem Weg gehen wollten", schaut mich Rosi schräg an.

„Das Mal ist weg und vielleicht auch die Anziehung zwischen uns", gebe ich meine Befürchtung zu.

„Was fühlst du denn jetzt? Ist da noch etwas?", fragt Rosi direkt.

„Ja, ich würde am liebsten da hinunterlaufen und ihm einfach um den Hals fallen", sage ich und bemühe mich, meine Aufregung zu verbergen.

„Dann mach es doch Mädel. Was hält dich denn zurück", schubst mich Rosi an und zwinkert mir aufmunternd zu.

„Was soll ich tun wenn ...?" Die Frage bleibt in der Luft hängen, weil Rosi eine Hand hebt und mich zum Schweigen bringt.

„Denk nicht so viel, gehe einfach", fordert sie mich auf.

Ich fasse allen Mut zusammen und trete die Treppe hinunter. Rosi folgt mir und ich spüre, dass sie genauso neugierig auf Lucas Reaktion ist wie ich. Ich laufe an der Küche vorbei, wo ich nur einen kurzen Blick von Thea erhasche und trete hinaus in meinen Garten.

Lucas steht mit dem Rücken zu mir mitten auf der Wiese. Ein paar Meter hinter ihm bleibe ich stehen. Ich brauch nichts zu sagen, denn er scheint meine Anwesenheit zu spüren und so dreht er sich zu mir um.

Unsere Blicke treffen sich und nach einer endlos vorkommenden Zeit, was jedoch nur Sekunden sind, kommt Lucas langsam auf mich zu. Ein zartes Lächeln zeichnet sich auf seinem Gesicht ab und bringt meinen Kreislauf fast zum Erliegen. Mein Puls rast und ich höre den eigenen Herzschlag in den Ohren hämmern. Ganz nahe bleibt er vor mir stehen und ich tauche in das tiefe Blau ein, ertrinke beinahe in seinen Augen. Irgendwie vergesse ich zu atmen und erst, als mein Gesicht von seinen Händen umfasst wird, lasse ich die angestaute Luft entweichen.

„Amy", wispert Lucas und dann laufen mir doch nicht wirklich ein Paar Tränen über die Wangen. Behutsam wischt er sie weg und jede Berührung von ihm, jagt wie ein Kribbeln von tausend Ameisen durch meinen Körper. Ich drohe unter seinen Händen und der Zärtlichkeit zusammenzubrechen.

„Nicht weinen", redet Lucas sanft weiter. „Wir sind frei", legt er noch nach und ich schlucke die Anspannung weg, aber es löst nun ein Gefühlschaos in mir aus.

„Ja, das sind wir", kann ich nur sagen und greife einfach zu. Meine Hände fassen sein T-Shirt und suchen nach einem Halt. In dem Moment nimmt mich Lucas in den Arm und verhindert, dass meine Beine nachgeben. Ich lass es zu und fühle mich in seinen Armen geborgen. Ich lege meinen Kopf auf seine Brust und es dauert nur Sekunden und unser Herzschlag hat den gleichen Takt.

Ich weiß nicht, wie lange wir jetzt so dagestanden haben, aber nun löse ich mich langsam aus der Umarmung.

„Es ist alles weg", murmele ich und schaue wieder in diese unbeschreiblichen Augen.

„Nein, nicht alles. Wir haben uns durch den Unfall und deren Auswirkungen gefunden. Vielleicht wären wir uns nie begegnet. Aber jetzt lass ich dich auf keinen Fall wieder gehen", flüstert er ganz nahe an meinem Ohr und unsere Wangen berühren sich dabei. Ein berauschender Schauer ergreift mich, wie ich ihn noch nie erlebt habe.

„Bist du sicher?", frage ich, wobei ich mir selbst die Frage stellen sollte. Aber sie ist unnötig, denn ich habe mich längst für ihn entschieden.

„So sicher war ich noch nie", lächelt er und neigt sich zu mir herunter. Ich bewege mich nicht ein Stück und weigern erst recht nicht. Seine weichen Lippen legen sich auf meine und ich erwidere gern den Kuss. In mir beginnt eine Leidenschaft zu brennen, die mein Leben ab diesen Zeitpunkt verändern wird. Ich will keinen Tag mehr ohne ihn sein und ich will mehr als nur diesen Kuss. Ich genieße ihn in vollen Zügen, aber es reicht mir nicht. Wir vergessen beide Raum und Zeit und spüren nur noch uns.

Thea steht an der Terrassentür und hüstelt gekonnt. Damit unterbricht sie unseren Traum, der gerade begonnen hat.

„Da will jemand etwas von uns", raunt mir Lucas zu.

„Die können warten", sage ich und lächele ihn an.

„Auch wenn ich dich jetzt ungern loslasse, aber die vielen Zuschauer brauche ich genauso wenig", erwidert er und zwinkert mir zu. Er drückt den Rücken durch und redet laut weiter. „Gibt es dann Frühstück, oder wollt ihr uns noch weiterhin beobachten?" Er grinst schräg zu Thea, während er mich in den Arm hält und wahrscheinlich nicht loslassen will.

„Ja klar, wenn ihr euch trennen könnt", bekommen wir zu hören, worauf wir nun doch voneinander lassen und ins Haus gehen. An der zufrieden schauenden Rosi vorbei, huschen wir in die Küche. Dort empfängt uns nicht nur der Duft von frischen Brötchen und dem Kaffee, sondern auch Leon, der sich ein eindeutiges Schmunzeln nicht verkneifen kann.

„Alles in Ordnung bei euch?", fragt er und schlägt seinem Bruder freundschaftlich auf die Schulter.

„Klar", sagt Lucas nur kurz und setzt sich schnell neben mir, damit der Platz von niemand anderen eingenommen werden kann.

„Endlich hat dich mal eine geknackt", platzt Leon heraus und bekommt sogleich einen Seitenhieb von Thea.

Ich lasse die Worte auf mich wirken während Lucas die Augen verdreht und Rosi nun auch lacht. Ich kann kaum glauben, dass er noch nie eine Beziehung gehabt haben soll, was meine Schlussfolgerung auf die Bemerkung von Leon ist, aber es kann mir egal sein, denn ab jetzt habe ich ihn.

„Es ist schön, euch so zu sehen", sagt Rosi leise und ihr Blick zeigt mir, dass sie sich nichts weiter gewünscht hat.

„Es war eine krasse Zeit, aber irgendwie bin ich auch dankbar dafür. Ich habe so viel Negatives erlebt, dass ab heute nur noch alles besser werden kann. Wobei es bereits schöner ist, als ich mir jemals vorgestellt habe", Lucas macht eine Pause, bevor er weiterspricht und mir dabei tief in die Augen sieht. „Ich möchte, dass du immer bei mir bleibst. Ich kann dir gar nicht sagen, wie gern ich dich habe."

„Ich glaube, du wirst mich nie wieder los", grinse ich ihn an und hauche ihm einen Kuss auf die Wange.

„Schön zu hören. Euer Leben ist wieder in Ordnung, aber nach dem Frühstück geht es an die Arbeit. Wir sollten die Auswirkungen der krassen Zeit beseitigen", spricht Leon dazwischen und wir alle stimmen ihm zu.

„Ich bin sicher, auch das bekommt ihr wieder hin", wirft Rosi in die Runde und greift als Erste nach einem Brötchen. Wir genießen das gemeinsame Frühstück, wobei sich alle für das Bevorstehende stärken.

Nachdem wir Rosi verabschiedet haben, die uns noch einmal ans Herz gelegt hat, anzurufen, wenn wir Hilfe brauchen, haben wir uns aufgemacht das Haus von Lucas und Leon wieder bewohnbar zu machen. Es sollte eine Woche werden, wo an Urlaub nicht zu denken war.

Wir standen erst einmal alle wie versteinert da und sahen uns die Verwüstung an. Selbst Lucas konnte es nicht verstehen, was er da angerichtet hat. Er hatte sogar Tränen in den Augen, aber für unsere Freiheit nahmen wir gern diese Arbeit in Kauf. Und am Ende sah es Lucas ebenso.

Nach einem ersten Überblick machten wir uns daran, alles was kaputt war aus dem Haus schaffen. Schnell wuchs der Berg im Vorgarten und fast in jedem Zimmer fehlte etwas von der Einrichtung. Gemeinsam haben wir Möbel gekauft und es so flott es ging wieder wohnlich gemacht. Dieses gemeinsame Anpacken schweißte uns noch mehr zusammen.

Zudem ist auch die Bindung zwischen mir und Lucas immer intensiver geworden. Und so hatten wir vier eine Entscheidung getroffen. Die erfolgte zwar schnell und impulsiv, aber wir waren uns sicher, den Schritt zu gehen.

So hat Lucas Leon das Haus überlassen und ist zu mir gezogen. Thea hat ihre Wohnung gekündigt und lebt ab jetzt bei Leon. Wir halten zusammen und so ist für jeden die Tür des anderen offen. Es können jedoch auch Schwierigkeiten auftreten, die wir im Moment noch nicht einschätzen können, aber auch diese werden wir gemeinsam bewältigen. Wir vermissen nichts und wachsen immer mehr zu einer Familie zusammen, zu der natürlich Rosi ebenso gehört.

Unsere Liebe ist jung und wir pflegen sie tagtäglich. Wir wissen, dass es nur ein Zufall war, dass wir uns begegnet sind, aber der Zwang uns zu lieben, der uns auferlegt wurde, reift jeden Tag weiter zu einer so tiefen Zuneigung, dass uns nichts mehr unvorstellbar scheint.

Uns verbindet so viel, was mir jetzt klar wird. Nicht nur, dass wir bis heute nicht den richtigen Partner gefunden haben, müssen wir alles ohne unsere Eltern bewältigen. Lucas Eltern leben zwar noch, sind für ihn jedoch genauso Vergangenheit. Er könnte die Verbindung wieder aufleben lassen, aber er hat damit abgeschlossen, der Schnitt den sie gemacht haben war zu tiefgreifend für ihn. Zusammen werden wir jetzt gegen den Verlust und die Sehnsucht nach ihnen versuchen zu leben. Wir werden uns stützen und auch auffangen, sollten uns die Gefühle übermannen.

Über die Autorin

Ich, Angela Zimmermann, wurde 1966 geboren, bin Mutter eines erwachsenen Sohnes und lebe heute mit meinem Mann in Dippoldiswalde / Deutschland.
Nach mehrjähriger Tätigkeit in dem Beruf als Uhrmacherin widme ich mich nun dem Schreiben.
Das Interesse dazu, war schon lange da, und 2011 fand ich endlich die Zeit und Ruhe, alles niederzuschreiben.
Mit dem Erscheinen des ersten Romans 2014 im Verlag DeBehr begann eine Wende in meinem Leben. Insgesamt fünf weitere Romane sind im Telegonos-Verlag erschienen.

Ich lote mit den Geschichten die Grenzen der menschlichen Existenz aus und befasse mich mit Erscheinungen, die über das normale Fassbare für uns hinausgehen.

Bei BoD – Books on Demand, erscheint nach meinem Thriller nun schon das zweite Buch von mir als Selfpublisher. Ein weiteres findet ihr bei epubli.

Veröffentlichte Fantasy-Romane:
Als du nicht da wart, hielt unsere Liebe mich fest
Geliebtes fremdes Wesen
Mein neues altes Leben
Erlös mich, wenn du kannst

Trilogie:
Angie – Die Prüfung
Angie – Zwischen Gegenwart und Vergangenheit
Angie – Das Familienband

Thriller:
10 Tage Angst